HELEN FIELDING

Bridget Jones – Schokolade zum Frühstück

D0564237

Buch

Bridget Jones ist Anfang Dreißig, lebt allein und ist fest entschlossen, ihr Leben radikal umzukrempeln: Sie wird das Rauchen aufgeben, abnehmen, den Mann fürs Leben und ihre innere Ausgeglichenheit finden. Daß Bridget diese Ziele knapp verfehlt, liegt an ihren Freunden, Eltern und anderen Feinden, die Bridgets Ego versehentlich oder systematisch in den Staub treten. Da ist zum Beispiel der gutgemeinte Versuch ihrer Mutter, Bridget mit Mark Darcy zu verkuppeln, der Socken mit aufgestickten Hummeln und Pullis mit Rautenmuster trägt. Gegen Daniel, Bridgets gutaussehenden Boß, hat der artige Mark allerdings keine Chance. Natürlich liegt wenig Segen auf einer Affäre mit dem Chef, doch zum Glück kann Bridget in Krisenzeiten immer auf Jude und Shazzer zählen, ihre Busenfreundinnen. Wenn sich das Trio trifft, um die Bindungsunfähigkeit von Jeremy oder Richard dem Gemeinen zu analysieren und dazu der Wein in Strömen fließt, sind die Niederlagen des Tages fast vergessen. Falls nicht, kann sich Bridget immer noch bei dem gutmütigen Tom ausweinen, der sie schon deshalb so gut versteht, weil er selbst dauernd Männerprobleme hat ...

Helen Fielding

Bridget Jones – Schokolade zum Frühstück

Roman

Aus dem Englischen
von Ariane Böckler

GOLDMANN

Die Originalausgabe erschien 1996
unter dem Titel »Bridget Jones's Diary«
bei Picador, London

Dieser Roman ist bereits unter dem Titel
»Schokolade zum Frühstück: Das Tagebuch der Bridget Jones«
als Goldmann-Taschenbuch (44392) lieferbar

Sonderausgabe August 2001
Copyright © der Originalausgabe 1996
by Helen Fielding
Copyright © der deutschsprachigen Ausgabe 1997
by Wilhelm Goldmann Verlag, München,
in der Verlagsgruppe Random House GmbH
Umschlaggestaltung: Design Team München
Umschlagmotiv: Copyright © 2000 Universal Studios.
All rights reserved
Druck: Elsnerdruck, Berlin
Titelnummer: 45060
AB · Herstellung: Schröder
Made in Germany
ISBN 3-442-45060-8
www.goldmann-verlag.de

5 7 9 10 8 6 4

Für meine weise, witzige und liebe Mutter Nellie
– zum Dank dafür, daß sie nicht wie Bridgets Mutter ist

INHALT

Gute Vorsätze zum neuen Jahr

WAS ICH NICHT MEHR TUN WERDE:

- Mehr als vierzehn Alkoholeinheiten pro Woche trinken.
- Rauchen.
- Geld für folgende Gegenstände vergeuden: Nudelmaschinen, Eismaschinen oder anderen kulinarischen Schnickschnack, den ich sowieso nie benutze; Bücher von unlesbaren, hochliterarischen Autoren, die man sich nur ins Regal stellt, um Eindruck zu schinden; ausgefallene Unterwäsche, da sinnlos, weil kein Freund vorhanden.
- Mich zu Hause gehenlassen; werde mir statt dessen vorstellen, beobachtet zu werden.
- Mehr ausgeben, als ich verdiene.
- Den Korb mit der eingehenden Post überquellen lassen.
- Auf irgend etwas vom folgenden hereinfallen: Alkoholiker, Workaholics, Beziehungspaniker, Typen mit festen Freundinnen oder Ehefrauen, Frauenfeinde, Größenwahnsinnige, Chauvis, emotionale Flachwichser oder Schmarotzer, Perverse.
- Mich über Mum, Una Alconbury oder Perpetua ärgern.
- Mich über Männer aufregen; werde statt dessen die gelassene und kühle Eiskönigin geben.
- Mich in Männer verknallen; werde statt dessen nur Beziehungen eingehen, die auf reifer charakterlicher Würdigung beruhen.
- Hinter ihrem Rücken über andere Leute herziehen; werde mich statt dessen positiv über jeden äußern.
- Mich auf Daniel Cleaver fixieren, da erbärmlich, à la Miss Moneypenny et al. in den Boß verknallt zu sein.
- Darüber jammern, keinen Freund zu haben, sondern statt dessen innere Ausgeglichenheit und Autorität entwickeln sowie Gefühl für mich selbst als gestandene Frau, die auch *ohne* festen Freund vollwertig ist, da beste Methode, um Freund zu finden.

WAS ICH TUN WERDE:

- Das Rauchen aufgeben.
- Nicht mehr als vierzehn Alkoholeinheiten pro Woche trinken.
- Oberschenkelumfang mit Hilfe von Antizellulitisdiät um acht Zentimeter reduzieren (d. h. jeden um vier Zentimeter).
- Sämtliches überflüssige Zeug aus der Wohnung schaffen.
- Alle Klamotten, die ich zwei Jahre oder länger nicht getragen habe, für Obdachlose spenden.
- Beruflich aufsteigen und neuen, ausbaufähigen Job suchen.
- Geld in Form von Ersparnissen anlegen. Evtl. auch Rentenversicherung abschließen.
- Selbstsicherer sein.
- Entschlossener auftreten.
- Die Zeit besser nutzen.
- Nicht jeden Abend ausgehen, sondern zu Hause bleiben, gute Bücher lesen und klassische Musik hören.
- Einen Teil meines Einkommens für wohltätige Zwecke spenden.
- Freundlicher sein und anderen mehr helfen.
- Mehr Hülsenfrüchte essen.
- Morgens sofort nach dem Aufwachen aufstehen.
- Dreimal die Woche ins Fitneßstudio gehen, und zwar nicht nur, um ein Sandwich zu essen.
- Fotos ins Fotoalbum einkleben.
- Compilations für verschiedene Stimmungen aufnehmen, damit Kassetten mit sämtlichen romantischen/tanzbaren/feministisch aufstachelnden Lieblingsstücken bereitliegen, anstatt zu einem volltrunkenen Pseudo-DJ zu werden und Kassetten über den ganzen Fußboden zu verstreuen.
- Eine funktionierende Beziehung mit einem verantwortungsbewußten erwachsenen Menschen eingehen.
- Lernen, den Videorecorder zu programmieren.

JANUAR

Ein außergewöhnlich schlechter Anfang

Sonntag, 1. Januar

58,5 kg (post-weihnachtlicher Ausnahmezustand), Alkoholeinheiten 14 (umfaßt aber eigentlich zwei Tage, da vier Stunden der Party auf Neujahr gefallen sind), Zigaretten 22, Kalorien 5424.

Heute verzehrte Nahrungsmittel:

2 Packungen Emmentaler in Scheiben
14 kalte neue Kartoffeln
2 Bloody Marys (enthalten Worcestersauce und Tomaten und zählen damit als Essen)
⅓ Laib Ciabatta-Brot mit Brie
Korianderblätter – ½ Päckchen
12 Milk-Tray-Pralinen (am besten sämtliche von Weihnachten übriggebliebenen Süßigkeiten auf einmal aufessen und morgen ganz von vorn anfangen)
2 Weihnachtspasteten
13 Cocktailspießchen mit Käse und Ananas
eine Portion von Una Alconburys Truthahncurry mit Erbsen und Bananenscheiben
eine Portion von Una Alconburys Himbeerdessert mit in Dosenhimbeeren ersäuften Bourbon-Keksen, angerichtet in Schichten mit 30 Litern Schlagsahne und hübsch dekoriert mit glasierten Kirschen und kandierter Angelikawurzel.

Mittag. London. Meine Wohnung. Uäh. Das letzte, wozu ich mich körperlich, emotional oder geistig gerüstet fühle, ist, zu Una und Geoffrey Alconburys Neujahrs-Truthahncurry nach Grafton Underwood zu fahren. Geoffrey und Una sind die besten Freunde meiner Eltern und kennen mich, wie Onkel Geoffrey nie zu erwähnen müde wird, seit ich splitternackt auf der Wiese herumgetollt bin. Meine Mutter hat mich am letzten Feiertag im August morgens um halb neun angerufen und mir das Versprechen abgerungen, daß ich hingehe. Na ja, ihre Taktik war auch einzigartig. Von hinten durch die Brust ins Auge.

»Oh, hallo, Liebes. Ich wollte nur mal hören, was du dir zu Weihnachten wünschst.«

»*Weihnachten?*«

»Oder soll es lieber eine Überraschung werden?«

»Nein!« brüllte ich. »Entschuldige. Ich meine...«

»Vielleicht möchtest du ja ein paar Rollen für deinen Koffer haben.«

»Ich habe doch gar keinen Koffer.«

»Dann kaufe ich dir eben einen kleinen Koffer *mit Rollen dran*. Du weißt schon, wie Stewardessen sie haben.«

»Ich habe schon eine Reisetasche.«

»Ach, Liebes, du kannst doch nicht mit diesem schmuddeligen grünen Segeltuchding wegfahren. Damit siehst du aus wie eine Kreuzung aus Mary Poppins und Pechmarie. Einfach ein kompakter kleiner Koffer mit einem Griff zum Herausziehen. Es ist erstaunlich, wieviel man da hineinkriegt. Willst du einen in Marineblau auf Rot oder in Rot auf Marineblau?«

»Mum. Es ist halb neun Uhr morgens. Es ist Sommer. Es ist sehr heiß. Ich will keinen Stewardessenkoffer.«

»Julie Enderby hat einen. Sie sagt, sie nimmt nie was anderes.«

»Wer ist Julie Enderby?«

»Du kennst doch *Julie*, Liebes! Die Tochter von Mavis Enderby. Julie! Die, die diesen sagenhaften Job bei Arthur Andersen hat...«

»Mum...«

»Nimmt ihn immer mit, wenn sie auf Reisen geht...«

»Ich will keinen kleinen Koffer mit Rollen dran.«

»Paß mal auf. Wäre es nicht am besten, Jamie, Daddy und ich würden alle zusammenlegen und dir einen richtigen großen, neuen Koffer *und* einen Satz Rollen besorgen?«

Erschöpft hielt ich den Telefonhörer vom Ohr weg und fragte mich, woher der missionarische Koffer-als-Weihnachtsgeschenk-Eifer kam. Als ich den Hörer wieder ans Ohr drückte, sagte sie gerade: »...man bekommt sie sogar mit einem Extrafach für Duschgel, Shampoo und dergleichen. Meine andere Idee wäre eine Einkaufstasche auf Rollen.«

»Gibt es irgend etwas, was *du* dir zu Weihnachten wünschst?« sagte ich verzweifelt und blinzelte in das blendende, feiertägliche Sonnenlicht.

»Nein, nein«, sagte sie munter. »Ich habe alles, was *ich* brauche. Aber, Liebes«, zischte sie plötzlich, »du kommst doch an Neujahr zum Truthahncurry bei Geoffrey und Una, oder?«

»Tja, äh, ich glaube, ich...« Mich packte die Panik. Eine Ausrede, schnell! »...werde wohl an Neujahr arbeiten müssen.«

»Das macht nichts. Du kannst ja nach der Arbeit kommen. Ach, was ich noch sagen wollte: Malcolm und Elaine Darcy kommen auch, und sie bringen Mark mit. Erinnerst du dich noch an Mark, Liebes? Er ist einer von diesen Staranwälten. Haufenweise Geld. Geschieden. Es geht erst um acht los.«

O Gott. Nicht schon wieder ein seltsam angezogener Opernfreak mit einer Frisur wie ein seitlich gescheitelter Staubwedel.

»Mum, ich hab's dir doch gesagt. Ich brauche nicht verkuppelt zu werden...«

»Jetzt komm schon, Liebes. Una und Geoffrey veranstalten das Neujahrsbuffet schon, seit du splitternackt auf der Wiese herumgetollt bist! Natürlich kommst du. Da kannst du gleich deinen neuen Koffer benutzen.«

23.45 Uhr. Erster Tag im neuen Jahr war Tag des Grauens. Kaum zu glauben, daß ich das Jahr schon wieder in einem Einzelbett zu Hause bei meinen Eltern beginne. Es ist einfach zu erniedrigend in meinem Alter. Ich überlege, ob sie es wohl riechen, wenn ich am offenen Fenster eine Kippe rauche. Nachdem ich den ganzen Tag daheim herumgehangen und darauf gehofft habe, daß der Kater nachläßt, habe ich es schließlich aufgegeben und mich viel zu spät auf den Weg zum Truthahncurry gemacht. Als ich bei den Alconburys ankam und auf die Klingel drückte, die sich anhörte wie das Glockenspiel vom Rathaus, befand ich mich immer noch in einer merkwürdigen, eigenen Welt – schwummrig, mit dickem Schädel und übersäuertem Magen. Außerdem litt ich unter den Nachwirkungen eines spektakulären Autobahnkollers, nachdem ich versehentlich auf die M6 statt auf die M1 eingebogen war und halb nach Birmingham fahren mußte, bevor ich eine Ausfahrt fand, an der ich umkehren konnte. Ich war so wütend, daß ich das Gaspedal durchdrückte, um meinem Ärger Luft zu machen, was sehr gefährlich ist. Resigniert sah ich zu, wie Una Alconburys Gestalt – durch die gerippte Glastür faszinierend deformiert – in einem fuchsienroten Zweiteiler auf mich zustürzte.

»Bridget! Wir hatten dich schon fast abgeschrieben! Ein gutes neues Jahr! Beinahe hätten wir ohne dich angefangen.«

Irgendwie brachte sie es in einer einzigen Bewegung fertig, mich abzuküssen, mir den Mantel auszuziehen, ihn übers Treppengeländer zu hängen, mir ihren Lippenstift von der Wange zu wischen und mir unglaubliche Schuldgefühle einzuflößen, während ich mich überwältigt von soviel Freundlichkeit an das Bord mit dem Nippes lehnte.

»Tut mir leid. Ich habe mich verfahren.«

»Verfahren? Tsas! Was machen wir denn nur mit dir? Aber komm doch rein!«

Sie führte mich durch die Milchglastüren in den Salon und rief: »Sie hat sich verfahren, Leute!«

»Bridget! Ein glückliches neues Jahr!« sagte Geoffrey Alconbury, der in einem gelben Pullover mit Rautenmuster steckte. Er machte zum Spaß eine Art Tanzschritt und umarmte mich dann dermaßen, daß ich fast um Hilfe gerufen hätte.

»Hahumpf«, sagte er, lief ganz rot an und zog seine Hose am Bund nach oben. »An welcher Ausfahrt bist du denn rausgefahren?«

»Ausfahrt neunzehn, aber da war eine Umleitung . . .«

»Ausfahrt neunzehn! Una, sie ist an Ausfahrt neunzehn rausgefahren! Kein Wunder, damit bist du schon mal eine Stunde unterwegs, bevor du überhaupt richtig losgefahren bist. Na komm, wir besorgen dir etwas zu trinken. Und wie steht's mit deinem Liebesleben?«

O Gott. Warum kapieren es verheiratete Leute einfach nicht, daß das keine höfliche Frage mehr ist? Wir stürmen doch auch nicht auf *sie* los und fragen: »Wie läuft's mit eurer Ehe? Schlaft ihr noch miteinander?« Es ist allgemein bekannt, daß die Partnersuche ab dreißig nicht mehr das unbeschwerte Gerangel ist, das es mit zweiundzwanzig war, und daß eine ehrliche Antwort eher lauten müßte: »Offen gestanden ist mein verheirateter Geliebter gestern abend mit Strapsen und einem entzückenden nabelfreien Angora-Top bei mir aufgetaucht, hat mir erzählt, daß er schwul/sexsüchtig/drogenabhängig/beziehungsunfähig ist, und mich dann mit einem Gummipenis niedergeschlagen«, als: »Phantastisch, danke.«

Da ich keine geborene Lügnerin bin, murmelte ich Geoffrey schließlich mit schamrotem Gesicht ein »prima« zu, woraufhin er tönte: »Du hast also *immer noch* keinen Kerl!«

»Bridget! Was sollen wir bloß mit dir anstellen!« rief Una. »Ihr Karrierefrauen! Ich weiß nicht! Du kannst es nicht ewig aufschieben, weißt du. Tick-tack-tick-tack.«

»Ja. Wie schafft es eine Frau eigentlich, in deinem Alter noch ledig zu sein?« grölte Brian Enderby (verheiratet mit Mavis, war früher mal Vorsitzender des Rotary Clubs von Kettering) und schwenkte sein Sherryglas durch die Luft. Zum Glück kam mir mein Vater zu Hilfe.

»Ich freue mich sehr, dich zu sehen, Bridget«, sagte er und nahm meinen Arm. »Deine Mutter war schon drauf und dran, die Polizei zu rufen, um schnellstens eine Suchaktion nach deiner zerstückelten Leiche einzuleiten. Komm und bezeuge deine Anwesenheit, damit ich endlich auch ein bißchen Spaß habe. Was macht der rollige Koffer?«

»Er ist unvorstellbar groß. Was macht der Ohrhaarschneider?«

»Oh, der ist wunderbar – du weißt schon – schneidig.«

Es war wohl soweit ganz in Ordnung. Ich wäre mir ein bißchen gemein vorgekommen, wenn ich nicht aufgetaucht wäre, aber dieser Mark Darcy... igitt. Jedesmal, wenn mich meine Mutter in den letzten Wochen anrief, ging es wieder los: »Aber natürlich kennst du die *Darcys*, Schätzchen. Sie haben uns einmal besucht, als wir noch in Buckingham gewohnt haben, und du und Mark habt zusammen im Pool herumgeplanscht!« oder »Oh! Habe ich schon erwähnt, daß Malcolm und Elaine zu Unas Truthahnessen auch Mark mitbringen? Er ist anscheinend gerade erst aus Amerika zurückgekommen.

Geschieden. Er ist auf der Suche nach einem Haus in Holland Park. Offenbar hat ihn seine Frau barfuß durch die Hölle gejagt. Japanerin. Ausgesprochen grausames Volk.«

Das nächste Mal kam es wie aus heiterem Himmel: »Erinnerst du dich an Mark Darcy, Liebes? Der Sohn von Malcolm und Elaine? Er ist einer dieser sagenhaften Staranwälte. Geschieden. Elaine sagt, er arbeitet ununterbrochen und ist entsetzlich allein. Ich glaube, er wird wohl auch zu Unas Truthahncurry an Neujahr kommen.«

Ich weiß nicht, warum sie es nicht unverhohlen ausgesprochen und gesagt hat: »Liebes, bums doch beim Truthahnessen unbedingt Mark Darcy, ja? Er ist wirklich *sehr* reich.«

»Du mußt Mark kennenlernen«, säuselte Una Alconbury, bevor ich auch nur dazu gekommen war, mir einen Drink zu genehmigen. Gegen den eigenen Willen mit einem Mann verkuppelt zu werden, ist *eine* Ebene der Erniedrigung, aber tatsächlich von Una Alconbury dazu gezerrt zu werden, während man noch mit einem übersäuerten Kater kämpft, und dabei von einem ganzen Zimmer voller sogenannter Freunde der Familie dabei beobachtet zu werden, kommt einer öffentlichen Hinrichtung gleich.

Der reiche, von seiner grausamen Frau geschiedene Mark – ziemlich groß übrigens – stand mit dem Rücken zum Raum und studierte das Sortiment im Bücherregal der Alconburys: überwiegend ledergebundene Buchreihen über das Dritte Reich, die Geoffrey sich bei Reader's Digest bestellt. Schon der Name Darcy kam mir reichlich albern vor. Wie aus einem Roman von Jane Austen. Außerdem stand ihm diese piefige Arroganz nicht, mit der er sich abseits hielt. Ich meine, warum nennt er sich nicht gleich Heathcliff und verbringt den geselligen Abend im Garten? Dann bräuchte er nur ab und zu nach seiner Cathy zu rufen und seinen Kopf gegen den Baum zu rammen.

»Mark!« sagte Una, als wäre sie eine Elfe des Weihnachtsmannes. »Ich möchte Sie mit jemand Nettem bekanntmachen.«

Er drehte sich um und enthüllte, daß das, was von hinten wie ein harmloser marineblauer Pullover ausgesehen hatte, in Wirklichkeit einen V-Ausschnitt sowie ein in verschiedenen Gelb- und Blautönen gehaltenes Rautenmuster hatte – wie es unter anderem die ältere Garde unter Englands Sportreportern bevorzugt. Wie mein Freund Tom häufig bemerkt, ist es erstaunlich, wieviel Zeit und Geld man bei der Partnersuche sparen kann, wenn man genau auf die Einzelheiten achtet. Eine weiße Socke hier, ein paar rote Hosenträger dort, ein grauer Slipper oder ein Hakenkreuz reichen meistens aus, um einem klarzumachen, daß es zwecklos ist, sich die betreffende Telefonnummer zu notieren und Geld für teure Restaurants aus dem Fenster zu werfen, weil sowieso nie was daraus werden wird.

»Mark, das ist die Tochter von Colin und Pam, Bridget«, sagte Una und wurde ganz rosarot und flatterig. »Bridget arbeitet bei einem Verlag, stimmt's, Bridget?«

»Ja, stimmt ganz genau«, sagte ich, als nähme ich bei Capital Radio an einer Anrufsendung teil und wollte Una gerade fragen, ob ich meine Freunde Jude, Sharon und Tom, meinen Bruder Jamie, alle aus dem Büro, meine Mutter und meinen Vater und schließlich noch sämtliche Gäste beim Truthahncurry grüßen dürfte.

»Tja, ich lasse euch zwei jungen Leute mal allein«, sagte Una. »Tsas! Wahrscheinlich habt ihr ohnehin schon die Nase voll von uns alten Tattergreisen.«

»Überhaupt nicht«, sagte Mark Darcy verlegen und mit einem ziemlich unattraktiven nervösen Kichern, worauf Una, nachdem sie mit den Augen gerollt, sich eine Hand auf den Busen gelegt und ein heiteres, perlendes Lachen ausgestoßen hatte, den Kopf nach hinten warf und uns dann unserem gräßlichen Schweigen überließ.

»Ich. Äh. Lesen Sie irgendwelche, zum Beispiel . . . Haben Sie in letzter Zeit irgendwelche guten Bücher gelesen?« fragte er.

Ich zermarterte auf die schnelle mein Hirn, wann ich zuletzt ein richtiges Buch gelesen hatte. Für Leute aus der Verlagsbranche hat Lesen als Freizeitgestaltung etwa denselben Reiz wie das Durchwühlen der hauseigenen Abfalltonne nach Feierabend für den Müllmann. Ich habe *Männer sind vom Mars, Frauen von der Venus*, das Jude mir geliehen hat, etwa zur Hälfte gelesen, nahm aber nicht an, daß Mark Darcy trotz seiner seltsamen Art sich deswegen gleich als Marsmensch bezeichnen würde. Dann hatte ich eine Eingebung.

»*Backlash – Die Männer schlagen zurück* von Susan Faludi«, sagte ich triumphierend. Ha!

Ich habe das Buch zwar nicht direkt gelesen, habe aber das Gefühl, ich kenne es ganz gut, weil Sharon dauernd davon schwadroniert hat. Jedenfalls eine todsichere Wahl, da ein Softi im Rautenmuster-Pulli niemals ein fünfhundertseitiges feministisches Traktat gelesen haben kann.

»Ah. Wirklich?« sagte er. »Das habe ich gleich gelesen, als es herauskam. Fanden Sie nicht, daß sie meistens nur auf Einzelfälle abhebt?«

»Oh, na ja, es geht . . .«, sagte ich hektisch und überlegte verzweifelt, wie ich ihn von dem Thema wieder abbringen konnte. »Haben Sie Weihnachten bei Ihren Eltern verbracht?«

»Ja«, antwortete er prompt. »Sie auch?«

»Ja. Nein. Ich war gestern abend auf einer Party in London. Ehrlich gesagt, bin ich ein bißchen verkatert.« Ich sülzte so in einem fort vor mich hin, damit Una und Mum nicht dachten, ich sei schon mit einer Flasche wie Mark Darcy überfordert.

»Aber ich meine eigentlich, rein praktisch kann man gar nicht erwarten, daß Vorsätze für das neue Jahr gleich am ersten Januar umgesetzt werden, oder? Denn weil das nämlich die Fortsetzung von Silvester ist, sind die Raucher gerade in einer Rauchphase und können nicht einfach Schlag Mitternacht aufhören, wenn sie schon dermaßen viel Nikotin im Blut haben. Es ist auch keine gute Idee, eine Diät an Neujahr anzufangen, weil man da nicht vernünftig essen kann, sondern wirklich die Freiheit braucht, all das zu konsumieren, was im Moment eben nötig ist, um den Kater zu bekämpfen. Ich denke, es wäre wesentlich vernünftiger, mit den guten Vorsätzen immer erst am zweiten Januar anzufangen.«

»Vielleicht sollten Sie sich etwas zu essen holen«, sagte er, stürzte dann plötzlich aufs Buffet los und ließ mich allein vor dem Bücherregal stehen, während mich alle anstarrten und dachten: Deshalb ist Bridget also nicht verheiratet. Sie schlägt sie wirklich alle in die Flucht.

Das schlimmste daran war, daß Una Alconbury und Mum es nicht dabei belassen konnten. In dem verzweifelten Bemühen, mich ein weiteres Mal mit Mark Darcy in Berührung zu bringen, schickten sie mich andauernd mit Tabletts voller Essiggurken und Gläsern mit Cream Sherry herum. Am Ende waren sie vor Enttäuschung dermaßen durchgedreht, daß Una sich in der Sekunde, als ich mit den Gurken bis auf etwa einen Meter an ihn herangekommen war, quer durchs Zimmer stürmte und ausrief: »Mark, Sie müssen sich Bridgets Telefonnummer aufschreiben, bevor Sie fahren, damit Sie sich in London bei ihr melden können.«

Ich konnte leider auch nichts dagegen tun, daß ich hochrot anlief. Ich merkte nur, wie mir das Blut in den Kopf schoß. Jetzt dachte Mark wahrscheinlich, daß ich sie dazu angestiftet hatte.

»Ich bin sicher, Bridget ist auch so voll ausgelastet, Mrs.

Alconbury«, sagte er. Humpf. Nicht, daß ich mir gewünscht hätte, er würde sich meine Telefonnummer notieren, aber daß er einfach so darauf verzichtete, wollte ich nun auch wieder nicht. Als ich nach unten blickte, sah ich, daß er weiße Socken trug – mit einem gelben Hummelmotiv.

»Kann ich Sie nicht mit einer Essiggurke in Versuchung führen?« sagte ich, um zu zeigen, daß ich einen triftigen Grund hatte, zu ihm zu stoßen, ein Grund, der eindeutig gurkenbasiert und nicht telefonnummerbezogen war.

»Danke, nein«, sagte er und sah mich leicht beunruhigt an.

»Bestimmt nicht? Vielleicht eine gefüllte Olive?« drängte ich weiter.

»Nein, wirklich nicht.«

»Silberzwiebel?« ermunterte ich ihn. »Ein Würfelchen rote Bete?«

»Vielen Dank«, sagte er verzweifelt und nahm sich eine Olive.

»Hoffentlich schmeckt sie Ihnen«, sagte ich triumphierend.

Gegen Ende sah ich, wie er von seiner Mutter und Una traktiert wurde. Gemeinsam schleppten sie ihn dann zu mir und blieben vorsichtshalber hinter ihm stehen, während er mit gnadenloser Förmlichkeit fragte: »Suchen Sie vielleicht eine Mitfahrgelegenheit nach London? Ich bleibe zwar hier, aber ich könnte Sie von meinem Wagen fahren lassen.«

»Was, ganz von allein?« stieß ich hervor.

Er sah mich verständnislos an.

»Tsas! Mark hat einen Firmenwagen mit Chauffeur, Dummchen«, sagte Una.

»Vielen Dank, das ist sehr nett«, sagte ich. »Aber ich werde mich morgen früh von einem meiner Züge zurückbringen lassen.«

2 Uhr nachts. Oh, warum bin ich nur so unattraktiv? Warum? Selbst Männer, die Hummelsocken tragen, finden mich schrecklich. Ich hasse das neue Jahr. Ich hasse alle. Außer Daniel Cleaver. Zum Glück habe ich noch von Weihnachten eine riesengroße Tafel Cadbury's Vollmilchschokolade auf meinem Toilettentisch liegen und dazu ein witziges Minifläschchen Gin Tonic. Werde mir beides einverleiben und eine Kippe rauchen.

Dienstag, 3. Januar

59 kg (erschreckendes Abgleiten in die Fettleibigkeit – warum? warum?), Alkoholeinheiten 6 (hervorragend), Zigaretten 23 (s. g.), Kalorien 2472.

9 Uhr. Uäh. Kann mir nicht vorstellen, heute zur Arbeit zu gehen. Das einzige, was es erträglich macht, ist die Vorstellung, Daniel wiederzusehen, aber selbst das ist nicht empfehlenswert, da ich dick bin, einen Pickel am Kinn habe und mir nur noch wünsche, auf dem Sofa rumzusitzen, Schokolade zu essen und mir Weihnachtssondersendungen im Fernsehen anzuschauen. Es kommt mir moralisch verwerflich und unfair vor, daß einem Weihnachten mit all seinen stressigen und nicht zu bewältigenden finanziellen und emotionalen Ansprüchen erst vollkommen gegen seinen Willen aufgezwungen und dann brutal wieder weggenommen wird, wenn man sich gerade langsam daran gewöhnt. Zum Beispiel, daß Busse und Bahnen nach Sonntagsfahrplan fahren und es also in Ordnung ist, so lange im Bett zu bleiben, wie man will, sich jede Menge Süßigkeiten hinter die Kiemen zu schieben, dazu alkoholische Getränke ohne Rücksicht auf die Tageszeit, sogar morgens. Jetzt sollen wir uns alle

plötzlich wieder in superschlanke, megajugendliche Wind-
hunde verwandeln. Und wofür? Für die Tretmühle.

22 Uhr. Uäh. Perpetua, die etwas länger in der Firma ist als ich
und sich deshalb einbildet, sie wäre meine Vorgesetzte, war
ausgesprochen widerlich und herrschsüchtig und ist mir ewig
mit dem protzigen Anwesen auf die Nerven gegangen (schlappe
halbe Million), das sie sich zusammen mit ihrem reichen, aber
leicht bescheuerten Freund Hugo kaufen will: »Sücher, sücher,
es *geht* nach Norden, aber sie haben sich etwas unglaublich
Schlaues mit der Beleuchtung einfallen lassen.«

Ich sah sie nur traurig an, ihren breiten, ausladenden Hin-
tern, der in einem engen, roten Rock steckte, zu dem sie eine
absonderliche, dreiviertellange, gestreifte Weste angezogen
hatte. Welch ein Segen, wenn man offenbar schon mit der
Arroganz der Reichen und Stinkreichen geboren wurde. Perpe-
tua konnte so breit sein wie ein Renault Espace und keinen
Gedanken daran verschwenden. Wie viele Stunden, Monate,
Jahre habe ich damit zugebracht, mir über mein Gewicht den
Kopf zu zerbrechen, während Perpetua in der Gegend um die
Fulham Road fröhlich nach Lampen mit Porzellankatzen als
Standfuß gesucht hat? Auf jeden Fall fehlt ihr eine Quelle des
Glücks. Umfragen haben erwiesen, daß Glück nicht von Liebe,
Reichtum oder Macht herrührt, sondern von der beharrlichen
Arbeit an realistischen Zielen: Und was ist eine Diät schon
anderes?

Auf dem Heimweg habe ich mir, um den Abschied von
Weihnachten zu verdrängen, eine Schachtel Schokosterne gekauft (eigentlich für den Christbaum, dafür aber Sonderange-
bot) nebst einer Flasche Schaumwein aus Norwegen, Pakistan
oder so für 3,69 £. Ich verleibte mir alles im Licht des Weih-
nachtsbaumes ein, zusammen mit ein paar Weihnachtspaste-

ten, dem Rest des Weihnachtskuchens und etwas Stilton, während ich mir eine Folge von *Eastenders* ansah und so tat, als sei es eine Weihnachtssondersendung.

Jetzt überfallen mich allerdings Scham und Ekel. Ich kann richtig spüren, wie das Fett aus meinem Körper quillt. Was soll's. Manchmal muß man erst den Kalorien-Gau erlebt haben, um wie Phönix aus der Asche mit einer entschlackten und wunderschönen Michelle-Pfeiffer-Figur aus den Trümmern einer cholesterinverpesteten Welt aufzusteigen. Morgen fange ich mit einem eisernen Gesundheits- und Schönheitsprogramm an – garantiert.

Mmmm. Daniel Cleaver allerdings. Ich liebe seine verruchte, leichtlebige Ausstrahlung, während er andererseits s. erfolgreich und klug ist. Heute war er s. witzig und hat allen erzählt, wie seine Tante dachte, der Küchenrollenhalter aus Onyx, den ihr seine Mutter zu Weihnachten geschenkt hat, sei ein stilisierter Penis. Hat es wirklich s. lustig gebracht. Hat mich außerdem ziemlich kokett gefragt, ob ich etwas Schönes zu Weihnachten bekommen hätte. Werde morgen vielleicht kurzen schwarzen Rock anziehen.

Mittwoch, 4. Januar

59,5 kg (absoluter Notstand, als ob Fett in Kapselform über Weihnachten eingelagert war und nun langsam unter der Haut freigesetzt wird), Alkoholeinheiten 5 (besser), Zigaretten 20, Kalorien 700 (s. g.).

16 Uhr. Büro. Akuter Notstand. Jude hat gerade in Tränen aufgelöst von ihrem Handy aus angerufen und es schließlich sogar fertiggebracht, uns mit weinerlicher Stimme mitzuteilen, daß sie sich soeben unter einem Vorwand aus einer Vorstands-sitzung stehlen mußte (Jude ist Leiterin der Termingeschäfte bei Brightlings), da sie sonst dort in Tränen ausgebrochen wäre, und saß nun mit Augen wie Alice Cooper und ohne Schmink-täschchen in der Damentoilette. Ihr Freund, Richard der Ge-meine (ein haltloser Beziehungspaniker), mit dem sie seit acht-zehn Monaten mit Unterbrechungen zusammen ist, hat sie verlassen, weil sie ihn gefragt hat, ob er mit ihr in Urlaub fahren würde. Typisch, aber natürlich hat Jude sich an allem selbst die Schuld gegeben.

»Ich kann einfach nicht allein sein. Das ist schon kein norma-les Bedürfnis mehr, es ist eine Sucht nach Nähe. Und wer macht das schon auf Dauer mit? Ach, wenn ich nur die Zeit zurückdre-hen könnte.«

Ich rief sofort Sharon an, und für halb sieben wurde im Café Rouge ein Notstandsgipfel einberufen. Ich hoffe, ich komme weg, ohne daß die dämliche Perpetua Theater macht.

23 Uhr. Schriller Abend, Sharon begann sofort mit ihrer Theo-rie in puncto Richard: »Emotionale Flachwichserei, die sich wie ein Buschfeuer unter Männern über Dreißig ausbreitet.« Wenn Frauen von den Zwanzigern in die Dreißiger übergehen, be-hauptet Shazzer, verlagert sich insgeheim das Machtgleichge-wicht. Selbst die coolsten Frauen verlieren die Nerven und haben mit den ersten Anfällen von Lebensangst zu kämpfen: zum Beispiel einsam und allein zu sterben und drei Wochen später gefunden zu werden, angenagt vom eigenen Schäfer-hund. Sterotype Vorstellungen von Staub, Spinnrädern und einem total eingerosteten Sexleben vereinen sich und bewirken, daß man sich ungeheuer blöd vorkommt, egal, wie intensiv man an Joanna Lumley und Susan Sarandon denkt.

»Und Männer wie Richard«, schäumte Sharon, »nützen die

Schwachpunkte des anderen aus, sie wollen nicht erwachsen werden und lehnen jegliche Verpflichtung, die sich aus einer Beziehung ergibt, grundsätzlich ab, ganz egal, was sie sagen.«

Zu diesem Zeitpunkt machten Jude und ich bereits »Schhh, schhh« und versanken in unseren Mänteln. Schließlich gibt es nichts Unattraktiveres für einen Mann als schrillen Feminismus.

»Wie kann er sagen, daß er sich eingeengt fühlt, wenn du ihn fragst, ob er mit dir in Urlaub fährt?« brüllte Sharon. »Was *redet* er da eigentlich?«

Während ich verträumt an Daniel Cleaver dachte, riskierte ich die Bemerkung, daß nicht alle Männer wie Richard seien. Daraufhin ließ Sharon eine endlose, aber höchst aufschlußreiche Liste emotionaler Flachwichserei, wie sie Freundinnen von uns erlebt haben, vom Stapel: Okay, da war eine, die mit ihrem Freund seit dreizehn Jahren zusammen ist, aber über eine gemeinsame Wohnung darf nicht einmal andeutungsweise gesprochen werden; eine andere, die viermal mit einem Mann ausgegangen ist, der ihr dann den Laufpaß gab, weil es ihm zu ernst wurde; eine dritte, die drei Monate lang mit leidenschaftlichen Heiratsanträgen von einem Typen verfolgt wurde, nur um drei Wochen, nachdem sie ihn erhört hatte, von ihm sitzengelassen zu werden, damit er das Ganze bei ihrer besten Freundin wiederholen konnte.

»Wir Frauen sind nur verletzlich, weil wir eine Generation von Pionierinnen sind, die es wagt, in der Liebe Kompromisse zu verweigern und sich auf ihre eigene wirtschaftliche Kraft zu verlassen. In zwanzig Jahren werden es die Männer gar nicht mehr wagen, uns mit dieser Flachwichserei zu kommen, weil wir ihnen einfach *ins Gesicht lachen* werden«, tobte Sharon.

In diesem Moment stolzierte Alex Walker, der auch in Sharons Firma arbeitet, mit einer umwerfenden Blondine herein, die ungefähr achtmal so attraktiv war wie er. Er kam zu uns herübergeschlendert und begrüßte uns.

»Ist das deine neue Freundin?« wollte Sharon wissen.

»Tja. Hm. Weißt du, sie hält sich dafür, aber wir gehen nicht miteinander, wir schlafen nur miteinander. Ich müßte eigentlich damit aufhören, aber na ja . . .«, sagte er sebstgefällig.

»Komm uns bitte nicht mit *diesem* Scheiß, du feiger, gestörter kleiner Fiesling. Ich denke, ich sollte mal mit dieser Frau reden«, sagte Sharon und stand auf. Jude und ich hielten sie gewaltsam zurück, während Alex mit panischer Miene zurückeilte, um seine Flachwichserei ungestört fortzusetzen.

Schließlich arbeiteten wir drei eine Strategie für Jude aus. Sie mußte aufhören, sich selbst immer wieder à la *Wenn Frauen zu sehr lieben* zu quälen und statt dessen mehr in Richtung von *Männer sind vom Mars, Frauen von der Venus* denken, was ihr helfen würde, Richards Verhalten weniger als Zeichen für ihre Beziehungssucht zu interpretieren. Denn Männer waren ja nichts anderes als Gummibänder, die sich dehnen mußten, um zurückzukommen.

»Ja, aber heißt das nun, daß ich ihn anrufen soll oder nicht?« fragte Jude.

»Nein«, sagte Sharon im selben Moment, als ich »ja« sagte.

Nachdem Jude gegangen war – weil sie um Viertel vor sechs aufstehen muß, um ins Fitneßstudio zu gehen und ihre persönliche Einkaufsberaterin zu treffen, bevor um halb neun die Arbeit beginnt (verrückt) –, überfielen Sharon und mich plötzlich heftige Gewissensbisse, weil wir Jude nicht geraten hatten, sich Richard den Gemeinen einfach vom Hals zu schaffen, daß die beiden sich das letztemal, als wir das gemacht hatten, wieder zusammentaten und Jude ihm in einem Anfall wiederversöhnlicher Bekennerlust alles berichtete, was wir gesagt hatten, und jetzt ist es jedesmal von lähmender Peinlichkeit, wenn wir ihn sehen, während wir für ihn so etwas sind wie der *Club der Teufelinnen*, was, wie Jude erläutert, jedoch auf einer Fehleinschätzung beruht, da wir zwar den Teufel in uns entdeckt, aber leider noch nicht aktiviert hätten.

Donnerstag, 5. Januar

58,5 kg (hervorragender Fortschritt – ein Kilo Fett durch Lebensfreude und die Aussicht auf Sex spontan verbrannt), Alkoholeinheiten 6 (s. g. für Party), Zigaretten 12 (weiterhin gute Arbeit), Kalorien 1258 (Liebe reduziert das Verlangen, sich den Bauch vollzuschlagen).

11 Uhr. Büro. O mein Gott. Daniel Cleaver hat mir gerade eine Nachricht geschickt. Habe versucht, meinen Lebenslauf zu überarbeiten, ohne daß Perpetua es merkt (als Vorbereitung für bessere Aufstiegschancen), als plötzlich oben auf meinem Bildschirm ein virtueller Briefumschlag aufleuchtete. Erfreut von, na ja, allem – wie immer, wenn es keine Arbeit ist – drückte ich schnell auf E-MAIL AUFRUFEN und hätte beinahe einen Satz gemacht, als ich am Ende der Nachricht Cleave stehen sah. Ich dachte sofort, daß er es geschafft hätte, meinen Computer anzuzapfen, und gesehen hatte, daß ich mit meiner Arbeit nicht weiterkam. Doch dann las ich die Nachricht:

Nachricht an Jones
Du scheinst deinen Rock vergessen zu haben. Laut deinem Arbeitsvertrag wird aber, soweit ich weiß, von den Angestellten unmißverständlich verlangt, daß sie jederzeit vollständig bekleidet sein müssen.   Cleave

Ha! Ohne jeden Zweifel ein Flirtversuch. Dachte ein Weilchen nach, während ich so tat, als würde ich das unfaßbar langweilige Manuskript eines Vollidioten auf seinen literarischen Wert prüfen. Habe noch nie zuvor eine Nachricht an Daniel Cleaver geschickt, aber das Tolle an einem solchen Kommunikationssystem ist, daß man wirklich ziemlich frech und lässig sein kann, sogar dem Chef gegenüber. Außerdem kann man ewig dran üben. Folgendes habe ich ihm geschickt:

Nachricht an Cleave
Sir, bin entsetzt über Nachricht. Rock könnte man zwar mit gutem Grund als ein wenig sparsam ausgefallen bezeichnen (Wirtschaftlichkeit wird bei uns im Lektorat seit jeher großgeschrieben), betrachte es aber als grobe Verkennung, besagten Rock als nicht vorhanden zu bezeichnen und erwäge, Gewerkschaft zu kontaktieren.
Jones

Habe in fiebriger Aufregung auf Antwort gewartet. Natürlich leuchtete der virtuelle Briefumschlag schon bald wieder auf. Drückte E-MAIL AUFRUFEN.

Würde derjenige, der gedankenloserweise das redigierte Manuskript von KAFKAS MOTORRAD von meinem Schreibtisch entfernt hat, BITTE den Anstand besitzen, es mir sofort zurückzubringen.
Diane

Aargh. Und dann: nichts.

Mittag. O Gott. Daniel hat nicht geantwortet. Muß stocksauer sein. Vielleicht hat er das mit dem Rock ernst gemeint. O Gott, o Gott. Habe mich von diesem lockeren Kommunikationsmittel dazu hinreißen lassen, unverschämt zum Chef zu sein.

12.10 Uhr. Vielleicht hat er die Nachricht noch nicht bekommen. Wenn ich sie nur zurückholen könnte. Werde wohl einen Spaziergang machen und schauen, ob ich irgendwie in Daniels Büro gelangen und sie löschen kann.

12.15 Uhr. Ha. Alles geklärt. Er sitzt in einer Besprechung mit Simon von der Marketingabteilung. Warf mir einen Blick zu, als ich vorbeiging. Aha. Ahahahaha. Dann der virtuelle Briefumschlag: klick.

Nachricht an Jones
Wenn du am Büro vorbeigegangen bist, um Vorhandensein von Rock zu demonstrieren, kann ich nur sagen, daß das böse danebengegangen ist. Rock ist unbestreitbar abwesend. Hat Rock sich krank gemeldet?
Cleave

Sofort danach leuchtete ein weiterer Briefumschlag auf.

Nachricht an Jones
Wenn Rock tatsächlich krank ist, bitte ermitteln, wie viele Krankheitstage Rock in den vergangen zwölf Monaten hatte. Unregelmäßige Anwesenheit von Rock in letzter Zeit läßt Blaumachen vermuten.
Cleave

Werde gleich antworten:

Nachricht an Cleave
Rock ist nachweislich weder krank noch Simmulant. Im übrigen ist das permanente Abheben (!) auf Größe nicht im Sinne des Gleichstellungsgebots. Zwanghaftes Interesse an Rock läßt eher kranke Geschäftsleitung als kranken Rock vermuten.
Jones

Hmm. Werde wohl letzteres streichen, da leichter Vorwurf der sexuellen Belästigung enthalten, wo ich es doch s. genieße, von Daniel Cleaver sexuell belästigt zu werden.

Aaargh. Perpetua ist gerade vorbeigekommen, hat mir über die Schulter gesehen und abgelesen. Gerade noch geschafft, Alt Screen zu drücken, war aber großer Fehler, da nun wieder Lebenslauf auf Bildschirm.

»Laß es mich wissen, wenn du mit deiner Lektüre fertig bist, ja?« sagte Perpetua mit einem boshaften Grinsen. »Es täte mir leid, wenn du *unterbeschäftigt* wärst.«

Sowie sie wieder sicher am Telefon hing – »Ich meine, ehrlich, Mr. Birkett, wozu soll es denn gut sein, von drei oder vier Zimmern zu sprechen, wenn schon abzusehen ist, daß sich in dem Moment, wo wir vorbeikommen, das vierte Zimmer als besserer Schrank entpuppt?« – machte ich mich wieder ans Werk. Werde folgendes schicken:

Nachricht an Cleave
Rock ist nachweislich weder krank noch Simmulant. Im übrigen ist das permanente Abheben (!) auf Größe nicht im Sinne des Gleichstellungsgebots. Erwäge Beschwerde beim Arbeitsgericht und/oder Mitteilung an Boulevardpresse etc.
Jones

O weh. Das war die Antwort:

Nachricht an Jones

Simulant, Jones, nicht Simmulant. Gleichstellung, nicht Gleichsstellung. Bitte versuche doch, dir wenigstens oberflächlichste Kenntnisse der Rechtschreibung anzueignen. Möchte damit aber in keiner Weise andeuten, daß die Sprache ein starres anstelle eines sich ständig wandelnden, im Fluß befindlichen Kommunikationssystems ist (vgl. Hoenigswald). Computer-Rechtschreibprogramm könnte allerdings bisweilen nützlich sein.

Cleave

War schon ganz geknickt, als Daniel mit Simon von der Marketingabteilung vorbeiging und mit einer hochgezogenen Augenbraue einen sehr sexy Blick auf meinen Rock warf. Liebe die wunderbaren Computerbotschaften. Muß allerdings an meiner Rechtschreibung arbeiten. Habe schließlich Englisch studiert.

Freitag, 6. Januar

17.45 Uhr. Könnte nicht glücklicher sein. Computerbotschaften bzw. Vorhandensein oder sonstwas von Rock setzten sich zwanghaft ganzen Nachmittag lang fort. Kann mir nicht vorstellen, daß mein verehrter Chef auch nur einen Strich gearbeitet hat. Sonderbares Szenario mit Perpetua (zweitoberster Boß), die wußte, daß ich Nachrichten verschickte und s. wütend war, aber Tatsache, daß Nachrichten an obersten Chef gingen, lösten bei ihr widerstreitende Loyalitätsgefühle aus: eindeutig rauhes Fahrwasser, in dem jeder mit auch nur einem Funken Verstand sagen würde, daß der oberste Chef das Sagen haben sollte.

Letzte Nachricht lautete:

Nachricht an Jones

Möchte leidendem Rock gern Blumenstrauß zum Wochenende schicken. Bitte baldmöglichst um Privatnummer, da aus naheliegenden Gründen keine Suche unter »Jones« in der angegebenen Schreibung in den Akten möglich.

Cleave

Jaaah! Jaaah! Daniel Cleaver will meine Telefonnummer. Bin wundervoll. Bin unwiderstehliche Sexgöttin. Hurra!

Sonntag, 8. Januar

58 kg (verdammt g., aber wozu?), Alkoholeinheiten 2 (hervorragend), Zigaretten 7, Kalorien 3100 (schwach).

14. Uhr. O Gott, warum bin ich so unattraktiv? Nicht zu fassen, daß ich mir selbst eingeredet habe, ich würde mir das ganze Wochenende zum Arbeiten freihalten, wo ich doch in Wirklichkeit permanent in Daniel-Verabredungsbereitschaft bin. Gräßlich, habe zwei Tage damit vergeudet, wie eine Psychopathin das Telefon anzustarren und dabei alles mögliche Zeug in mich reinzustopfen. Warum hat er nicht angerufen? Warum? Was stimmt nicht mit mir? Warum fragt er nach meiner Telefonnummer, wenn er gar nicht anrufen wollte, und wenn er anrufen wollte, dann hätte er es doch sicher im Lauf des Wochenendes getan? Muß mich mehr auf mich selbst konzentrieren. Werde Jude nach geeignetem Selbsthilfebuch fragen, meinetwegen sogar fernöstliche Weisheitslehre.

20 Uhr. Telefonalarm, es war aber nur Tom, der sich nach telefonischen Fortschritten erkundigen wollte. Tom, der sich mittlerweile – alles andere als schmeichelhaft – selbst eine Tantentunte nennt, hat mich in der Daniel-Krise ganz lieb unterstützt. Laut Tom bilden Homosexuelle und alleinstehende Frauen in den Dreißigern eine Art Schicksalsgemeinschaft: Beide sind daran gewöhnt, ihre Eltern zu enttäuschen und von der Gesellschaft wie Mißgeburten behandelt zu werden. Er hörte mir geduldig zu, während ich ihm von meiner Unattraktivitätskrise vorjammerte – ausgelöst, wie ich ihm erklärte, durch den dämlichen Mark Darcy und verschärft durch den dämlichen Daniel, worauf Tom – nicht besonders hilfreich, muß ich sagen – meinte: »Mark Darcy? Ist das nicht dieser berühmte Anwalt – der Menschenrechtsfritze?«

Hmmm. Na ja, trotzdem. Wie steht's mit meinem Menschenrecht, nicht mit einem grauenhaften Unattraktivitätskomplex herumlaufen zu müssen?

23 Uhr. Viel zu spät, als daß Daniel noch anrufen könnte. S. traurig und veletzt.

Montag, 9. Januar

58 kg, Alkoholeinheiten 4, Zigaretten 29, Kalorien 770 (s. g., aber um welchen Preis?)

Alptraumhafter Tag im Büro. Den ganzen Vormittag wegen Daniel Tür überwacht: nichts. Um Viertel vor zwölf war ich ernsthaft beunruhigt. Sollte ich Alarm schlagen?

Dann plärrte plötzlich Perpetua ins Telefon: »Daniel? Der ist zu einer Besprechung nach Croydon gefahren. Morgen ist er wieder im Büro.« Sie knallte den Hörer auf und sagte: »Mein Gott, diese ganzen blöden Mädchen, die ihm hinterhertelefonieren.«

Voller Panik griff ich nach meinem Päckchen Silk Cut. Welche Mädchen? Was? Irgendwie schaffte ich es, den Tag zu überstehen, kam nach Hause und hinterließ in einem Moment des Wahnsinns eine Nachricht auf Daniels Anrufbeantworter, wobei ich sagte (o nein, ich kann gar nicht glauben, daß ich das gemacht habe): »Hi, hier ist Jones. Ich wollte nur wissen, wie es dir geht und fragen ob du Lust auf das Gipfeltreffen über Rockkrankheiten hättest, wie du gesagt hast.«

Sowie ich den Hörer auflegte, wurde mir klar, daß es sich um einen Notfall handelte, und ich rief Tom an, der ganz ruhig sagte, ich solle ihm die Sache überlassen: Wenn er den Apparat mehrmals anriefe, könne er den Code herausfinden, mit dem er das Band zurückspulen und die Nachricht löschen könne. Schließlich dachte er, er hätte den Code geknackt, aber unglücklicherweise ging dann Daniel ans Telefon. Anstatt zu sagen, »Entschuldigung, falsch verbunden«, legte Tom auf. Jetzt hat also Daniel nicht nur eine voll idiotische Nachricht auf seinem Band, sondern wird auch noch denken, daß ich es war, die heute abend vierzehnmal seinen Anrufbeantworter angerufen und dann, als sie ihn persönlich erreicht hat, den Hörer aufgeknallt hat.

Dienstag, 10. Januar

57,5 kg, Alkoholeinheiten 2, Zigaretten 0, Kalorien 998 (hervorragend, s. g., die vollkommene Heilige)

Schlich mich wegen der Nachricht von Verlegenheit gebeutelt ins Büro. Ich hatte mir vorgenommen, mich ganz von Daniel zu distanzieren, aber dann kam er an, sah so umwerfend sexy aus und brachte alle zum Lachen, daß ich ganz hin und weg war.

Plötzlich piepste es, und mein virtueller Briefkasten spuckte einen Umschlag aus.

Jones
Danke für deinen Anruf.
Cleave

Mir wurde ganz bang. Mein Anruf hatte von einer Verabredung gesprochen. Wer antwortete darauf mit »danke« und beläßt es dabei, wenn er nicht... doch nach ein bißchen Nachdenken schrieb ich zurück

Cleave
Halt bitte die Klappe. Bin zu beschäftigt und zu wichtig für diese albernen Spielchen.
Jones

Und nach ein paar Minuten antwortete er:

Jones
Entschuldige die Störung, Jones, der Druck muß höllisch sein. Over and out.
P.S. Dein Busen in diesem Oberteil gefällt mir.
Cleave

...Und los ging's. Hektisch wechselten die ganze Woche Nachrichten hin und her, was darin gipfelte, daß er eine Verabredung für Sonntag abend vorschlug und ich wirr und euphorisch einwilligte. Manchmal sehe ich mich im Büro um, wie wir alle so vor uns hin tippen, und frage mich, ob überhaupt jemand wirklich arbeitet.

(Sehe nur ich das so, oder ist Sonntag tatsächlich ein sonderbarer Tag für die erste Verabredung? Völlig daneben, wie Samstag vormittag oder Montag nachmittag um zwei.)

Sonntag, 15. Januar

57 kg (hervorragend), Alkoholeinheiten 0, Zigaretten 29 (s. s. schlecht, v. a. in 2 Std.), Kalorien 3879 (abstoßend), negative Gedanken 942 (ca., ausgehend vom Durchschnitt pro Min.), mit dem Zählen negativer Gedanken verbrachte Minuten (ca.) 127.

18 Uhr. Völlig erschöpft von den Vorbereitungen für das Date. Eine Frau zu sein ist schlimmer, als Bauer zu sein — dauernd muß man die Natur bekämpfen, um sie sich zunutze zu machen, muß Beine wachsen, Achseln rasieren, Augenbrauen zupfen, Füße von Hornhaut befreien, Teint mit Peeling und Feuchtigkeitscreme behandeln, Pickel ausdrücken, Haarwurzeln tönen, Wimpern färben, Nägel feilen, Zellulitis massieren, Bauchmuskulatur trainieren. Das Endprodukt ist dann derart überzüchtet, daß man es nur wenige Tage zu vernachlässigen braucht, und schon hat sich Mutter Natur das gesamte Terrain zurückerobert. Manchmal frage ich mich, wie ich aussähe, wenn ich von vornherein alles ihr überließe – mit Vollbart und Schnauzer an jedem Schienbein, Augenbrauen wie unser ehemaliger Finanzminister Dennis Healey, das Gesicht ein Friedhof abgestorbener Hautzellen, aus denen Pickel hervorbrechen, lange, gekrümmte Fingernägel wie Struwwelpeter, blind wie eine Fledermaus und ohne Kontaktlinsen jämmerlich verloren, während ein schlapper Körper um mich herumschwabbelt. Uäh, uäh. Ist es da ein Wunder, daß ich kein Selbstvertrauen habe?

19 Uhr. Kann nicht glauben, daß das passiert ist. Auf dem Weg ins Bad, um letzte Hand an die gebändigte Natur anzulegen, sah ich, daß der Anrufbeantworter blinkte: Daniel.

»Hör mal, Jones, tut mir echt leid. Ich fürchte, ich muß heute abend absagen. Ich habe morgen früh um zehn eine Präsentation und muß noch einen Stapel von fünfundvierzig Kalkulationsbogen durcharbeiten.«

Kann es nicht glauben. Bin versetzt worden. Komplette Verschwendung von verdammter Mühe und hydroelektrisch körpergenerierter Energie eines ganzen Tages. Trotzdem darf man sein Leben nicht durch Männer leben, sondern das Frausein als Frau als solches begreifen und gestalten – oder so.

21 Uhr. Schließlich ist er in einer Führungsposition. Vielleicht wollte er die erste Verabredung nicht durch unterschwellige Berufspanik ruinieren.

23 Uhr. Humpf. Er hätte allerdings weiß Gott noch mal anrufen können. Ist vermutlich mit einer ausgegangen, die schlanker ist als ich.

5 Uhr. Was stimmt nicht mit mir? Ich bin völlig allein. Ich hasse Daniel Cleaver. Will nichts mehr mit ihm zu tun haben. Gehe mich jetzt wiegen.

Montag, 16. Januar

58 kg (woher? warum? warum?), Alkoholeinheiten 0, Zigaretten 20, Kalorien 1500, positive Gedanken 0.

10.30 Uhr. Büro. Daniel hockt immer noch in seiner Besprechung. Vielleicht war es ja auch eine ehrliche Entschuldigung.

13 Uhr. Habe Daniel gerade zum Mittagessen gehen sehen. Er hat mir weder eine Nachricht noch sonstwas geschickt. S. deprimiert. Gehe einkaufen.

23.50 Uhr. Habe gerade mit Tom im Fifth Floor von Harvey Nichols zu Abend gegessen. Tom schwärmte von einem »unabhängigen Filmemacher« namens Jerome. Jammerte ihm von Daniel vor, der den ganzen Nachmittag in Besprechungen verbracht hat und es lediglich schaffte, um halb fünf zu sagen: »Hi, Jones, wie geht's dem Rock?« Tom meinte, ich solle jetzt nicht durchdrehen, sondern der Sache Zeit lassen, aber ich merkte genau, daß er nicht bei der Sache war und viel lieber über den Superbody von Jerome geredet hätte.

Dienstag, 24. Januar

Göttlicher Tag. Um halb sechs tauchte wie durch ein Wunder Daniel auf, setzt sich mit dem Rücken zu Perpetua auf meine Schreibtischkante, holte seinen Terminkalender heraus und murmelte: »Wie sieht's denn bei dir am Freitag aus?«
Jaaah! Jaaah!

Freitag, 27. Januar

58,5 kg (aber vollgestopft vom Italiener), Alkoholeinheiten 8, Zigaretten 400 (jedenfalls dem Gefühl nach), Kalorien 875 (jedenfalls dem Gefühl nach).

Ha. Hatte traumhaftes Rendezvous in einem süßen, kleinen, verschwiegenen Italiener ganz in der Nähe von Daniels Wohnung.

»Ähm ... tja. Ich suche mir ein Taxi«, murmelte ich verlegen, als wir hinterher wieder auf der Straße standen. Daniel streifte mir eine Haarsträhne aus der Stirn, umfaßte mit einer Hand meine Wange und küßte mich, drängend und heftig. Nach einer Weile drückte er mich hart an sich und flüsterte heiser: »Ich glaube nicht, daß du jetzt noch ein Taxi brauchst, Jones.«

Sowie wir in seiner Wohnung waren, fielen wir wie Tiere übereinander her: Schuhe, Jacken, alles hintereinander über den Fußboden verstreut.

»Ich finde, dieser Rock sieht überhaupt nicht gesund aus«, murmelte er. »Ich finde, er sollte sich auf den Boden legen.« Als er anfing, den Reißverschluß aufzuziehen, flüsterte er: »Das ist alles nur Spaß, okay? Ich finde nicht, daß wir eine Beziehung anfangen sollten.« Dann, nachdem er seine Warnung angebracht hatte, machte er mit dem Reißverschluß weiter. Wären da nicht Sharon, die Flachwichserei und die Tatsache gewesen, daß ich soeben fast eine ganze Flasche Wein getrunken hatte, ich glaube, ich wäre ihm hilflos in die Arme gefallen. So jedoch sprang ich auf und zog meinen Rock hoch.

»Das ist ja vielleicht ein Scheiß«, nuschelte ich. »Erst groß ranmachen und dann den Schwanz einziehen. Ich habe kein Interesse an emotionaler Flachwichserei. Tschüs dann.«

Es war großartig. Vor allem sein Gesicht dabei. Aber jetzt bin ich zu Hause und in Trübsinn versunken. Ich mag ja recht gehabt haben, aber ich weiß, daß mein Lohn darin bestehen wird, dereinst völlig vereinsamt und halb von einem Schäferhund aufgefressen zu enden.

FEBRUAR

Massaker
am Valentinstag

Mittwoch, 1. Februar

57 kg, Alkoholeinheiten 9, Zigaretten 38 (werde aber sowieso zur Fastenzeit damit aufhören, also kann ich vorher ruhig bis zum Erbrechen rauchen, das hilft mir dann über die schwere Zeit), Kalorien 3826.

Gab mir die ganze Woche die größte Mühe, das Daniel-Debakel positiv umzusetzen und mich nicht hängenzulassen. Ich sagte mir immer wieder die Worte »Selbstachtung« und »Ha« vor, bis ich ganz wirr war, und versuchte entsprechend, jenes »Ich lie-hiebe ihn« zu verdrängen. Zigarettenkonsum war s. schlecht. Bei Martin Amis beispielweise gibt es eine Figur, die so wahnsinnig süchtig ist, daß sie schon nach einer Zigarette lechzt, wenn die alte noch nicht einmal ausgedrückt ist. Ich bin genauso. Es tat gut, Sharon anzurufen und mit meiner Coolness anzugeben, aber als ich Tom anrief, durchschaute er das Ganze auf der Stelle und sagte: »Ach, mein armes Schätzchen«, woraufhin ich in Schweigen verfiel, um nicht in Tränen des Selbstmitleids auszubrechen.

»Paß nur auf«, warnte mich Tom. »Das nächste Mal kommt er auf Knien angekrochen. Auf Knien.«

»Nein, kommt er nicht«, sagte ich traurig. »Ich hab's versiebt.«

Am Sonntag bin ich zu einem gewaltigen, fetttriefenden Mittagessen zu meinen Eltern gefahren. Mutter trug ein leuchtendes Orange und war starrsinniger denn je, nachdem sie gerade erst von einer Woche aus Albufeira mit Una Alconbury und Nigel Coles' Frau Audrey zurückgekehrt ist.

Mum war in der Kirche und hat genauso blitzartig wie Saulus bei seiner Wandlung zu Paulus erkannt, daß der Pfarrer schwul ist.

»Nichts als Faulheit, Liebes«, lautete ihr Verdikt zum Thema Homosexualität. »Sie wollen sich einfach nicht die Mühe machen, auf das andere Geschlecht einzugehen. Schau dir nur deinen Tom an. Ich glaube wirklich, wenn an diesem Kerl etwas dran wäre, würde er richtig mit dir gehen, anstatt diesen ganzen albernen ›Freunde-Zauber‹ abzuziehen.«

»Mutter«, sagte ich. »Tom weiß seit seinem zehnten Lebensjahr, daß er schwul ist.«

»Ach, Schätzchen! Ehrlich! Du weißt doch, wie die Leute auf diese dummen Ideen kommen. Man kann sie ihnen jederzeit ausreden.«

»Heißt das, daß du, wenn ich richtig überzeugend auf dich einreden würde, Dad verlassen und eine Affäre mit Tante Audrey anfangen würdest?«

»Jetzt stellst du dich aber absichtlich dumm«, meinte sie.

»Genau«, sagte Dad. »Tante Audrey sieht aus wie eine Lokomotive.«

»O mein Gott, Colin«, fauchte Mum, was mir seltsam erschien, da sie Dad sonst nicht anfaucht.

Mein Vater bestand befremdlicherweise darauf, mein Auto von oben bis unten durchzuchecken, bevor ich wieder fuhr, obwohl ich ihm versicherte, daß damit alles in Ordnung sei. Blamabel war dann nur, daß mir nicht mehr einfiel, wie man die Motorhaube öffnet.

»Ist dir an deiner Mutter vielleicht irgend etwas merkwürdig vorgekommen?« fragte er steif und verlegen, als er mit dem Ölpeilstab herumfuhrwerkte, ihn mit einem Lappen abwischte

und in nicht ganz unbeschwerter Art und Weise wieder ein-
tauchte, wenn man es freudianisch betrachten wollte. Was ich
nicht tat.

»Du meinst, abgesehen von dem orangefarbenen Kleid?«
sagte ich.

»Tja, schon, und . . . nun, du weißt schon, ihre ganze Art und
so.«

»Sie schien sich ungewöhnlich stark über das Thema Homosexualität zu ereifern.«

»O nein, es waren nur die neuen Gewänder des Pfarrers, die
sie heute morgen aufgebracht haben. Sie waren, ehrlich gesagt,
ein wenig frivol. Er ist gerade von einer Reise nach Rom mit
dem Abt von Dumfries zurückgekommen. Von oben bis unten
in Rosarot gekleidet. Nein, ich meine, ist dir irgend etwas an
Mummy aufgefallen, das *anders* ist als sonst?«

Ich zermarterte mir das Hirn. »Kann ich eigentlich nicht
sagen, außer daß sie sehr aufgeblüht und selbstsicher wirkte.«

»Hmmm«, sagte er. »Na ja, egal. Fahr lieber los, bevor es
dunkel wird. Sag Jude herzliche Grüße von mir. Wie geht's ihr
denn?«

Dann knallte er die Motorhaube zu – aber so fest, daß ich
fürchtete, er könnte sich die Hand gebrochen haben.

Dachte, am Montag würde sich mit Daniel alles klären, doch
er war nicht da. Gestern auch nicht. In der Arbeit ist es mittlerweile wie auf einer Party, bei der man jemanden abschleppen
möchte, nur um festzustellen, daß derjenige gar nicht da ist.
Mache mir Sorgen wegen meines Ehrgeizes, meiner Karriere-
aussichten und meiner moralischen Ernsthaftigkeit, da ich anscheinend alles auf das Niveau einer Pfadfinderdisco herunter-
ziehe. Schließlich konnte ich Perpetua die Information entlok-
ken, daß Daniel nach New York geflogen ist. Inzwischen hat er
garantiert eine dünne, coole Amerikanerin namens Winona

abgeschleppt, die mit jedem pennt, eine Pistole bei sich trägt und alles ist, was ich nicht bin.

Zu allem Überfluß muß ich heute abend auch noch zu einer Dinner-Party mit lauter selbstgefälligen Ehepaaren bei Magda und Jeremy. Solche Gelegenheiten lassen mein Ego regelmäßig auf das Format einer Schnecke schrumpfen, was nicht heißen soll, daß ich nicht dankbar für die Einladung wäre. Ich habe Magda und Jeremy sehr gern. Manchmal übernachte ich bei ihnen, bestaune die frische Bettwäsche und die vielen Gläser mit verschiedenen Nudelsorten und stelle mir vor, sie wären meine Eltern. Aber wenn sie mit ihren verheirateten Freunden zusammensind, komme ich mir vor, als hätte ich mich in eine vertrocknete alte Jungfer verwandelt.

23.45 Uhr. O Gott. Anwesend waren ich, vier Ehepaare und Jeremys Bruder (vergiß es, Hosenträger, krebsrotes Gesicht. Nennt Mädchen »Bienen«).

»So«, brüllte Cosmo und schenkte mir etwas zu trinken ein. »Was macht dein Liebesleben?«

O nein. Warum tun sie das? Warum? Vielleicht treffen sich die selbstgefälligen Ehepaare nur mit anderen selbstgefälligen Ehepaaren und wissen nicht mehr, wie man mit Einzelpersonen umgeht. Vielleicht macht es ihnen wirklich Spaß, uns herablassend zu behandeln und uns das Gefühl zu vermitteln, Versager zu sein. Oder vielleicht leben sie in einem derart eintönigen sexuellen Trott, daß sie denken, das da draußen sei eine völlig andere Welt und infolgedessen eher hoffen, wir würden ihnen faszinierende Details aus unserem Liebesleben erzählen.

»Ja, warum bist du denn noch nicht verheiratet, Bridget?« säuselte Woney (Babysprache für Fiona, die Ehefrau von Jeremys Freund Cosmo) mit dünnlicher Anteilnahme, während sie ihren schwangeren Bauch streichelte.

Weil ich nicht wie du enden will, du fette, langweilige Nobelvier-
tel-Milchkuh, hätte ich sagen sollen, oder: *Weil ich, wenn ich auch*
nur einmal, geschweige denn Abend für Abend das Essen für Cosmo
kochen und dann mit ihm ins Bett gehen müßte, mir meinen eigenen
Kopf abreißen und aufessen würde, oder: *Weil nämlich, liebste*
Woney, mein gesamter Körper unter den Kleidern von Fischschup-
pen bedeckt ist. Aber ich tat es nicht, weil ich – perverserweise –
ihre Gefühle nicht verletzen wollte. Und so setzte ich nur ein
dümmliches, kleinlautes Lächeln auf, woraufhin jemand namens Alex sich zu Wort meldete: »Tja, wißt ihr, wenn man erst
einmal ein gewisses Alter überschritten hat...«

»Genau... Sämtliche anständigen Typen sind schon verge-
ben«, sagte Cosmo, schlug sich auf seinen Fettbauch und grinste, daß die Backen wabbelten.

Beim Abendessen hatte mich Magda auf etwas inzestuöse
Sandwich-Sex-Art zwischen Cosmo und Jeremys nervtötenden
Langweiler von einem Bruder plaziert. »Du solltest langsam
darangehen, dir ein Kind machen zu lassen, altes Mädchen«,
sagte Cosmo und goß sich ein halbes Glas 82er Pauillac hinter
die Binde. »Die Zeit wird allmählich knapp.«

Ich hatte selbst schon mehr als ein Viertel 82er Pauillac intus.
»Ist es eigentlich jede dritte Ehe, die in einer Scheidung endet,
oder jede zweite?« nuschelte ich in dem vergeblichen Versuch,
sarkastisch zu sein.

»Im Ernst, altes Mädchen«, sagte er und ignorierte meine
Bemerkung. »Das ganze Büro ist voll von diesen alleinstehen-
den Frauen über dreißig. Körperlich einwandfreie Exemplare.
Kriegen nur keinen Kerl.«

»Das Problem habe ich eigentlich nicht«, hauchte ich und
schwenkte meine Zigarette durch die Luft.

»Ooh. Laß hören«, sagte Woney.

»Wer ist denn der Glückliche?« wollte Cosmo wissen.

»Kriegst du ordentlich Sex, altes Mädchen?« fragte Jeremy. Alle Augen wandten sich mir zu. Offene Münder, lechzend.

»Das geht euch nichts an«, sagte ich hochnäsig.

»Sie hat also keinen Mann!« krähte Cosmo.

»O mein Gott, es ist schon nach elf Uhr«, kreischte Woney. »Der Babysitter!« Und sie sprangen alle auf und machten sich fertig zum Aufbruch.

»Mein Gott, ich muß mich für diesen Haufen entschuldigen. Alles in Ordnung mit dir?« flüsterte Magda, die genau wußte, daß so ziemlich nichts in Ordnung war.

»Soll ich dich mitnehmen oder so?« fragte Jeremys Bruder und rülpste vernehmlich.

»Ich gehe jetzt noch in einen Nachtclub«, zwitscherte ich und eilte auf die Straße hinaus. »Danke für den super Abend!«

Dann stieg ich in ein Taxi und brach in Tränen aus.

Mitternacht. Har har. Habe gerade mit Sharon telefoniert.

»Du hättest sagen sollen: ›Ich bin nicht verheiratet, weil ich überzeugter Single bin, ihr selbstgefälligen, frühvergreisten, engstirnigen Trottel‹«, tobte Sharon. »Und weil es nicht nur eine einzige Lebensform gibt: Jeder vierte Haushalt besteht aus einem Single, die meisten Mitglieder des Königshauses sind Singles, Erhebungen haben ergeben, daß die jungen Männer unseres Landes *absolut eheunfähig* sind, und infolgedessen gibt es eine ganze Generation weiblicher Singles wie mich, die ihr eigenes Einkommen und ihre eigene Wohnung haben, sich herrlich amüsieren und niemand anderem die Socken zu waschen brauchen. Wir wären quietschvergnügt, wenn sich Leute wie ihr nicht dazu verschworen hätten, uns als blöd hinzustellen, nur weil ihr neidisch seid.‹«

»Überzeugte Singles!« rief ich fröhlich. »Ein Hoch auf die überzeugten Singles!«

Sonntag, 5. Februar

Noch immer keine Nachricht von Daniel. Halte es nicht aus, mir vorzustellen, wieder einen ganzen Sonntag zu vertun, während alle außer mir mit anderen im Bett liegen, kichern und Sex haben. Das schlimmste ist, daß es nur noch eine gute Woche bis zur drohenden Demütigung am Valentinstag dauert. Ausgeschlossen, daß ich irgendwelche Karten bekomme. Spiele mit der Idee, heftig mit jemandem zu flirten, der sich vielleicht dazu hinreißen ließe, mir eine zu schicken, lasse den Gedanken aber als unmoralisch fallen. Werde wohl die totale Erniedrigung mit Fassung tragen müssen.

Hmm. Jetzt weiß ich es. Ich glaube, ich werde Mum und Dad noch einmal besuchen, weil ich mir Sorgen um Dad mache. Werde mich dann bestimmt wie ein Schutzengel oder eine Heilige fühlen.

14 Uhr. Die letzte noch vorhandene Badematte der Sicherheit ist mir unter den Füßen weggerissen worden. Großherziges Angebot, einen Überraschungsbesuch abzustatten, trifft auf seltsam klingenden Dad am anderen Ende der Leitung.

»Äh . . . ich weiß nicht recht, Liebes. Könntest du mal kurz warten?«

Mir wurde ganz schwindlig. Es ist typisch für die Arroganz der Jugend (na ja, ich sage mal »Jugend«), sich einzubilden, daß die Eltern alles liegen- und stehenlassen, womit sie gerade beschäftigt sind, und einen mit offenen Armen empfangen, sowie man bei ihnen auf der Türschwelle steht. Er kam wieder an den Apparat. »Bridget, hör mal, deine Mutter und ich haben Probleme. Können wir dich gegen Ende der Woche zurückrufen?«

Probleme? Was für Probleme? Ich versuchte, Dad zu einer

Erklärung zu bewegen, aber es fruchtete nichts. Was ist denn los? Ist etwa die ganze Welt zu emotionaler Qual verdammt? Armer Dad. Werde ich nun zu allem Überfluß auch noch das tragische Opfer einer zerrütteten Familie?

Montag, 6. Februar

56 kg (rätselhaft: eine schwere innere Last wurde von mir genommen), Alkoholeinheiten 1 (s. g.), Zigaretten 9 (s. g.), Kalorien 1800 (g.).

Daniel kommt heute wieder ins Büro. Ich werde gelassen und kühl sein und daran denken, daß ich eine erwachsene Frau bin und keine Männer brauche, um ganz ich selbst zu sein – und ihn schon gar nicht. Werde ihm weder eine Nachricht schicken noch in irgendeiner Weise Notiz von ihm nehmen.

9.30 Uhr. Humpf. Daniel scheint noch nicht da zu sein.

9.35 Uhr. Daniel immer noch nicht aufgetaucht.

9.44 Uhr. O Gott, o Gott. Vielleicht hat er sich in New York verliebt und ist dort geblieben.

9.47 Uhr. Oder er ist nach Las Vegas geflogen und hat geheiratet.

9.50 Uhr. Hmmm. Werde lieber mal mein Make-up auffrischen, für den Fall, daß er hereinkommt.

10.05 Uhr. Mein Herz machte einen großen Satz, als ich vom Klo zurückkam und Daniel mit Simon aus der Marketingabteilung am Kopierer stehen sah. Das letztemal, als ich ihn gesehen hatte, lag er auf seinem Sofa und sah völlig verdutzt drein, während ich meinen Rock zumachte und über Flachwichserei geiferte. Nun sah er ganz nach »Ich war verreist« aus – mit frischem Teint und gesunder Ausstrahlung. Als ich vorüberging, warf er einen anzüglichen Blick auf meinen Rock und schenkte mir ein breites Grinsen.

10.30 Uhr. Ein virtueller Briefumschlag leuchtete auf meinem Bildschirm auf. Ich klickte E-MAIL AUFRUFEN an.

Nachricht an Jones
Frigide Kuh.
Cleave

Ich lachte. Ich konnte nicht anders. Als ich zu seinem kleinen, verglasten Büro hinübersah, lächelte er mich erleichtert und nett an. Werde ihm trotzdem keine Nachricht zurückschicken.

10.35 Uhr. Wirkt aber unhöflich, nicht zu antworten.

10.45 Uhr. Mein Gott, ist mir langweilig.

10.47 Uhr Ich werde ihm einfach eine winzige, freundliche Nachricht schicken, nichts Kokettes, einfach, um wieder auf gutem Fuß mit ihm zu stehen.

11.00 Uhr. Tihi. Habe mich als Perpetua eingeloggt, um Daniel einen Schreck zu versetzen.

Nachricht an Cleave

Es ist so schon schwer genug, deine Ansprüche zu erfüllen, ohne
daß auch noch andere Leute aus meinem Team ihre Zeit mit unwich-
tigen Mitteilungen vergeuden.

Perpetua

P.S. Bridgets Rock fühlt sich überhaupt nicht wohl, deshalb habe ich
ihn nach Hause geschickt.

22 Uhr. Mmmm. Daniel und ich haben uns den ganzen Tag
lang gegenseitig Nachrichten geschickt. Aber ich werde auf
keinen Fall mit ihm schlafen.

Habe heute abend noch einmal bei Mum und Dad angerufen,
aber es nahm niemand ab. S. seltsam.

Donnerstag, 9. Februar

*58 kg (zusätzliches Fett vermutlich durch winterlichen Wal-
Schwabbelspeck verursacht), Alkoholeinheiten 4, Zigaretten 12
(s. g.), Kalorien 2845 (s. kalt), Anzahl richtiger Lottozahlen 2.*

21 Uhr. Genieße das Winterwunderland sehr und denke daran,
daß wir den Elementen ausgeliefert sind und ich mich nicht so
angestrengt darum bemühen sollte, über allem zu stehen und so
hart zu arbeiten, sondern mehr darauf, mich warm anzuziehen
und fernzusehen. Jetzt habe ich diese Woche schon zum dritten Mal bei Mum und Dad angerufen und niemanden erreicht.
Vielleicht ist die Leitung nach The Gables durch den Schnee
unterbrochen? In meiner Ratlosigkeit nahm ich den Hörer ab
und wählte die Nummer meines Bruders Jamie in Manchester,
nur um mir eine seiner witzigen Ansagen auf dem Anrufbeantworter anzuhören: das Geräusch von laufendem Wasser, und

dann Jamie, wie er so tut, als wäre er Präsident Clinton im Weißen Haus, dann eine Toilettenspülung und seine behämmerte Freundin, die im Hintergrund kichert.

21.15 Uhr. Habe es gerade dreimal hintereinander bei Mum und Dad probiert und das Telefon jedesmal zwanzigmal klingeln lassen. Schließlich hat Mum abgenommen und mit seltsamer Stimme gesagt, sie könne jetzt nicht sprechen, würde mich aber am Wochenende anrufen.

Samstag, 11. Februar

56,5 kg, Alkoholeinheiten 4, Zigaretten 18, Kalorien 1467 (aber durch Shopping verbrannt).

Kam gerade vom Einkaufen nach Hause und habe Nachricht von Dad auf Band, in der er mich fragt, ob ich am Sonntag mit ihm zu Mittag essen will. Mir wurde heiß und kalt. Mein Vater kommt nicht sonntags allein nach London, um mit mir zu Mittag zu essen. Er ißt Roastbeef oder Lachs mit neuen Kartoffeln, und das tut er zu Hause bei Mum. »Ruf nicht zurück«, sagte er. »Ich komme einfach morgen bei dir vorbei.«

Was ist da los? Ich ging zitternd um die Ecke, um mir eine Schachtel Silk Cut zu holen. Als ich zurückkam, war eine Nachricht von Mum auf meinem Band. Sie kommt offenbar auch morgen, um mit mir zu Mittag zu essen. Sie bringt ein Stück Lachs mit und wird gegen ein Uhr bei mir sein.

Rief wieder bei Jamie an und bekam auf seinem Anrufbeantworter zwanzig Sekunden Bruce Springsteen zu hören und danach Jamie, wie er in völlig falschem Rhythmus »Baby, I was born to run . . .« knurrt.

Sonntag, 12. Februar

56,5 kg, Alkoholeinheiten 5, Zigaretten 23 (kein Wunder!), Kalo-
rien 1647.

11 Uhr. O Gott, sie dürfen nicht alle beide zur selben Zeit bei
mir auftauchen. Es ist unsäglich grauenhaft. Vielleicht ist diese
ganze Geschichte mit dem Mittagessen ja auch nur ein elterli-
cher Streich, ausgelöst durch eine Überdosis Noel Edmonds,
populäre Fernsehsendungen und dergleichen. Vielleicht
kommt meine Mutter hier mit einem lebenden Lachs an,
der ängstlich an der Leine zerrt, und verkündet, daß sie Dad
seinetwegen verläßt. Vielleicht kommt Dad ja auch als Moris-
kentänzer verkleidet und mit dem Kopf nach unten durchs
Fenster geflogen und fängt an, Mum mit einer Schafsblase auf
den Kopf zu schlagen; oder er fällt plötzlich mit dem Gesicht
voran und einem Plastikmesser im Rücken aus dem Wäsche-
schrank. Das einzige, was überhaupt alles wieder auf die Reihe
bringen kann, ist eine Bloody Mary. Immerhin ist schon fast
Nachmittag.

12.05 Uhr. Mum hat angerufen. »Dann soll eben *er* kommen«,
sagte sie. »Soll er eben seinen verdammten Willen haben, wie
immer.« (Normalerweise flucht meine Mutter nicht. Sie sagt
Sachen wie »verflixt« und »ach du liebe Güte«.) »Ich komme
verdammt gut allein zurecht. Dann putze ich eben das Haus wie
diese scheiß Germaine Greer und die unsichtbare Frau.«
Könnte sie womöglich, eventuell, betrunken sein? Meine Mutter hat außer einem Cream Sherry ab und zu seit jenem Sonntag-
abend im Jahr 1952 nichts mehr getrunken, als sie auf Mavis
Enderbys einundzwanzigstem Geburtstag von einem halben
Liter Cider einen leichten Schwips hatte, was sie weder sich

selbst noch irgend jemand sonst je vergessen ließ. (»Es gibt nichts Schlimmeres als eine betrunkene Frau, Liebes.«)

»Mum. Nein. Können wir das nicht alle gemeinsam beim Mittagessen besprechen?« sagte ich, als befänden wir uns in *Schlaflos in Seattle* und das Mittagessen würde damit enden, daß Mum und Dad Händchen hielten und ich mit einem leuchtfarbenen Rucksack verschmitzt in die Kamera zwinkerte.

»Wart's nur ab«, sagte sie düster. »Du merkst auch noch, wie die Männer sind.«

»Aber ich weiß doch schon...«, fing ich an.

»Ich gehe jetzt aus, Schätzchen«, sagte sie. »Ich gehe jetzt aus, um mit jemandem ins *Bett* zu steigen.«

Um zwei Uhr nachmittags stand Dad mit einem ordentlich zusammengefalteten *Sunday Telegraph* vor der Tür. Als er sich aufs Sofa setzte, legte sich sein Gesicht in Falten, und die Tränen begannen ihm über die Wangen zu strömen.

»So ist sie, seit sie mit Una Alconbury und Audrey Coles nach Albufeira gefahren ist«, schluchzte er und versuchte sich die Wange mit der Faust zu wischen. »Als sie zurückkam, redete sie auf einmal davon, daß sie für die Hausarbeit bezahlt werden wolle und daß sie ihr Leben damit vergeudet hätte, unsere Sklavin zu sein.« (*Unsere* Sklavin? Ich habe es ja geahnt. Es ist alles meine Schuld. Wenn ich ein besserer Mensch wäre, hätte Mum nicht aufgehört, Dad zu lieben.) »Sie will, daß ich für eine Weile ausziehe, sagt sie, und... und...« Er versank in ersticktem Schluchzen.

»Und was, Dad?«

»Sie hat gesagt, ich dächte wohl, die Klitoris sei etwas aus der Schmetterlingssammlung von Nigel Coles.«

Montag, 13. Februar

57,5 kg, Zigaretten 0 (seelische Bereicherung unterbindet Bedürfnis zu rauchen – ein echter Fortschritt), Alkoholeinheiten 5, Kalorien 2845.

Obwohl mir die Sorgen meiner Eltern das Herz brechen, muß ich doch zu meiner Schande gestehen, daß ich mir in meiner neuen Rolle als Hüterin und weise (tja, aber so ist es wohl), Beraterin gefalle. Es ist schon so lange her, seit ich überhaupt irgend etwas für jemanden getan habe, daß es ein völlig neues und berauschendes Gefühl ist. Genau das hat in meinem Leben gefehlt. Ich male mir schon aus, Samariterin oder Sonntagsschullehrerin zu werden, Suppen für die Obdachlosen zu kochen (oder, wie mein Freund Tom vorschlug, entzückende Mini-Bruschettas mit Pesto) oder sogar auf Ärztin umzuschulen. Vielleicht sollte ich mir auch gleich einen Arzt angeln – als Garant für sexuelle und seelische Befriedigung sozusagen. Ich habe mir sogar schon überlegt, im Ärzteblatt *Lancet* eine Kontaktanzeige aufzugeben. Ich könnte Anrufe für ihn entgegennehmen, den Patienten, die nächtliche Hausbesuche verlangen, sagen, sie sollen sich verpissen, und ihm kleine Ziegenkäsesoufflés backen. Und mit sechzig hätte ich dann die Nase voll von ihm und würde so enden wie Mum.

O Gott. Morgen ist Valentinstag. Warum ist die ganze Welt darauf aus, Leuten, die keine romantische Liebesaffäre haben, ein schlechtes Gefühl zu vermitteln, wo doch jeder weiß, daß Romantik sowieso nicht funktioniert? Man braucht sich bloß das Königshaus anzusehen. Oder Mum und Dad.

Der Valentinstag ist ohnehin ein rein kommerzielles, zynisches Kunstprodukt und geht mir infolgedessen am Arsch vorbei.

Dienstag, 14. Februar

*57 kg, Alkoholeinheiten 2 (zur Feier des Tages: 2 Flaschen Beck's,
leider ganz allein getrunken), Zigaretten 12, Kalorien 1545.*

8 Uhr. Oooh, du meine Güte. Valentinstag. Ob wohl die Post
schon gekommen ist? Vielleicht ist eine Karte von Daniel dabei.
Oder von einem heimlichen Bewunderer. Oder Blumen oder
Pralinen in Herzform. Bin wirklich ganz aufgeregt.

Kurzer Augenblick wilder Freude, als ich einen Strauß Ro-
sen im Flur entdeckte. Daniel! Raste die Treppe hinunter und
nahm sie beglückt an mich, als die Tür der Wohnung unter mir
aufging und Vanessa herauskam.

»Oooh, die sind aber schön«, sagte sie neidisch. »Von wem
sind die denn?«

»Ich weiß nicht«, sagte ich bescheiden und sah auf die Karte.
»Ah...!« Ich verstummte. »Die sind für dich.«

»Mach dir nichts draus. Schau mal, das ist für dich«, sagte
Vanessa aufmunternd. Es war eine Kreditkartenabrechnung.

Beschloß, mir auf dem Weg zur Arbeit einen Cappuccino mit
Schokoladencroissants zu gönnen, um mich aufzuheitern. Figur ist mir egal. Spielt keine Rolle, da mich eh niemand liebt
oder auch nur gern hat.

Auf der Fahrt mit der U-Bahn konnte man sehen, wer Valen-
tinskarten bekommen hatte und wer nicht. Alle sahen sich um,
versuchten, Blickkontakt zu den anderen aufzunehmen und
lächelten entweder affektiert oder schauten weg.

Kam ins Büro und mußte sehen, daß Perpetua einen Blumenstrauß, der so groß war wie ein Schaf, auf ihrem Schreibtisch stehen hatte.

»So, Bridget!« brüllte sie, daß alle es hören konnten. »Wie
viele hast du bekommen?«

Ich sank auf meinen Stuhl und murmelte wie ein schmollender Teenager aus dem Mundwinkel: »Halt die Klappe.«

»Komm schon! Wie viele?«

Ich fürchtete schon, sie würde mich zur Strafe am Ohrläppchen ziehen oder so was.

»Der ganze Zirkus ist lächerlich und inhaltslos. Eine einzige kommerzielle Ausbeutung.«

»Ich wußte, daß du keine bekommen hast«, krähte Perpetua. Erst in diesem Moment merkte ich, daß Daniel uns von der Tür her belauscht hatte und lachte.

Mittwoch, 15. Februar

Unerwartete Überraschung. Wollte gerade die Wohnung verlassen und zur Arbeit gehen, als ich einen rosaroten Umschlag – offenbar ein verspäteter Valentinsgruß – auf dem Tisch im Hausflur bemerkte, der »An die dunkle Schönheit« adressiert war. Einen Moment lang war ich ganz aufgeregt, da ich mir einbildete, er sei für mich und ich mich auf einmal als dunkles, rätselhaftes Objekt der Begierde für die Männer da draußen sah. Dann fiel mir die dämliche Vanessa mit ihrem dunklen, glatten Bubikopf wieder ein. Humpf.

21 Uhr. Bin gerade nach Hause gekommen, und die Karte liegt immer noch da.

22 Uhr. Immer noch.

23 Uhr. Unglaublich. Die Karte ist immer noch da. Vielleicht ist Vanessa noch nicht nach Hause gekommen.

Donnerstag, 16. Februar

56 kg (Gewichtsabnahme durch Treppensteigen), Alkoholeinheiten 0 (hervorragend), Zigaretten 5 (hervorragend), Kalorien 2452 (nicht s. g.), die Treppe hinuntergegangen, um nach valentinartigem Umschlag zu schauen 18mal (psychologisch schlecht, aber trainingsmäßig s. g.).

Die Karte ist immer noch da! Mit dieser Karte ist es wie mit der letzten Praline. Die läßt man auch immer den anderen.

Freitag, 17. Februar

56 kg, Alkoholeinheiten 1 (s. g.), Zigaretten 2 (s. g.), Kalorien 3241 (schlecht, aber durch Treppen verbrannt), nach Karte geschaut 12mal (zwanghaft).

9 Uhr. Die Karte ist immer noch da.

21 Uhr. Immer noch.

21.30 Uhr. Immer noch. Hielt es nicht mehr länger aus. Wußte aufgrund der Essensgerüche, die aus Vanessas Wohnung drangen, daß sie zu Hause war, und klopfte bei ihr. »Ich glaube, die muß wohl für dich sein«, sagte ich und hielt ihr die Karte hin, als sie die Tür öffnete.

»Oh, ich dachte, sie wäre für dich«, meinte sie.

»Sollen wir sie aufmachen?« fragte ich.

»Okay.« Ich reichte sie ihr, und sie gab sie mir kichernd wieder zurück. Dann drückte ich sie wieder ihr in die Hand. Ich liebe Mädels.

»Mach schon«, sagte ich, woraufhin sie den Umschlag mit dem Küchenmesser aufschlitzte, das sie in der Hand hielt. Es war eine ziemlich künstlerische Karte – hätte in einer Kunstgalerie gekauft worden sein können. Sie verzog das Gesicht.

»Sagt mir nichts«, meinte sie und hielt mir die Karte hin.

Darin stand: »Ein Stück lächerlicher und inhaltsloser kommerzieller Ausbeutung – für meine liebe kleine frigide Kuh.«

Ich brach in schrilles Jaulen aus.

22 Uhr. Habe gerade Sharon angerufen und ihr die ganze Geschichte erzählt. Sie sagte, ich solle mich nicht von einer billigen Karte verrückt machen lassen und mir Daniel aus dem Kopf schlagen, da er kein besonders netter Mensch sei und nichts Gutes dabei herauskommen werde.

Rief Tom an, um eine zweite Meinung zu hören, insbesondere im Hinblick darauf, ob ich Daniel am Wochenende anrufen soll.

»*Neiiiiiiin!*« schrie er. Er stellte mir mehrere forschende Fragen: zum Beispiel, wie sich Daniel in den letzten paar Tagen verhalten hätte, als er, nachdem er die Karte abgeschickt hatte, keine Reaktion von mir bekam. Ich berichtete, daß er mehr als sonst mit mir geflirtet hätte. Toms Rezept lautete, bis nächste Woche zu warten und reserviert zu bleiben.

Sonntag, 18. Februar

57 kg, Alkoholeinheiten 4, Zigaretten 6, Kalorien 2746, richtige Lottozahlen 2 (s. g.).

Endlich habe ich herausgefunden, was mit Mum und Dad los ist. Ich vermutete schon langsam eine Art Shirley-Valentine-

Szenario im Anschluß an den Portugal-Urlaub und daß ich die Zeitung aufschlagen und meine Mutter mit blondgefärbten Haaren und einem Top mit Leopardenmuster neben einem Typ in stonewashed Jeans namens Gonzales auf dem Sofa sitzen sähe, während sie erklärt, daß ein Altersunterschied von sechsundvierzig Jahren wirklich keine Rolle spielt, wenn man jemanden aufrichtig liebt.

Heute bat sie mich, im Café von Dickens & Jones mit ihr zu Mittag zu essen, und ich habe sie unumwunden gefragt, ob sie einen anderen hätte.

»Nein. Es gibt keinen anderen«, sagte sie und starrte mit einem Ausdruck melancholischer Tapferkeit in die Ferne, den sie unter Garantie bei Prinzessin Diana abgeschaut hat.

»Warum bist du dann so gemein zu Dad?« fragte ich.

»Liebes, als dein Vater in den Ruhestand ging, ist mir einfach nur klargeworden, daß ich fünfunddreißig Jahre ohne Pause damit zugebracht habe, ihm den Haushalt zu führen und seine Kinder aufzuziehen...«

»Jamie und ich sind auch deine Kinder«, unterbrach ich sie verletzt.

»...und daß in seinen Augen seine Lebensarbeit getan war, während meine immer noch weiterging, was genau dasselbe Gefühl war wie damals, als du klein warst und es um die Wochenenden ging. Man hat nur ein Leben. Ich habe gerade die Entscheidung getroffen, ein paar Änderungen vorzunehmen und das, was mir von meinem noch bleibt, damit zuzubringen, mich zur Abwechslung mal um mich selbst zu kümmern.«

Als ich zum Zahlen an die Kasse ging, dachte ich über alles noch einmal nach und versuchte, Mums Einstellung feministisch zu betrachten. Dann fiel mein Blick auf einen großen, vornehm aussehenden Mann mit grauem Haar, einer Lederjacke kontinentalen Schnitts und einem dieser Herrenhandtäschchen. Er schaute in das Café, tippte auf seine Uhr und zog die Augenbrauen hoch. Ich wirbelte herum und sah gerade noch, wie meine Mutter mit lautlosen Lippenbewegungen »Komme sofort« mimte und entschuldigend zu mir herübernickte.

Ich sagte nichts mehr, sondern verabschiedete mich nur, kehrte dann aber wieder um und folgte ihr, um sicherzugehen, daß ich mir nichts einbildete. Natürlich fand ich sie schließlich, wie sie mit dem hochgewachsenen, smarten Knaben durch die Parfümerieabteilung stolzierte, sich alles, was ihr unter die Finger kam, auf die Handgelenke sprühte, sie ihm unter die Nase hielt und kokett lachte.

Als ich nach Hause kam, war eine Nachricht von meinem Bruder Jamie auf dem Band. Rief ihn sofort zurück und erzählte ihm alles. »Du bist so sexbesessen, daß Mum nicht mal zur Kommunion gehen dürfte, ohne daß du sie im Verdacht hättest, sie wollte dem Pfarrer einen blasen. Hast du eigentlich Karten zum Valentinstag bekommen?«

»Allerdings«, schnaubte ich zornig. Woraufhin er erneut in Lachen ausbrach und dann sagte, er müsse Schluß machen, weil er und Becca jetzt zum Tai Chi im Park verabredet seien.

Sonntag, 19. Februar

56,5 kg (s. g., aber nur durch Kummer), Alkoholeinheiten 1 (aber Tag des Herrn), Zigaretten 7, Kalorien 2100.

Habe Mum angerufen, um sie wegen des smarten Knaben in ihrem zweiten Frühling zur Rede zu stellen, mit dem ich sie nach unserem Mittagessen gesehen habe.

»Oh, du meinst sicher Julian«, zwitscherte sie.

Damit verriet sie sich auf der Stelle. Meine Eltern sprechen von ihren Freunden nicht mit deren Vornamen. Es heißt stets Una Alconbury, Audrey Coles oder David Ricketts: »Du kennst doch David Ricketts, Liebes – er ist mit Anthea Ricketts verheiratet, die bei Lifeboat mitarbeitet.« Das ist ein Hinweis auf die Tatsache, daß sie im Grunde ganz genau wissen, daß ich keine Ahnung habe, wer Anthea Ricketts ist, obwohl sie die nächsten vierzig Minuten über David und Anthea Ricketts sprechen werden, als wären sie seit meinem vierten Lebensjahr die besten Bekannten.

Ich wußte auf der Stelle, daß Julian nichts mit irgendwelchen Lifeboat-Mittagessen zu tun hatte und auch keine Frau hatte, die Mitglied bei Lifeboat, Rotary oder den Freunden des Heiligen Georg war. Außerdem hatte ich den Verdacht, daß Mum ihn vor dem Zerwürfnis mit Dad in Portugal kennengelernt hatte und daß wir es hier weniger mit einem Julian als vielmehr mit einem Julio zu tun hatten. Ich hatte schlicht und einfach den Verdacht, daß Julio der eigentliche Grund für das Zerwürfnis mit Dad war.

Ich konfrontierte sie mit meinem Verdacht. Sie stritt alles ab. Sie tischte mir sogar eine ungemein verwickelte Geschichte auf, derzufolge »Julian« sie bei Marks & Spencer am Marble Arch versehentlich angerempelt hätte, so daß ihr die neue Le-Creuset-Terrine auf den Fuß gefallen sei, woraufhin er sie auf einen Kaffee zu Selfridges eingeladen hätte, was zu einer festen platonischen Freundschaft geführt hatte, die ausschließlich in Cafés von Warenhäusern stattfand.

Warum glauben die Leute, wenn sie ihren Lebensgefährten verlassen, weil sie eine Affäre mit jemand anderem haben, es würde sich besser machen, wenn sie vorgeben, daß es nichts mit jemand anderem zu tun hätte? Bilden sie sich etwa ein, es wäre für den Lebensgefährten weniger schmerzhaft, wenn sie ihn einfach deshalb verlassen haben, weil sie ihn nicht mehr ertragen konnten, und sie dann das Glück hatten, zwei Wochen später einen Omar-Sharif-Verschnitt mit Herrenhandtäschchen kennenzulernen, während der Ex-Lebensgefährte allabendlich beim Anblick des Zahnputzbechers in Tränen ausbricht? Das ist genau wie bei den Leuten, die uns als Entschuldigung lieber eine Lüge auftischen anstatt die Wahrheit zu sagen, selbst wenn die Wahrheit besser ist als die Lüge.

Ich habe einmal mitgehört, wie mein Freund Simon eine Verabredung mit einem Mädchen – auf das er wirklich scharf war – abgesagt hat, weil er direkt neben der Nase einen Pickel mit einer gelben Spitze hatte und weil er aufgrund einer Wäschekrise in einem lächerlichen Siebziger-Jahre-Jackett zur Arbeit gegangen war, jedoch damit gerechnet hatte, sein reguläres Jackett in der Mittagspause aus der Reinigung holen zu können, welches die Reinigung aber noch nicht fertig hatte.

Deshalb ließ er sich nicht davon abhalten, dem Mädchen zu erklären, daß er sich nicht mit ihr treffen könne, weil überraschend seine Schwester bei ihm aufgekreuzt sei und er den Abend mit ihr verbringen müsse. Unüberlegterweise fügte er dann noch hinzu, daß er bis zum nächsten Morgen noch ein paar Videos für die Arbeit sichten müsse. An diesem Punkt erinnerte ihn das Mädchen daran, daß er ihr erzählt hätte, überhaupt keine Geschwister zu haben, und schlug ihm vor, zu ihr zu kommen und die Videos dort anzuschauen, während sie ihm ein Abendessen kochte. Er hatte aber gar keine Videos aus der Arbeit im Haus, und so mußte er sein Lügennetz noch weiterspinnen. Das Ganze gipfelte darin, daß das Mädchen ihn, überzeugt davon, daß er eine Affäre mit einer anderen hätte, wo es doch erst ihre zweite Verabredung war, zum Teufel jagte, woraufhin Simon den Abend allein verbrachte und sich mit seinem Pickel und seinem Siebziger-Jahre-Jackett fürchterlich betrank.

Ich versuchte Mum zu erklären, daß sie nicht die Wahrheit sagte, aber ihr Sinnenrausch ging so weit, daß sie eigentlich überhaupt nicht mehr klarsah.

»Du wirst langsam ganz schön zynisch und mißtrauisch«, sagte sie. »Julio« – aha! ahahahahahaha! – »ist nur ein Freund. Ich brauche einfach ein bißchen Freiraum.«

Und so erfuhr ich auch, daß Dad, um ihr einen Gefallen zu tun, in die Wohnung der verstorbenen Großmutter der Alconburys hinten in deren Garten zieht.

Dienstag, 22. Februar

S. müde. Dad ruft mich mittlerweile mehrmals in der Nacht an, nur um zu reden.

Mittwoch, 23. Februar

57 kg, Alkoholeinheiten 2, Zigaretten 19, Fetteinheiten 8 (erstaunlich widerliche Vorstellung: Habe mich nie zuvor der Realität gestellt, daß Fett aus Hintern und Schenkeln sich unter der Haut ausdehnt. Muß mich ab morgen nach Kalorientabelle richten).

Tom hatte vollkommen recht. Ich war so mit Mum und Dad beschäftigt und so erschöpft von Dads verzweifelten Anrufen, daß ich Daniel kaum mehr wahrgenommen hatte – mit dem erstaunlichen Ergebnis, daß er nun ernsthaft hinter mir her ist. Allerdings habe ich mich heute komplett blamiert. Ich betrat den Lift, um mir ein Sandwich zu holen, und drinnen standen Daniel und Simon aus der Marketingabteilung und redeten darüber, daß ein paar Fußballspieler verhaftet worden seien, weil sie absichtlich Tore verschenkt hätten. »Hast du auch davon gehört, Bridget?« fragte Daniel.

»Aber sicher«, log ich und suchte fieberhaft nach einer Meinung. »Aber eigentlich finde ich das alles ganz schön kleinlich. Ich meine, immerhin wollten sie jemandem etwas Gutes tun. Solange sie die Tore verschenken und nicht verkaufen, weiß ich nicht, was die ganze Aufregung soll.«

Simon sah mich an, als ob ich verrückt geworden sei, und Daniel riß zuerst einen Moment lang die Augen auf und prustete dann vor Lachen los. Er lachte und lachte, bis er und Simon ausstiegen. Dann drehte er sich zu mir um und sagte »Heirate mich«, während sich die Türen zwischen uns schlossen. Hmmmm.

Donnerstag, 24. Februar

56,5 kg (wenn ich unter 57 kg bleiben könnte und es nicht mehr rauf und runter gehen würde wie bei einer willenlosen Wasserleiche in einem Ozean von Fett), Alkoholeinheiten 2, Zigaretten 17 (Nervosität vor dem Bumsen – verständlich), Kalorien 775 (letzter Versuch, um bis morgen auf 54 runterzukommen).

20 Uhr. Menschenskind. Der Computer lief geradezu heiß vor lauter Botschaften. Um 18 Uhr zog ich fest entschlossen meinen Mantel an und ging, nur um Daniel in die Arme zu laufen, als er ein Stockwerk tiefer zu mir in den Aufzug stieg. Da standen wir nun, nur wir beide, gefangen in einem kraftvollen elektrischen Feld und unwiderstehlich voneinander angezogen wie zwei Magneten. Dann hielt der Aufzug plötzlich an, und wir rissen uns keuchend voneinander los, als der dicke Simon aus der Marketingabteilung, angetan mit seinem scheußlichen beigen Regenmantel, den Lift betrat. »Bridget«, sagte er mit seinem blöden Grinsen, als ich mir unwillkürlich den Rock glattstrich, »du siehst aus, als hättest du soeben ein Tor verschenkt.«

Als ich das Gebäude verließ, sauste Daniel mir nach und bat mich, morgen abend mit ihm essen zu gehen. Jaaaa!

Mitternacht. Uäh. Völlig erschöpft. Es ist doch bestimmt nicht normal, sich auf ein Rendezvous vorzubereiten, als wäre es ein Vorstellungsgespräch? Schätze mal, Daniels unglaubliche Belesenheit könnte auf die Dauer richtig lästig werden, wenn sich die Sache weiterentwickelt. Vielleicht hätte ich mich in einen jüngeren, ungebildeten Mann verlieben sollen, der für mich kocht, meine Sachen wäscht und allem zustimmt, was ich sage. Seit ich von der Arbeit gekommen bin, habe ich es schon fast zu einem Bandscheibenvorfall gebracht, während ich mich im Eiltempo durch eine Aerobiclektion gequält, sieben Minuten lang mit einer harten Bürste meinen nackten Körper traktiert, die Wohnung geputzt, den Kühlschrank aufgefüllt, mir die Augenbrauen gezupft, die Zeitungen und den *Ultimativen Sex-Ratgeber* überflogen, die Wäsche in die Maschine gestopft und mir selbst mit Wachs die Beine enthaart habe, da es zu spät war, um noch einen Termin bei der Kosmetikerin zu vereinbaren. Schließlich kniete ich auf einem Handtuch und versuchte, einen Wachsstreifen abzuziehen, der fest an meiner Wade klebte, während ich mir *Newsnight* ansah, um mir noch ein paar interessante Meinungen über das Weltgeschehen in den Kopf zu prügeln. Mein Rücken tut weh, mein Kopf tut weh, meine Beine sind leuchtendrot, und noch immer kleben Wachsreste daran.

Kluge Menschen werden sagen, daß mich Daniel so mögen soll, wie ich bin, aber ich bin ein Kind der Cosmopolitan-Kultur, durch Supermodels und die vielen, vielen Psychotests reichlich komplexbeladen und weiß, daß weder meine Persönlichkeit noch mein Körper einen akzeptablen Anblick bietet, wenn man beides sich selbst überläßt. Ich halte den Druck nicht aus. Ich werde den Abend damit verbringen, in einer Strickjacke mit Eiflecken Doughnuts zu futtern.

Samstag, 26. Februar

55 kg (ein Wunder: Sex hat sich tatsächlich als beste Art von Fitneßtraining erwiesen), Alkoholeinheiten 0, Zigaretten 0, Kalorien 200 (habe endlich das Geheimnis entdeckt, wie man sich das Essen verkneift: Man ersetzt Essen einfach durch Sex).

18 Uhr. Bin überglücklich. Habe den ganzen Tag in einem Zustand verbracht, den ich nur als Bumsbesoffenheit beschreiben kann, dabei in der Wohnung herumgetrödelt, gelächelt, Dinge in die Hand genommen und wieder weggelegt. Es war so schön. Die einzigen Wermutstropfen waren 1) daß Daniel direkt danach sagte: »Verdammt. Ich wollte doch das Auto in die Citroën-Werkstatt bringen«, und er 2) mich, als ich aufgestanden bin, um ins Bad zu gehen, darauf hinwies, daß mir eine Strumpfhose hinten an der Wade klebte.

Doch während sich die rosa Wölkchen langsam auflösen, werde ich schon wieder unruhig. Was jetzt? Es ist nichts geplant. Plötzlich merke ich, wie ich schon wieder darauf warte, daß das Telefon klingelt. Woran liegt es nur, daß die Lage zwischen den Geschlechtern nach einer ersten Nacht so quälend unausgewogen sein muß? Habe das Gefühl, als hätte ich soeben eine Prüfung gemacht und müsse jetzt auf das Ergebnis warten.

23 Uhr. O Gott. Warum hat Daniel nicht angerufen? Gehen wir jetzt miteinander, oder was? Wie gibt's das, daß meine Mutter ohne weiteres von einer Beziehung zur anderen übergehen kann, und ich kriege nicht mal die einfachste Geschichte zum Laufen? Vielleicht ist ihre Generation einfach besser darin, Beziehungen aufzubauen. Vielleicht hängen sie eben nicht paranoid und ohne Selbstvertrauen herum. Vielleicht hilft es ja, wenn man nie auch nur ein einziges Ratgeberbuch gelesen hat.

Sonntag, 27. Februar

57 kg, Alkoholeinheiten 5 (Kummer ersäufen), Zigaretten 23 (Kummer ausräuchern), Kalorien 3856 (Kummer unter Fettdecke ersticken).

Wache allein auf und stelle mir meine Mutter im Bett mit Julio vor. Voller Ekel beim Anblick des elterlichen oder vielmehr halbelterlichen Geschlechtsakts; Empörung wegen Vater; berauschender, egoistischer Optimismus beim Gedanken an dreißig Jahre hemmungsloser Leidenschaft, die vor mir liegen (ganz ähnlich wie häufiges Denken an Joanna Lumley und Susan Sarandon); aber vor allem überwältigendes Gefühl von Neid, Versagen und Dummheit angesichts dessen, daß ich an einem Sonntagmorgen allein im Bett liege, während meine über sechzig Jahre alte Mutter vermutlich gerade dabei ist, es zum zweitenmal zu tun . . . Oh, mein Gott. Nein. Es ist mir unerträglich, daran zu denken.

MÄRZ

Massive Mittdreißigerinnen-Panik wg. Geburtstag

Samstag, 4. März

57 kg. (Was nutzt es, den ganzen Feb. Diät zu halten, wenn ich schließlich Anfang März genausoviel wiege wie Anfang Feb.? Hä. Werde aufhören, mich zu wiegen und jeden Tag alles abzuzählen, da es verflucht noch mal zwecklos ist.)

Meine Mutter ist inzwischen zu einer unbekannten Größe geworden. Heute morgen kam sie in meine Wohnung gestürmt, als ich zusammengesunken in meinem Morgenmantel dasaß, mir mißmutig die Fußnägel lackierte und mir die Vorläufe zum Pferderennen ansah.

»Liebes, kann ich die ein paar Stunden hierlassen?« zwitscherte sie, ließ einen Riesenhaufen Plastiktüten auf den Boden fallen und marschierte in mein Schlafzimmer.

Aus einem Anfall leiser Neugier heraus schlurfte ich ihr nach ein paar Minuten hinterher, um zu sehen, was sie machte. Sie saß in einem sichtlich teuren, kaffeebraunen Negligé vor dem Spiegel und tuschte sich mit weit offenem Mund die Wimpern (warum beim Auftragen der Wimperntusche der Mund offen sein muß, ist ein großes, ungeklärtes Geheimnis der Natur).

»Meinst du nicht, daß du dich anziehen solltest, Liebes?«

Sie sah umwerfend aus: reine Haut, glänzendes Haar. Ich warf einen Blick auf mich selbst im Spiegel. Ich hätte mich gestern abend wirklich abschminken sollen. Auf der einen Seite klebte mir das Haar am Kopf, auf der anderen stand es zackig und strubbelig ab. Es war, als führten die Haare auf meinem

Kopf ein Eigenleben und benähmen sich tagsüber ganz vernünftig, während sie nur darauf warteten, daß ich einschlief, um endlich ungestört allerhand Unsinn zu treiben.

»Weißt du«, sagte Mum und tupfte sich etwas Givenchy II in den Ausschnitt, »all die Jahre hat dein Vater immer ein solches Theater wegen der Rechnungen und der Steuererklärungen gemacht – als könne er damit dreißig Jahre Abspülen wettmachen. Tja, die Steuererklärung war überfällig, also dachte ich mir, was soll's, ich mache sie selbst. Da ich natürlich nichts begriff, rief ich beim Finanzamt an. Der Mann dort war reichlich arrogant. ›Also wirklich, Mrs. Jones‹, sagte er, ›ich verstehe nicht, wo das Problem liegt.‹ Dann sagte ich: ›Hören Sie, können *Sie* eine Brioche backen?‹ Er begriff, was ich meinte, sprach alles mit mir durch, und in fünfzehn Minuten waren wir fertig. Jedenfalls führt er mich heute zum Mittagessen aus. Ein Finanzbeamter! Stell dir nur vor!«

»Was?« stammelte ich und packte den Türrahmen. »Und was ist mit Julio?«

»Nur weil ich mit Julio ›befreundet‹ bin, heißt das nicht, daß ich nicht auch mit anderen Männern ›befreundet‹ sein kann«, sagte sie zuckersüß und schlüpfte in einen gelben Zweiteiler. »Gefällt dir das? Gerade gekauft. Tolles Zitronengelb, findest du nicht? Jedenfalls muß ich jetzt los. Ich treffe mich um Viertel nach eins in der Cafeteria von Debenham's mit ihm.«

Nachdem sie weg war, aß ich mit dem Löffel ein wenig Müsli aus der Packung und trank den restlichen Wein aus dem Kühlschrank.

Ich kenne ihr Geheimnis: Sie hat die Macht entdeckt. Sie hat Macht über Dad: Er will sie zurückhaben. Sie hat Macht über Julio und den Finanzbeamten, und alle spüren ihre Macht und wollen ein Stück davon haben, was sie nur um so unwiderstehlicher macht. Also brauche ich mir nur jemanden oder etwas zu suchen, über das ich Macht habe, und dann . . . o Gott. Ich habe ja nicht einmal Macht über meine eigenen Haare.

Ich bin so deprimiert. Daniel hat mir, obwohl er die ganze Woche über sehr freundlich zu mir war und viel mit mir geplaudert und geflirtet hat, keinen Anhaltspunkt dafür gegeben, was zwischen uns los ist, als wäre es vollkommen normal, mit einer Kollegin zu schlafen und es einfach dabei zu belassen. Die Arbeit – früher nur eine ärgerliche Last – ist zu einer qualvollen Tortur geworden. Es ist geradezu traumatisch für mich, wenn er zum Mittagessen verschwindet oder am Ende des Arbeitstages seinen Mantel anzieht, um zu gehen: Wohin? Mit wem? Wem?

Perpetua hat es offensichtlich geschafft, ihre gesamte Arbeit auf mich abzuladen, und verbringt ihre Zeit mit ausgedehnten telefonischen Selbstdarstellungen gegenüber Arabella oder Piggy, indem sie über die Fünfhunderttausend-Pfund-Wohnung in Fulham redet, die sie sich zusammen mit Hugo kaufen will. »Jaa. Nein. Jaa. Nein, *ganz* deiner Meinung. Aber die Frage ist doch: Lohnen sich noch einmal dreißigtausend für ein viertes Schlafzimmer, lohnt sich das *wirklich?*«

Am Freitag um Viertel nach vier rief mich Sharon im Büro an. »Gehst du morgen mit Jude und mir weg?«

»Äh . . .« In mir tobte die Panik, da ich dachte: *Bevor er das Büro verläßt, wird mich Daniel doch sicher fragen, ob ich mich am Wochenende mit ihm treffen will?*

»Ruf mich zurück, wenn er dich nicht fragt«, sagte Sharon nach längerem Schweigen trocken.

Um Viertel vor sechs sah ich Daniel im Mantel zur Tür hinausgehen. Mein verletzter Gesichtsausdruck muß selbst ihn beschämt haben, da er ansatzweise lächelte, zum Computerbildschirm hin nickte und zur Tür hinausschoß.

Tatsächlich blinkte dort der bekannte virtuelle Briefumschlag. Ich klickte auf E-MAIL AUFRUFEN. Da stand:

Ganz elend nahm ich den Telefonhörer ab und wählte Sharons Nummer.

»Wann treffen wir uns morgen?« murmelte ich verlegen.

»Halb neun. Café Rouge. Keine Sorge, wir lieben dich. Richte ihm von mir aus, er soll sich verpissen. Emotionaler Flachwichser.«

2 Uhr morgens. Warwol echt Superabend mit ShazzunJude. Daniel der blöde Heini ist mir schnuppe. Aber mir issen bischen schlecht. Hicks.

Sonntag, 5. März

8 Uhr. Uäh. Möchte tot sein. Werde nie, nie wieder Alkohol trinken, bis ans Ende meiner Tage nicht.

8.30 Uhr. Oooh. Hätte echt Lust auf ein paar Pommes.

11.30 Uhr. Bräuchte dringend Wasser, scheint aber besser zu sein, die Augen geschlossen zu halten und den Kopf ruhig auf dem Kissen liegenzulassen. Die überlasteten Schaltkreise darf man jetzt keiner Erschütterung aussetzen.

Mittag. War sauwitzig gestern, bin aber jetzt verwirrt bezügl. der Ratschläge bezügl. Daniel. Mußte mir zuerst Judes Probleme mit Richard dem Gemeinen anhören, da sie natürlich schwerwiegender sind, da sie schon seit anderthalb Jahren zusammen sind und nicht erst ein einziges Mal miteinander gebumst haben. Daher wartete ich demütigst, bis ich an der Reihe war, die neueste Folge von Daniel zu erzählen. Das erstinstanzliche Urteil lautete einmütig: »Miese Flachwichserei.«

Interessanterweise führte dann allerdings Jude den Begriff »Männerzeit« ein – wie er auch in dem Film *Clueless* vorkommt: nämlich fünf Tage (»sieben«, unterbrach ich sie), in denen die neue Beziehung nach dem ersten Sex in der Luft hängengelassen wird. Sieben Tage erscheinen männlichen Angehörigen unserer Spezies nämlich nicht als qualvolle Ewigkeit, sondern als ganz normale Abkühlungsperiode, in der man seine Gefühle sammeln kann, bevor man weitermacht. Daniel, so Jude, sei sicher besorgt wegen mögl. Gerede am Arbeitsplatz etc., etc., also solle ich ihm eine Chance geben und mich freundlich und flirtgeneigt zeigen: ihm also zu verstehen geben, daß ich ihm vertraue und die Lage insgesamt unter Kontrolle ist. Von wegen Besitzansprüche und so. An diesem Punkt hätte Sharon vor Zorn fast in den geriebenen Parmesan gespuckt, sagte aber nur, es sei unmenschlich und ein entsetzlicher Vertrauensbruch, eine Frau nach dem Sex zwei Wochenenden lang in der Luft hängenzulassen, und ich solle ihm sagen, was ich von ihm hielte. Hmmm. Was soll's? Werde noch ein kleines Nickerchen machen.

14 Uhr. Soeben triumphierende Rückkehr von heldenhafter Expedition nach unten, um die Zeitung und ein Glas Wasser zu holen. Konnte Wasser wie kristallklaren Bach in jenen Teil des Kopfes fließen spüren, wo es am dringendsten gebraucht wurde. Obwohl ich mir, wenn ich es mir genau überlege, nicht sicher bin, ob Wasser überhaupt in den Kopf gelangen kann. Vermutlich dringt es über den Blutkreislauf dort ein. Da ein Kater die Folge von Dehydrierung ist, wird das Wasser womöglich durch das Kapillarsystem ins Gehirn gesogen.

14.15 Uhr. Zeitungsartikel über Zweijährige, die Tests bestehen müssen, um in den Kindergarten aufgenommen zu werden, brachten mich ganz aus dem Häuschen. Muß zum Kaffeeklatsch anläßlich des Geburtstages meines Patenkinds Harry.

18 Uhr. Fuhr mit halsbrecherischer Geschwindigkeit und dem Gefühl, sterben zu müssen, durch das graue, regennasse London zu Magda, mit einem Zwischenstopp bei Waterstone's, um Geburtstagsgeschenke zu besorgen. Meine Stimmung sank, als ich daran dachte, daß ich zu spät dran und überdies verkatert war und gleich von ehemaligen, zu Müttern gewordenen Karrierefrauen und ihrer von Konkurrenzdenken geprägten Kinderaufzucht umringt sein würde. Magda, ehemalige Brokerin an der Warenterminbörse, lügt mittlerweile über Harrys Alter, um ihn fortgeschrittener erscheinen zu lassen, als er ist. Selbst die Schwangerschaft war mörderisch, da Magda versuchte, achtmal soviel Folsäure und Mineralien einzunehmen wie jede andere Frau. Die Geburt war großartig. Monatelang hatte sie allen und jedem erzählt, daß es eine natürliche Geburt werden würde, und dann brach sie nach zehn Minuten in der Klinik zusammen und begann zu brüllen: »Wo bleibt das Schmerzmittel, Sie fette Kuh?«

Der Kaffeeklatsch war ein einziger Alptraum: Ich und ein Raum voller Powermütter, eine davon mit einem vier Wochen alten Säugling.

»Oh, ist er nicht *süß*?« gurrte Sarah de Lisle, um dann zu bellen: »Wie ist denn sein AGPAR ausgefallen?«

Ich weiß nicht, wozu diese Tests gut sein sollen – dieser AGPAR ist jedenfalls einer, den sie im Alter von zwei Minuten schaffen müssen. Magda blamierte sich vor zwei Jahren auf einer Party damit, daß sie behauptete, Harry hätte in seinem zehn Punkte geschafft, woraufhin eine der Geladenen, die zufällig Kinderkrankenschwester war, erklärte, daß der AGPAR-Test nur bis neun geht.

Jedoch hat Magda unverzagt unter anderen jungen Müttern verbreitet, daß Ihr Sohn ein Wunderkind der Darmentleerung sei und damit den Kreislauf von Prahlerei und Gegenprahlerei in Gang gesetzt. Deshalb torkelten die Kleinkinder, die eindeutig in einem Alter waren, in dem sie sicher in mehreren Schichten Gummihöschen hätten verpackt sein sollen, in wenig mehr als Baby-Tangas herum. Ich war kaum drei Minuten da, als schon drei Haufen auf dem Teppich lagen. Es entspann sich ein oberflächlich betrachtet humorvoller, aber unterschwellig boshafter Disput darüber, wer die Haufen hinterlassen hatte, gefolgt von angespanntem Herunterzerren von Frotteehöschen, was auf der Stelle einen weiteren Wettstreit um die Größe der Genitalien der Jungen und darauf aufbauend um die der Ehemänner auslöste.

»Da kannst du gar nichts machen, das ist die reinste Vererbung. Cosmo hat doch auf diesem Gebiet kein Problem, oder?«

Ich dachte, mir würde von dem ganzen Gezeter der Kopf zerplatzen. Schließlich entschuldigte ich mich, fuhr nach Hause und gratulierte mir selbst dazu, alleinstehend zu sein.

Montag, 6. März

11 Uhr. Büro. Völlig erschöpft. Gestern abend lag ich gerade mit einem Wodka-Tonic in einem schönen, heißen Bad mit Geranienöl, als es an der Tür klingelte. Es war meine Mutter, die in Tränen aufgelöst auf der Schwelle stand. Es dauerte einige Zeit, bis ich herausfand, was los war, während sie in der Küche herumflatterte und in zunehmend heftigere Heulkrämpfe ausbrach und sagte, sie wolle nicht darüber sprechen,

bis ich mich zu fragen begann, ob ihre sich selbst vervielfälti-
gende Welle sexueller Macht wie ein Kartenhaus zusammengebrochen war und Dad, Julio und der Finanzbeamte alle zugleich
das Interesse verloren hatten. Aber nein. Sie war lediglich mit
dem »Ich will alles«-Syndrom infiziert.

»Ich fühle mich wie die Grille, die den ganzen Sommer über
gesungen hat«, erklärte sie (sobald sie merkte, daß ich das
Interesse an ihrem Zusammenbruch verlor).

»Und jetzt befinde ich mich im Winter meines Lebens und
habe mir nichts für mich selbst zurückgelegt.«

Ich wollte sie gerade darauf hinweisen, daß drei potentielle
Lebensgefährten, die nach ihr lechzten, plus das halbe Haus
und die Pensionsansprüche nicht direkt nichts waren, biß mir
aber auf die Zunge.

»Ich will einen Beruf«, sagte sie. Und ein schrecklich gemei-
ner Teil von mir war glücklich und selbstzufrieden, weil ich
einen Beruf hatte. Nun ja – zumindest einen Job. Ich war eine
Grille, die einen großen Haufen Heu oder Fliegen – oder was
auch immer Grillen fressen – sammelte, der für den Winter
bereitlag, selbst wenn ich keinen festen Freund hatte.

Schließlich gelang es mir, Mum aufzuheitern, indem ich ihr
erlaubte, meinen Schrank zu durchwühlen, alle meine Kleider
zu kritisieren und mir zu sagen, warum ich mir von nun an alles
bei Jaeger und Country Casuals kaufen solle. Es wirkte Wunder, und schließlich war sie wieder so gut in Form, daß sie es
tatsächlich schaffte, Julio anzurufen und mit ihm zu vereinbaren, sich auf einen »Schlummertrunk« zu treffen.

Als sie ging, war es schon nach zehn, und ich rief Tom an, um
ihm die entsetzliche Nachricht zu überbringen, daß Daniel das
ganze Wochenende nicht angerufen hatte, und um ihn zu fragen, was er von Judes und Sharons widersprüchlichen Ratschlä-
gen hielt. Tom sagte, ich solle auf keine von beiden hören und

weder mit Daniel flirten noch ihm Vorhaltungen machen, sondern einfach die reservierte, kühl-professionelle Eiskönigin geben.

Männer, so behauptet er, sehen sich selbst stets auf einer Art Sex-Leiter, auf der sämtliche Frauen entweder über oder unter ihnen stehen. Wenn die Frau »darunter« steht (d. h. bereit, mit ihm zu schlafen bzw. sehr scharf auf ihn ist), dann möchte er, frei nach Groucho Marx, nicht zu ihrem Club gehören. Diese ganze Mentalität deprimiert mich ungemein, aber Tom sagte, ich solle nicht so naiv sein, und wenn ich Daniel wirklich liebte und sein Herz für mich gewinnen möchte, müsse ich ihn ignorieren und so kalt und abweisend zu ihm sein wie möglich.

Schließlich kam ich um Mitternacht ins Bett, s. verwirrt, wurde aber in der Nacht dreimal durch Anrufe von Dad aufgeweckt.

»Wenn dich jemand liebt, ist es, als hättest du eine warme Decke um dein Herz«, sagte er, »und wenn die dann weggezogen wird . . .« Dann brach er in Tränen aus. Er sprach aus der Oma-Wohnung im Garten der Alconburys, wo er – wie er hoffnungsvoll meinte – nur wohnt, bis alles geklärt ist.

Plötzlich erkenne ich, daß sich alles verschoben hat und ich mich nun um meine Eltern kümmere anstatt sie sich um mich, was mir unnatürlich und falsch vorkommt. Bin ich wirklich schon *so* alt?

Montag, 6. März

56 kg (s. s. g. – habe erkannt, daß das Erfolgsgeheimnis einer Diät darin besteht, sich nicht zu wiegen).

Kann offiziell bestätigen, daß der Weg zum Herzen eines Mannes heutzutage nicht über Schönheit, Essen, Sex oder ein anziehendes Wesen führt, sondern einzig und allein über die Fähigkeit, nicht besonders interessiert an ihm zu wirken.

Nahm heute in der Arbeit keinerlei Notiz von Daniel und tat so, als sei ich schwer beschäftigt (bitte nicht lachen). Ständig blinkte der virtuelle Briefumschlag auf, doch ich seufzte nur immer wieder und warf mein Haar nach hinten, als wäre ich der Star in dem Laden und wie immer unter enormem Druck.

Gegen Ende des Tages erkannte ich – ähnlich wie bei den wundersamen Versuchen damals im Chemieunterricht (Phosphor, Lackmustest o. ä.) –, daß es tatsächlich funktionierte. Er starrte mich unentwegt an und warf mir bedeutungsvolle Blicke zu. Als Perpetua einmal nicht da war, ging er schließlich an meinem Schreibtisch vorbei, blieb einen Moment stehen und murmelte: »Jones, du umwerfendes Wesen. Warum ignorierst du mich?«

In der nun aufwallenden Freude und Zuneigung war ich drauf und dran, die ganze Geschichte von Toms, Judes und Shazzers widersprüchlichen Theorien auszuplaudern, doch der Himmel war mir hold, und das Telefon klingelte. Ich rollte entschuldigend mit den Augen und nahm den Hörer ab, als Perpetua hektisch hereingeeilt kam, mit dem Hintern einen Stapel Korrekturfahnen vom Tisch wischte und brüllte: »Ah, Daniel. Also...« Dann schob sie ihn kurzerhand beiseite, was ein Glücksfall war, da ich Tom am anderen Ende hatte, der mich beschwor, die Show von der Eiskönigin noch ein Weilchen weiterzuspielen, und mir ein Mantra gab, das ich mir vorsagen sollte, wenn ich merkte, daß ich schwach wurde. »Reservierte, unerreichbare Eiskönigin, reservierte, unerreichbare Eiskönigin.«

Dienstag, 7. März

59, 58 oder 59,5 ???? kg, Alkoholeinheiten 0, Zigaretten 20, Kalorien 1500, Lose 6 (schwach).

9 Uhr. Aargh. Wie kann ich seit vergangener Nacht drei Pfund zugenommen haben? Ich habe 59 kg gewogen, als ich ins Bett ging, 58 um vier Uhr morgens und 59,5 als ich aufstand. Ich kann noch verstehen, daß man Gewicht *verliert* – es könnte sich ja in Luft aufgelöst oder den Körper durch die Toilette verlassen haben –, aber wie kann man über Nacht *zunehmen*? Können Nahrungsmittel mit anderen Nahrungsmitteln chemisch reagieren, ihre Dichte und ihr Volumen verdoppeln und sich zu immer schwererem und dichterem Fett verfestigen? Ich sehe nicht dicker aus. Ich kriege den Knopf an meiner Jeans von 1989 zu, aber leider nicht den Reißverschluß. Also wird vielleicht mein gesamter Körper kleiner, aber kompakter. Die ganze Angelegenheit riecht nach weiblichen Bodybuildern und verursacht mir eine seltsame Übelkeit. Rufe Jude an, um mich über das Versagen meiner Diät zu beklagen, die vorschreibt, alles zu notieren, was man gegessen hat, und zwar ehrlich, und zu überprüfen, ob man sich an die Diät gehalten hat. Hier ist die Liste:

Frühstück: Rosinenbrötchen (Scarsdale-Diät – kleine Abwandlung der vorgeschriebenen Scheibe Vollkorntoast); ein Mars (Scarsdale-Diät – kleine Abwandlung der vorgeschriebenen halben Grapefruit)
Zwischenmahlzeit: zwei Bananen, zwei Birnen (bin auf F-Plan umgestiegen, weil am Verhungern, und kann Karottenimbiß nach Scarsdale nicht mehr ertragen). Eine Tüte Orangensaft (Antizellulitis-Rohkostdiät)

Mittagessen: Ofenkartoffel (vegetarische Scarsdale-Diät) und Hummus (Haysche Trennkost – Ofenkartoffeln bestens geeignet, da nichts als Stärke, und Frühstück sowie Zwischenmahlzeit waren allesamt alkalibildend, mit Ausnahme des Rosinenbrötchens und des Mars-Riegels: geringfügige Abweichung)
Abendessen: vier Gläser Wein, Fisch und Pommes (Scarsdale-Diät und zugleich Haysche Trennkost – eiweißbildend); eine Portion Tiramisu; Schokolade mit Pfefferminzfüllung (im Suff)

Ich merke, daß es zu einfach ist, eine Diät zu finden, die zu dem paßt, was man gerade essen möchte, und daß Diäten nicht dazu da sind, gemixt zu werden, sondern sich *eine* auszusuchen und dabei zu bleiben, was auch genau das ist, was ich tun werde, wenn ich dieses Schokoladencroissant aufgegessen habe.

Dienstag, 14. März

Katastrophe. Totale Katastrophe. Durch den Erfolg von Toms Eiséköniginnentheorie übermütig geworden, war ich schon fast so weit, daß ich zu Judes Theorie übergegangen wäre und wieder angefangen hätte, Daniel Botschaften zu schicken, worin ich ihm versicherte, daß ich ihm vertraue, aber weder Besitzansprüche stelle noch sonstwie ausraste (jedenfalls nicht ohne triftigen Grund).

Gegen Mitte des Vormittags war der Eiséköniginnenansatz, kombiniert mit *Männer sind vom Mars, Frauen von der Venus*, derart erfolgreich, daß Daniel zu mir herkam, als ich an der Kaffeemaschine stand, und fragte: »Fährst du nächstes Wochenende mit nach Prag?«

»Was? Äh, hahahaha, du meinst das Wochenende nach diesem?«

»Ja, genau, nächstes Wochenende«, sagte er mit ermunterndem, leicht herablassendem Gehabe, als hätte er mir beigebracht, Englisch zu sprechen.

»Oooh. *Aber gern*«, sagte ich und vergaß in der Aufregung das Eisköniginnenmantra.

Das nächste Mal kam er herüber und fragte, ob ich mit ihm zu Mittag essen wolle. Wir machten aus, uns vor dem Gebäude zu treffen, damit niemand Verdacht schöpfte. Und weil alles heimlich ablief, war es auch ziemlich aufregend – bis er auf dem Weg zum Pub sagte: »Hör mal, Bridge, es tut mir echt leid. Ich habe Mist geredet.«

»Wieso? Was?« fragte ich und mußte, noch während ich sprach, an meine Mutter denken und mich fragen, ob ich »Wie bitte?« hätte sagen müssen.

»Ich kann nächstes Wochenende nicht nach Prag fahren. Vielleicht ein andermal.«

In meinem Kopf plärrte eine Sirene los, und ein riesiges Neonschild mit Sharons Kopf in der Mitte blinkte: »FLACHWICHSEREI, FLACHWICHSEREI.«

Ich stand stocksteif auf dem Gehsteig und funkelte ihn an.

»Was ist denn los?« sagte er und sah amüsiert drein.

»Ich habe die Nase voll von dir«, sagte ich wütend. »Ich habe dir schon, als du zum erstenmal versucht hast, mir den Rock auszuziehen, klipp und klar gesagt, daß ich mit emotionaler Flachwichserei nichts am Hut habe. Es war schon schlimm genug, ständig mit mir zu flirten und mit mir zu schlafen und danach nicht einmal mehr anzurufen, sondern so zu tun, als sei das alles nie passiert. Hast du mich nur gefragt, ob ich mit nach Prag will, um dich zu vergewissern, daß du immer noch mit mir schlafen kannst, wenn du Lust hast, so als stünden wir auf irgendeiner Leiter?«

»Eine Leiter, Bridge?« sagte Daniel. »Was für eine Leiter?«

»Halt's Maul!« schnaubte ich wütend. »Bei dir ist immer alles ein ewiges Hin und Her. Entweder gehst du mit mir und bist nett zu mir, oder du läßt mich in Ruhe. Wie gesagt, an Flachwichserei bin ich nicht interessiert.«

»Was hast du denn diese Woche? Zuerst ignorierst du mich komplett wie eine Eisjungfrau aus der Hitlerjugend, dann verwandelst du dich in ein unwiderstehliches Sexkätzchen, das mich über den Computer hinweg mit einem an Lüsternheit kaum zu überbietenden Schlafzimmerblick ansieht, und jetzt machst du plötzlich auf Jeremy Paxman.«

Wir starrten uns regungslos an wie zwei kampfbereite afrikanische Tiere in einem Film von David Attenborough. Dann drehte sich Daniel plötzlich abrupt um und ging aufs Pub zu, während ich wie betäubt ins Büro zurückstolperte, wo ich aufs Klo stürzte, die Tür absperrte und mich setzte, während ich mit einem Auge blödsinnig die Tür anstarrte. O Gott.

17 Uhr. Har har. Bin klasse. Bin s. zufrieden mit mir. Habe nach der Arbeit Krisengipfeltreffen mit Sharon, Jude und Tom im Café Rouge einberufen, die allesamt begeistert davon waren, was zwischen Daniel und mir passiert ist, da jeder von ihnen davon überzeugt ist, daß es auf seinen Ratschlag zurückzuführen ist. Außerdem hatte Jude im Radio von einer Erhebung gehört, derzufolge zur Jahrtausendwende ein Drittel aller Haushalte aus einer Einzelperson bestehen wird, womit bewiesen wäre, daß wir zumindest keine tragischen Außenseiter mehr sind. Shazzer brach in schallendes Gelächter aus und sagte: »Ein Drittel? Wohl eher neun von zehn.« Sharon vertritt die Meinung, daß Männer – Anwesende (d. h. Tom) natürlich ausgenommen – so katastrophal zurückgeblieben sind, daß Frauen sie bald nur noch als Haustiere für Sex halten werden, was vermutlich dann nicht mehr als gemeinsamer Haushalt

90

gelten wird, da die Männer außerhalb in Zwingern unterge-
bracht sein werden. Jedenfalls fühlte ich mich s. stark. Ungeheuer. Glaube, ich werde ein bißchen in Susan Faludis *Backlash*
lesen.

5 Uhr morgens. O Gott, ich bin so unglücklich wegen Daniel.
Ich liebe ihn.

Mittwoch, 15. März

*57 kg, Alkoholeinheiten 5 (eine Schande: Urin des Satans), Zigaret-
ten 14 (Kraut des Satans – werde es an meinem Geburtstag aufgeben), Kalorien 1795.*

Humpf. Ganz entnervt aufgewacht. Zu allem Überfluß sind es
nur noch zwei Wochen bis zu meinem Geburtstag, an dem ich
mich der Tatsache stellen muß, daß ein weiteres Jahr vergangen
ist, in dem alle außer mir zu selbstgefälligen Ehefrauen mutiert
sind und, wo man nur hinschaut, plopp, plopp, plopp ein Kind
nach dem anderen in die Welt setzen, Hunderttausende von
Pfund verdienen und in den inneren Kreis der guten Gesellschaft vordringen, während ich orientierungslos und freundlos
durch nicht funktionierende Beziehungen und beruflichen
Stillstand torkle.

Ertappe mich andauernd dabei, wie ich mein Gesicht im
Spiegel nach Falten absuche, wie besessen *Hello!* lese und auf
der verzweifelten Rolle nach Vorbildern das Alter der Stars
nachrechne (Jane Seymour ist zweiundvierzig!). Kämpfe verzweifelt gegen die lang unterdrückte Angst, daß mir eines Tages
mit Ende Dreißig unvermittelt und ohne Vorwarnung ein riesiges, unförmiges knitterfreies Polyesterkleid, eine Einkaufs-

tasche und eine steife Dauerwelle wachsen und mein Gesicht einsinken wird wie bei einem Spezialeffekt im Kino, und das war's dann. Versuche, mich instinktiv auf Joanna Lumley und Susan Sarandon zu konzentrieren.

Mache mir außerdem Sorgen wegen Geburtstagsfeier. Wohnungsgröße und Kontostand verbieten richtige Party. Vielleicht Dinnerparty? Aber dann müßte ich mich meinen ganzen Geburtstag lang abrackern und würde sämtliche Gäste schon bei ihrer Ankunft zum Kotzen finden. Wir könnten alle zusammen essen gehen, aber dann würde ich mich schuldig fühlen, weil ich jeden darum bitten müßte, für sich selbst zu bezahlen, und mir in meiner Egozentrik anmaße, den anderen einen teuren und langweiligen Abend aufzuzwingen, nur um meinen Geburtstag zu feiern. Kann mir aber nicht leisten, alle einzuladen. O Gott. Was tun? Wünschte, ich wäre nicht geboren worden, sondern unbefleckt plötzlich dagewesen, so ähnlich, wenn auch nicht genauso wie Jesus, dann bräuchte ich keinen Geburtstag zu feiern. Kann mit Jesus mitfühlen, was die Verlegenheit angeht, die er angesichts der zweitausendjährigen Geschichte seines Geburtstags empfinden muß und vielleicht auch sollte. An den Folgen leidet die Menschheit heute noch.

Mitternacht. Habe s. g. Idee wegen Geburtstag. Werde alle auf einen Cocktail zu mir bitten, vielleicht Manhattans. Werde Gästen damit etwas im Stil einer großen Gastgeberin der Gesellschaft geboten haben, und wenn danach alle essen gehen möchten, dürfen sie das natürlich gerne tun. Bin mir nicht sicher, was Manhattan ist, wenn ich's mir genau überlege. Könnte aber vielleicht Buch über Cocktails kaufen. Werd's aber vermutlich nicht tun, um ganz ehrlich zu sein.

Donnerstag, 16. März

*57,5 kg, Alkoholeinheiten 2, Zigaretten 3 (s. g.), Kalorien 2140
(aber vor allem Obst), mit Aufstellen der Gästeliste für die Party
verbrachte Minuten 237 (schlecht).*

Ich	Shazzer
Jude	Richard der Gemeine
Tom	Jerome (igitt)
~~Michael~~	
Magda	Jeremy
Simon	
Rebecca	Martin der Oberlangweiler
Woney	Cosmo
Joanna	Tina
Daniel?	Perpetua? (pfui Spinne) und Hugo?

O nein. O nein. Was soll ich nur tun?

Freitag, 17. März

Habe gerade Tom angerufen, der mir den klugen Rat gab: »Es
ist dein Geburtstag, und du solltest ausschließlich und genau die
Leute einladen, die du dabeihaben willst.«
Werde also nur die folgenden einladen:

> Shazzer
> Jude
> Tom
> Magda und Jeremy

– und selbst für alle Essen kochen.

Rief Tom zurück, um ihm von meinem Plan zu berichten, woraufhin er fragte: »Und Jerome?«

»Was?«

»Und Jerome?«

»Ich dachte, wir hätten gesagt, ich lade nur ein, wen ich . . .«

Ich verstummte, da mir klarwurde, daß es, wenn ich sagte »dabeihaben will«, heißen würde, daß ich Toms unerträglichen, eingebildeten Freund nicht »dabeihaben« wollte, ihn also nicht »mochte«.

»Oh!« sagte ich und übertrieb maßlos. »Du meinst deinen Jerome? Natürlich ist Jerome eingeladen, du Dussel! Aber findest du es in Ordnung, Richard den Gemeinen von Jude nicht einzuladen? Und Nobelviertel-Woney – obwohl sie mich letzte Woche auch auf ihren Geburtstag eingeladen hat?«

»Sie wird nie davon erfahren.«

Als ich Jude erzählte, wer käme, sagte sie spitz: »Oh, wir bringen also unsere Partner mit?« was Richard der Gemeine heißt. Und außerdem bedeutet, daß es nicht bei sechs Leuten bleibt. Ich werde auch Michael einladen müssen.

Na gut. Ich meine, neun ist in Ordnung. Zehn. Kein Problem.

Als nächste rief Sharon an. »Ich hoffe, ich bin nicht ins Fettnäpfchen getreten. Ich habe gerade Rebecca getroffen und sie gefragt, ob sie zu deinem Geburtstag kommt, und sie sah richtig beleidigt aus.«

O nein, jetzt muß ich auch noch Rebecca und Martin den Oberlangweiler einladen. Und das heißt, daß ich auch Joanna einladen muß. Mist. Mist. Außerdem kann ich jetzt auch nicht auf einmal verkünden, daß wir in ein Restaurant essen gehen, sonst stehe ich als stinkfaul und knickrig zugleich da.

O Gott. Als ich nach Hause kam, war eine eisige, beleidigt klingende Nachricht von Woney auf meinem Band.

»Cosmo und ich haben überlegt, was du dir wohl zum Geburtstag wünschst. Würdest du uns bitte zurückrufen?«

Stelle fest, daß ich meinen Geburtstag damit zubringen werde, für sechzehn Leute zu kochen.

Samstag, 18. März

56,5 kg, Alkoholeinheiten 4 (Schnauze voll), Zigaretten 23 (s. s. schlecht, v. a. in zwei Stunden), Kalorien 3827 (ekelhaft).

14 Uhr. Humpf. Das hat mir gerade noch gefehlt. Meine Mutter kam in meine Wohnung gestürmt, und die Krise der Grille, die den ganzen Sommer lang gesungen hat, war wundersam vergessen.

»Du liebe Güte, Schätzchen!« sagte sie mit rauchiger Stimme, brauste durch meine Wohnung und eilte auf die Küche zu. »Hattest du eine schlechte Woche oder so? Du siehst entsetzlich aus. Wie neunzig. Na egal, rate mal, was passiert ist«, sagte sie, drehte sich mit dem Wasserkessel in der Hand um und senkte schüchtern den Blick, bevor sie wieder aufsah und strahlte wie Bonnie Langford, kurz bevor sie eine Steptanznummer vorführt.

»Was?« murmelte ich mißmutig.

»Ich habe einen Job als Fernsehmoderatorin.«

Ich gehe jetzt einkaufen.

Sonntag, 19. März

56 kg, Alkoholeinheiten 3, Zigaretten 10, Kalorien 2465 (aber vor allem Schokolade).

Hurra. Ganz neuer, positiver Blickwinkel in bezug auf Geburtstag. Habe mit Jude über ein Buch gesprochen, das sie gelesen hat und in dem es um Feste und Übergangsriten in primitiven Kulturen geht, und bin froh und gelassen.

Erkenne, daß es oberflächlich und falsch ist, sich einzubilden, die Wohung sei zu klein für neunzehn Gäste und es sei Zeitverschwendung, meinen Geburtstag mit Kochen zu verbringen, wenn ich mich lieber in Schale werfen und von einem Sexgott mit einer dicken goldenen Kreditkarte in ein Nobelrestaurant ausführen lassen würde. Werde statt dessen meine Freunde als warmherzige afrikanische oder vielleicht türkische Großfamilie sehen.

Unsere Kultur ist viel zu sehr auf Aussehen, Alter und Status fixiert. Die Liebe ist doch das Ausschlaggebende. Diese neunzehn Menschen sind meine Freunde; sie wollen in meinem Zuhause willkommen geheißen werden, um mit Zuneigung und einfachen Speisen zu feiern – nicht, um ein Urteil zu fällen. Werde Kartoffelauflauf mit Hackfleisch für alle machen – britische Hausmannskost. Es wird ein wunderbares, warmherziges, ethnisches Familienfest à la Dritte Welt werden.

Montag, 20. März

57 kg, Alkoholeinheiten 4 (um in Stimmung zu kommen), Zigaretten 27 (ist aber letzter Tag vor dem Aufhören), Kalorien 2455.

Habe beschlossen, zum Kartoffelauflauf einen Nouvelle-Cuisine-Salat zu reichen (Chicoree vom Holzkohlengrill mit Roquefort an Speckstreifen, abgerundet von knusprig gebratenem Chorizo). Verleiht dem Ganzen vielleicht etwas Pep. Hab's zwar noch nie ausprobiert, bin aber sicher, daß es leicht geht.

Und danach Grand-Marnier-Soufflés in Portionsförmchen. Freue mich sehr auf den Geburtstag. Rechne damit, als exzellente Köchin und Gastgeberin in die Geschichte einzugehen.

Dienstag, 21. März: Geburtstag

57 kg, Zigaretten 42, Alkoholeinheiten 9*, Kalorien 4295*.
Wenn ich an meinem Geburtstag schon nicht auf die Sahne hauen kann, wann dann?

18.30 Uhr. Kann nicht weitermachen. Bin gerade mit meinen neuen, superschicken Wildlederschuhen von Pied à terre (wohl eher Pied à pomme de terre) in einen Topf mit Kartoffelbrei getreten, da ich vergessen habe, daß die ganze Küche mit Töpfen voller Hackfleisch und Kartoffelbrei zugestellt ist. Es ist schon halb sieben, und ich muß noch die Zutaten für die Grand-Marnier-Soufflés und einiges andere, das ich vergessen habe, bei Cullens holen. O mein Gott: Plötzlich fiel mir ein, daß noch eine Tube von dem Verhütungsgel neben dem Waschbecken liegen könnte. Muß außerdem Einmachgläser mit peinlich biederem Eichhörnchenmotiv sowie Geburtstagskarte von Jamie verschwinden lassen. Das Motiv auf der Karte ist einfach zu dämlich: Mein Lebensalter in geprägten Lettern und darunter die Worte: »Das ist noch nicht das Ende . . .« Worte, die sich im Innern der Karte zu dem Satz vervollständigten: ». . . aber du kannst es von hier aus sehen!« Humor ist, wenn man trotzdem lacht. Zeitplan:

18.30 Uhr. Einkaufen gehen.

18.45 Uhr. Mit den vergessenen Lebensmitteln wiederkommen.

18.45–47 Uhr. Auflauf in Form schichten und in Ofen schieben (o Gott, hoffentlich paßt alles rein!)

19.00–05 Uhr. Grand-Marnier-Soufflés zubereiten. (Glaube, ich werde mir einen kleinen Schluck Grand Marnier genehmigen. Schließlich habe ich heute Geburtstag.)

19.05.–10 Uhr. Mmm. Grand Marnier ist lecker. Überprüfe Teller und Besteck auf Spuren schlampigen Abwaschs und decke den Tisch in ansprechender Fächerform. Hoppla, muß noch Servietten kaufen (oder habe ich noch irgendwo welche? Vergesse ich immer wieder).

19.10–20 Uhr. Aufräumen und Möbel an die Wände schieben.

19.20–30 Uhr. Speckstreifen und knuspriges Chorizozeugs vorbereiten. Dann bleibt mir noch genau eine halbe Stunde, um fertig zu werden, also kein Grund zur Panik. Muß eine rauchen. Aargh. Viertel vor sieben. Wie das? Aargh.

19.15 Uhr. Komme gerade aus dem Laden und merke, daß ich die Butter vergessen habe.

19.35 Uhr. Scheiße, Scheiße, Scheiße. Der Kartoffelauflauf steht immer noch in Töpfen auf dem Fußboden herum, und ich habe mir die Haare noch nicht gewaschen.

19.40 Uhr. O mein Gott. Habe gerade nach Milch gesucht und festgestellt, daß ich die Einkaufstasche im Laden habe stehenlassen. Da waren auch die Eier drin. Das heißt... O Gott, und das Olivenöl... der postmoderne Salat fällt also schon mal flach.

19.45 Uhr. Hmm. Es ist sicher das beste, mich mit einem Glas Champagner in die Badewanne zu legen und mich dann fertigzumachen. Wenn ich hübsch aussehe, kann ich wenigstens weiterkochen, wenn alle da sind und vielleicht Tom dazu überreden, die fehlenden Zutaten zu holen.

19.55 Uhr. Aargh. Es klingelt. Bin in BH und Höschen und habe nasse Haare. Auflauf ist kreuz und quer über den Fußboden verteilt. Erste Aggressionen den Gästen gegenüber. Mußte mich zwei Tage abrackern, und jetzt werden sie alle eintrudeln und nach Futter schreien wie Kuckucksjunge. Mir ist danach, die Tür aufzureißen und zu schreien: »Ach, *verpißt* euch doch alle!«

2 Uhr morgens. Bin ganz gerührt. Vor der Tür standen Magda, Tom, Shazzer und Jude mit einer Flasche Champagner. Sie sagten, ich solle mich schnell fertigmachen, und bis ich mir die Haare gefönt und mich angezogen hatte, hatten sie die ganze Küche sauber gemacht und den Auflauf weggeworfen. Es stellte sich heraus, daß Magda einen großen Tisch im 192 reserviert und allen gesagt hatte, sie sollten dorthin kommen anstatt zu mir, und da saßen sie dann allesamt mit Geschenken und wollten mich zum Essen einladen. Magda sagte, sie hätten einen merkwürdigen, fast unheimlichen sechsten Sinn dafür gehabt, daß die Grand-Marnier-Soufflés und das Speckstreifenzeugs nichts werden würden. Gute Freunde muß man halt haben, sind jederzeit besser als weitläufige türkische Familien mit seltsamen Kopftüchern.

Genau: Nächstes Jahr werde ich die guten Vorsätze fürs neue Jahr reaktivieren und folgendes hinzufügen:

Was ich tun werde:
Aufhören, so neurotisch zu sein und vor allem und jedem Angst zu haben.
Was ich nicht mehr tun werde:
Mit Daniel Cleaver schlafen bzw. ihn überhaupt zur Kenntnis nehmen.

APRIL

Innere Ausgeglichenheit

Sonntag, 2. April

57 kg, Alkoholeinheiten 0 (hervorragend), Zigaretten 0, Kalorien 2250.

In einem Artikel habe ich gelesen, daß Kathleen Tynan, die verstorbene Frau des verstorbenen Kenneth, »innere Ausgeglichenheit« besaß und beim Schreiben stets tadellos gekleidet an einem kleinen Tisch in der Mitte des Zimmers saß und an einem Glas gekühltem Weißwein nippte. Kathleen Tynan würde bestimmt nicht, wenn sie mit einer Presseinformation für Perpetua in Verzug war, komplett angezogen und schreckensstarr unter dem Federbett liegen, eine Zigarette nach der anderen rauchen, kalten *Sake* aus einem Becher süffeln und als hysterische Verdrängungshandlung Make-up auflegen. Kathleen Tynan würde Daniel Cleaver nicht erlauben, mit ihr zu schlafen, wann immer ihm danach war, aber ohne feste Bindung. Ebensowenig würde sie sich bis zur Besinnungslosigkeit betrinken und sich übergeben. Wünschte, ich wäre wie Kathleen Tynan (allerdings natürlich nicht tot).

Daher wiederhole ich in letzter Zeit immer, wenn die Dinge außer Kontrolle zu geraten drohen, den Begriff »innere Ausgeglichenheit« und stelle mir mich selbst vor, wie ich in weißem Leinen an einem Tisch mit Blumen sitze. »Innere Ausgeglichenheit«. Inzwischen sechs Tage nicht geraucht. Habe Daniel gegenüber eine Haltung würdevollen Hochmuts an den Tag gelegt und seit drei Wochen weder Botschaften an ihn geschickt noch mit ihm geflirtet oder geschlafen. Im Lauf der letzten Woche nur drei Alkoholeinheiten konsumiert, und zwar als widerwilliges Zugeständnis an Tom, der sich beklagte, daß ein Abend mit meiner neuen lasterfreien Persönlichkeit sei, als würde man mit einer Wellhornschnecke, einer Kammuschel oder einem ähnlichen schwammigen Meerestier ausgehen.

Mein Körper ist ein Tempel. Ich frage mich, ob es schon Zeit ist, ins Bett zu gehen? Ach nein, es ist erst halb neun. Innere Ausgeglichenheit. Ooh. Telefon.

21 Uhr. Es war mein Vater, der mit befremdlicher, abgehackter Stimme sprach, fast als wäre er ein Roboter.

»Bridget. Schalt mal deinen Fernseher auf BBC 1.«

Ich schaltete um und machte vor Schreck einen Satz. Es war eine Vorankündigung für die *Anne and Nick Show*, und da, als rautenförmiges Video-Standbild zwischen Anne und Nick auf dem Sofa, war meine Mutter, toupiert und geschminkt, als wäre sie diese idiotische Katie Boyle oder so jemand.

»Das ist Nick«, sagte Anne freundlich.

». . . und wir möchten Ihnen unsere neue Schwerpunktsendung fürs Frühjahr vorstellen«, sagte Nick. »Auf einmal allein‹ – ein Dilemma, mit dem eine wachsende Zahl von Frauen konfrontiert ist. Anne.«

»Und wir stellen Ihnen unsere tolle neue Moderatorin Pam Jones vor«, sagte Anne. »Sie ist selbst ›plötzlich allein‹ und steht hier bei uns zum erstenmal vor der Kamera.«

Während Anne sprach, erwachte meine Mutter innerhalb der Raute zum Leben, dann begann die Raute in den Vordergrund des Bildes zu sausen und Anne und Nick zu verdecken und enthüllte dabei, wie meine Mutter einer verhärmt aussehenden Frau ein Mikrophon vor die Nase hielt.

»Hatten Sie Selbstmordgedanken?« donnerte meine Mutter.

»Ja«, sagte die verhärmte Frau und brach in Tränen aus, woraufhin das Bild wieder erstarrte, sich um die eigene Achse drehte, in eine Ecke davonsauste und erneut den Blick auf Anne und Nick auf dem Sofa freigab, die echt betroffen aussahen.

Dad war am Boden zerstört. Mum hatte ihm nicht einmal von ihrem Job als Fernsehmoderatorin erzählt. Offenbar befindet er sich mitten in der Verdrängungsphase und hat sich selbst eingeredet, daß Mum lediglich eine Lebensendkrise hätte, ihren Fehler bereits erkenne, ohne jedoch den Mut aufzubringen, ihn, Dad, offen um Verzeihung zu bitten und zurückzukommen.

Offen gestanden, bin ich absolut für Verdrängung. Man kann sich jedes beliebige Szenario einreden und ist auf diese Weise immer gut drauf – solange die Ex-Lebensgefährtin nicht im Fernsehen auftritt und eine neue Laufbahn darauf aufbaut, daß sie nicht mehr mit einem zusammen ist. Ich versuchte also alles mögliche, ihm Mut zu machen, verstieg mich sogar zu der Behauptung, daß Mum womöglich ihre Wiedervereinigung als ergreifenden Abschluß ihrer Serie plante, aber er schluckte es nicht. Armer Dad! Ich glaube nicht, daß er irgend etwas von Julio oder dem Mann vom Finanzamt weiß. Ich fragte ihn, ob ich morgen zu ihm hinauskommen solle, dann könnten wir am Samstag abend schön zum Essen ausgehen und am Sonntag vielleicht einen Spaziergang machen, aber er sagte, ihm fehle nichts. Die Alconburys geben am Samstag abend zugunsten von Lifeboat ein Essen à la *Merry Old England*.

Dienstag, 4. April

Bin fest entschlossen, gegen ständiges Zuspätkommen zur Arbeit vorzugehen, desgleichen gegen die Unfähigkeit, die mas-

senhaft eingehende Post mit Zahlungsaufforderungen, Mahn-
bescheiden etc. auch nur zur Kenntnis zu nehmen.

Habe beschlossen, den Strukturwandel meiner Persönlichkeit mit einem rigiden Zeitplan einzuleiten.

7 Uhr. Wiege mich.

7.03 Uhr. Gehe wieder ins Bett und schmolle wegen Gewicht.
Kopf in schlechtem Zustand. Schlafen und aufstehen glei-
chermaßen ausgeschlossen. Denke an Daniel.

7.30 Uhr. Hungerqualen treiben mich aus dem Bett. Mache
Kaffee, erwäge Grapefruit. Taue Schokoladencroissant auf.

7.35–7.50 Uhr. Schaue aus dem Fenster.

7.55 Uhr. Mache Kleiderschrank auf. Starre Klamotten an.

8 Uhr. Suche Bluse aus. Versuche, schwarzen Lycra-Minirock
zu finden. Zerre auf Suche nach Rock Klamotten unten aus
Schrank. Durchwühle Schubladen und suche hinter Schlafzimmersessel. Durchwühle Bügelwäsche. Durchwühle Wä-
schekorb. Rock ist verschwunden. Rauche eine zur Aufhei-
terung.

8.20 Uhr. Trockenbürsten (gegen Zellulitis) und Haarewa-
schen.

8.35 Uhr. Beginne Auswahl der Unterwäsche. Wäschekrise
bedeutet, daß die einzig greifbare Unterhose ein Monstrum
aus weißer Baumwolle ist. Zu unattraktiv, um überhaupt in
Frage zu kommen, nicht einmal auf der Arbeit (psychischer
Schaden). Gehe noch einmal an Bügelwäsche. Finde unpas-
send kleinen schwarzen Spitzenslip – frivol, aber besser als
riesenhafter Mama-Unterhosen-Horror.

8.45 Uhr. Fange mit blickdichten schwarzen Strumpfhosen an.
Die erste ist offenbar eingelaufen – Zwickel sitzt acht Zenti-
meter über den Knien. Schlüpfe in die zweite und bemerke
Loch hinten am Bein. Werfe sie weg. Erinnere mich plötz-

lich daran, daß ich Lycra-Minirock anhatte, als ich das letzte-mal mit Daniel nach Hause kam. Gehe ins Wohnzimmer. Entdecke Rock zwischen den Sofakissen. Na also.

8.55 Uhr. Kehre zu Strumpfhosen zurück. Die dritte hat nur an einer Zehe ein Loch. Ziehe sie an. Loch verwandelt sich in Laufmasche, die verräterisch aus dem Schuh hervorschaut. Gehe an Bügelwäsche. Entdecke letzte blickdichte schwarze Strumpfhose zu tauartigem Objekt verknäult und mit Fetzen von einem Papiertaschentuch übersät. Entwirre sie und zupfe Fetzen ab.

9.05 Uhr. Habe Strumpfhose jetzt an. Ziehe Rock darüber. Beginne, Bluse zu bügeln.

9.10 Uhr. Stelle plötzlich fest, daß Haare zu einer perversen Frisurenkreation trocknen. Suche nach Haarbürste. Ent-decke sie in Handtasche. Föne Haare trocken. Klappt nicht richtig. Besprühe sie mit Pflanzenspray und föne weiter.

9.40 Uhr. Mache mich wieder ans Bügeln und entdecke Fleck vorn auf Bluse. Sämtliche anderen möglichen Blusen sind schmutzig. Panik wegen Uhrzeit. Versuche, Fleck auszuwa-schen. Ganze Bluse jetzt tropfnaß. Bügle sie trocken.

9.55 Uhr. Mittlerweile s. spät. Rauche voller Verzweiflung eine und lese Reiseprospekt, um mich zu beruhigen.

10 Uhr. Versuche Handtasche zu finden. Handtasche ist ver-schwunden. Beschließe nachzusehen, ob mit der Post irgend etwas Nettes gekommen ist.

10.07 Uhr. Nur Schreiben von Kreditkartengesellschaft, weil ich Mindestbetrag nicht bezahlt habe. Versuche, mich daran zu erinnern, was ich gesucht habe. Beginne erneut mit Suche nach Handtasche.

10.15 Uhr. Verspätung ist jetzt eine unbestreitbare Tatsache. Erinnere mich plötzlich, daß ich Handtasche im Schlafzim-mer hatte, als ich Haarbürste suchte, finde sie aber nicht.

Entdecke sie schließlich unter Klamotten aus Schrank. Stopfe Klamotten wieder in Schrank. Ziehe Jacke an. Will Haus verlassen. Kann meine Schlüssel nicht finden. Stelle wütend Wohnung auf den Kopf.

10.25 Uhr. Finde Schlüssel in Handtasche. Merke, daß ich Haarbürste vergessen habe.

10.35 Uhr. Verlasse das Haus.

Drei Stunden und fünfunddreißig Minuten zwischen Aufwachen und Aufbruch zur Arbeit sind zu lang. In Zukunft muß ich sofort nach dem Aufwachen aufstehen und mein ganzes Wäschesystem überarbeiten. Schlage Zeitung auf und lese, daß verurteilter Mörder in Amerika überzeugt davon ist, daß die Behörden ihm einen Mikrochip in den Hintern geschmuggelt haben, um sozusagen seine Tätigkeit zu überwachen. Bin entsetzt beim Gedanken an ähnlichen Mikrochip in meinem Hintern, vor allem am Morgen.

Mittwoch, 5. April

56,5 kg, Alkoholeinheiten 5 (Judes Schuld), Zigaretten 2 (kann ja wohl jedem passieren – heißt nicht, daß ich wieder zu rauchen angefangen habe), Kalorien 1765. Lose 2.

Habe Jude heute von der Sache mit der inneren Ausgeglichenheit erzählt, und sie sagte interessanterweise, daß sie einen Ratgeber über Zen gelesen hätte. Sie sagte, daß sich Zen praktisch auf das ganze Leben anwenden ließe: Zen und die Kunst einzukaufen, Zen und die Kunst, eine Wohnung zu kaufen etc. Sie sagte, es sei alles eher eine Frage des Fließens als des Kämpfens. Und wenn man zum Beispiel ein Problem hatte oder etwas nicht nach Wunsch lief, sollte man sich weder abmühen noch wütend werden, sondern sich einfach entspannen und sehen, daß man das Flow-Gefühl hinkriegt, alles andere würde sich von selbst ergeben. Sagt Jude. Das sei so ähnlich, wie wenn man einen Schlüssel nicht ins Schloß kriegt, wenn man dann wie wild daran herumfuhrwerkt, wird es immer schlimmer, aber wenn man ihn herausnimmt, ein bißchen Lipgloss draufstreicht, dann erspürt man sich den Weg einfach und heureka! Aber bloß nichts davon Sharon gegenüber erwähnen, weil sie es für Schwachsinn hält.

Donnerstag, 6. April

Habe mich mit Jude auf einen ruhigen Drink getroffen, um noch weiter über die Flow-Technik zu sprechen, und bemerkte eine vertraute, gutaussehende, dunkle Gestalt mit regelmäßigen Gesichtszügen, die einen Anzug trug: Es war Magdas Jeremy. Winkte ihm zu und sah einen Sekundenbruchteil lang Entsetzen über seine Miene huschen, was meinen Blick unverzüglich zu seiner Begleiterin sandte, die a) nicht Magda, b) noch nicht dreißig war und c) ein Kostüm trug, das ich bei Whistles schon zweimal anprobiert hatte und wieder hinhängen mußte, weil es zu teuer war. Verfluchte Hexe.

Ich wußte genau, daß Jeremy versuchen würde, mit einem eiligen »Hallo-jetzt-nicht«-Blick davonzukommen, der einerseits unsere enge, alte und dauerhafte Freundschaft bestätigen und andererseits besagen soll, daß jetzt nicht der richtige Moment sei, um sie durch Küsse und vertrautes Geplauder zu bekräftigen. Ich wollte mich schon darauf einlassen, doch dann dachte ich, jetzt aber mal einen Moment, Schwestern! Das geht unter die Haut! Magda! Wenn Magdas Ehemann keinen Grund hat, sich dafür zu schämen, daß er mit dieser billigen Schlampe in *meinem* Kostüm essen geht, dann wird er mich ihr vorstellen.

Ich änderte meinen Kurs, um an seinem Tisch vorbeizukommen, woraufhin er sich intensiv ins Gespräch mit der Schlampe vertiefte, aufsah, als ich vorbeiging und mir ein ruhiges, selbstsicheres Lächeln zuwarf, als wollte er sagen »geschäftliche Besprechung«. Ich warf ihm einen Blick zu, der besagte: »Erzähl mir bloß nichts von einer geschäftlichen Besprechung«, und stolzierte weiter.

Doch was sollte ich jetzt tun? O weh, o weh. Es Magda erzählen? Es Magda nicht erzählen? Magda anrufen und fragen, ob alles in Ordnung sei? Jeremy anrufen und damit drohen, es Magda zu erzählen, wenn er der Hexe mit meinem Kostüm nicht den Laufpaß gibt? Mich um meinen eigenen Kram kümmern?

Während ich an Zen, Kathleen Tynan und innere Ausgeglichenheit dachte, machte ich eine Version des Sonnengrußes, an den ich mich aus einem Yogakurs entfernt erinnerte und konzentrierte mich auf den Innenfuß, bis das Flow-Gefühl einsetzte. Dann beschloß ich großmütig, niemandem davon zu erzählen, da Klatsch ein bösartiges, schleichendes Gift ist. Werde statt dessen häufiger Magda anrufen und für sie da sein, und falls irgend etwas im argen ist (was sie mit ihrer weiblichen Intuition zwangsläufig spüren wird), wird sie mir das sagen. Dank Flow wird sich dann auch der richtige Moment einstellen, wo ich ihr sagen kann, was ich gesehen habe. Nichts von Wert entsteht im Kampf, sondern nur durch Flow. Fließen muß es, fließen! Zen und die Kunst zu leben. Zen. Fließen. Flow. Hmmm, aber wie kam es dann, daß ich Jeremy und der billigen Schlampe zufällig begegnet bin, wenn nicht – durch Flow? Aber was heißt das jetzt für uns?

Dienstag, 11. April

55,5 kg, Alkoholeinheiten 0, Zigaretten 0, Lose 9 (das muß aufhören).

Bei Magda und Jeremy wirkt alles ganz normal, also war es womöglich doch eine geschäftliche Besprechung. Vielleicht stimmen Zen und das mit dem Flow ja doch, denn ich habe dadurch, daß ich mich entspannt und auf die Vibrationen gehört habe, das Richtige getan. Bin zu einer Schickeria-Buchpräsentation von *Kafkas Motorrad* nächste Woche im Ivy eingeladen. Bin fest entschlossen, mich weder vor der grausamen Party zu fürchten noch die ganze Zeit in Panik zu verbringen und dann deprimiert und sturzbetrunken nach Hause zu gehen, sondern meine sozialen Fähigkeiten und mein Selbstbewußtsein auszubauen und ab sofort richtigehenden *Nutzen* aus Partys zu ziehen – wie in der Anleitung aus dem Artikel, den ich gerade in einer Zeitschrift gelesen habe.

Offenbar gelingt es Tina Brown vom *New Yorker* hervorragend, mit Partys umzugehen und gutaussehend von einem Grüppchen zum anderen zu schweben und in einem Ton »Martin Amis! Nelson Mandela! Richard Gcre!« auszurufen, der auf der Stelle vermittelt: Mein Gott, ich war in meinem ganzen Leben noch nicht so glücklich wie jetzt, wo ich ausgerechnet dem/der Betreffenden über den Weg laufe. Und wenn man dann endlich dem (abgesehen vom gegenwärtigen Gesprächspartner) faszinierendsten Menschen ins Auge blickte, gibt es nur eins: Reden! Reden! Kontakte sind alles. Und dann: »Ciaooo!« Wäre gern wie Tina Brown, wenn das Ganze nicht so in Arbeit ausarten würde.

Der Artikel ist voller nützlicher Tips. Offenbar sollte man sich auf einer Party nie länger als zwei Minuten mit derselben

Person unterhalten. Ist die Zeit abgelaufen, sagt man einfach: »Ich glaube, man wünscht, daß wir uns tummeln. War nett, Sie kennenzulernen«, und geht weiter. Wenn einem die Worte fehlen, nachdem man jemanden gefragt hat, was er von Beruf ist, und zur Antwort erhalten hat: »Bestattungsunternehmer« oder »Ich arbeite fürs Kinderhilfswerk«, muß man einfach fragen: »Und gefällt Ihnen das?« Wenn man Leute einander vorstellt, sollte man der Anschaulichkeit halber gleich noch ein paar interessante Details hinterherschieben: Etwa: »Das ist John. Er kommt aus Neuseeland und geht gern Windsurfen.« Oder: »Gina ist begeisterte Fallschirmspringerin und lebt auf einem Boot.«

Das wichtigste aber ist, daß man nie ohne ein klares Ziel auf eine Party geht: Sei es nun, um karriereförderliche Kontakte zu knüpfen oder sich mit jemand Bestimmtem anzufreunden oder einfach, um ein Supergeschäft vorzubereiten. Endlich ist mir klar, was ich falsch gemacht habe, als ich lediglich mit dem einen Ziel auf Partys ging, mich nicht allzu wüst zu betrinken.

Montag, 17. April

56 kg, Alkoholeinheiten 0 (s. g.), Zigaretten 0 (s. g.), Lose 5 (habe aber 2 £ gewonnen, also insgesamt nur 3 £ ausgegeben).

Also. Morgen ist *Kafkas Motorrad*. Werde klares Ziel ausarbeiten. Gleich. Will mir nur erst die Werbung ansehen und dann Jude anrufen.

Also.

1) Mich nicht allzu wüst besaufen.
2) Versuchen, Leute kennenzulernen, die mir nutzen können.

Hmmm. Na, ich werde mir später noch mehr einfallen lassen.

23 Uhr. Also.

3) Die gesellschaftlichen Fähigkeiten aus dem Artikel in die Praxis umsetzen.

4) ~~Daniel davon überzeugen, daß ich über innere Ausgeglichenheit verfüge, damit er wieder etwas mit mir anfangen will. Nein. Nein.~~

4) ~~Sexgott kennenlernen und mit ihm schlafen.~~

4) Interessante Kontakte in der Verlagswelt aufbauen; vielleicht auch in anderen Sparten, um eine neue Laufbahn einzuschlagen.

O Gott. Will nicht auf die schaurige Party. Will mich mit einer Flasche Wein vor den Fernseher setzen und mir *Eastenders* ansehen.

Dienstag, 18. April

57 kg, Alkoholeinheiten 7 (o weh!), Zigaretten 30, Kalorien (darf gar nicht daran denken), Lose 1 (hervorragend).

Party ging schon schlecht los, als ich keinen Menschen sah, den ich einem anderen hätte vorstellen können. Besorgte mir einen Drink und spürte schließlich Perpetua auf, die mit James vom *Telegraph* plauderte. Ging zuversichtlich und äußerst kontaktfreudig auf Perpetua zu, doch anstatt zu sagen: »James, Bridget stammt aus Northamptonshire und macht unheimlich gern

Gymnastik« (werde bald wieder Gymnastikkurs besuchen), redete Perpetua einfach weiter – weit über die Zwei-Minuten-Grenze hinaus – und ignorierte mich schlichtweg.

Ich drückte mich eine Weile in der Nähe herum und kam mir wie ein Idiot vor, bis ich Simon aus der Marketingabteilung entdeckte. Indem ich schlau vorgab, es sei überhaupt nicht meine Absicht gewesen, mich in Perpetuas Gespräch einzuklingen, steuerte ich zielstrebig auf Simon zu, um gleich im Stil von Tina Brown »Simon Barnett« zu sagen. Als ich fast bei ihm angekommen war, bemerkte ich allerdings, daß Simon aus der Marketingabteilung mit Julian Barnes sprach. Da ich vermutete, daß es mir nicht gelingen würde, mit der erforderlichen Fröhlichkeit sowie im richtigen *Tonfall* überzeugend zu rufen: »Simon Barnett! Julian Barnes!«, stand ich unentschlossen herum und begann dann, mich seitlich davonzustehlen, was Simon dazu veranlaßte, in verärgertem, hochnäsigem Ton (den er komischerweise nie verwendet, wenn er einen am Kopierer anzumachen versucht), zu fragen: »Wolltest du irgend etwas, Bridget?«

»Ah! Ja!« sagte ich und brach in massive Panik aus, weil ich nicht wußte, was ich wohl wollen könnte. »Ähm.«

»Jaaa?« Simon und Julian Barnes sahen mich erwartungsvoll an.

»Wißt ihr, wo die Toiletten sind?« platzte ich heraus. Verdammt. Verdammt. Warum? Warum habe ich das gesagt? Ich bemerkte die Andeutung eines Lächelns auf den schmalen, aber anziehenden Lippen von Julian Barnes.

»Äh, ich glaube, sie müssen wohl dort drüben sein. Wunderbar. Vielen Dank«, sagte ich und eilte auf den Ausgang zu. Als ich die Schwingtüren hinter mir hatte, sank ich gegen die Wand, versuchte, wieder ruhig zu atmen und dachte »innere Ausgeglichenheit, innere Ausgeglichenheit«. Bis jetzt lief es nicht besonders gut, das stand außer Zweifel.

Sehnsüchtig sah ich zur Treppe hinüber. Der Gedanke, nach Hause zu gehen, mein Nachthemd anzuziehen und den Fernseher einzuschalten, bekam langsam einen unwiderstehlichen Reiz. Doch dann rief ich mir die Partyziele in Erinnerung, atmete tief durch die Nase ein, murmelte »innere Ausgeglichenheit« und schob mich durch die Türen wieder hinein. Perpetua stand immer noch neben der Tür und redete mit ihren gräßlichen Freundinnen Piggy und Arabella.

»Ah, Bridget«, sagte sie, »holst du mir einen Drink?« und hielt mir ihr Glas entgegen. Als ich mit drei Gläsern Wein und einem Perrier zurückkam, waren sie vollkommen in Selbstdarstellung vertieft.

»Also, ich muß sagen, in meinen Augen ist es eine Schande. Es bedeutet doch, daß heutzutage eine ganze Generation von Leuten die großen Werke der Literatur – Austen, Eliot, Dikkens, Shakespeare und so weiter – nur noch durchs Fernsehen kennenlernt.«

»Ja, allerdings. Es ist absurd. Kriminell.«

»Auf jeden Fall. Und dann meinen die Leute auch noch, das, was sie sich zwischen *Noel's House Party* und *Herzblatt* ansehen, sei wirklich Jane Austen.«

»*Herzblatt* kommt samstags«, warf ich ein.

»Wie bitte?« sagte Perpetua.

»Samstags. *Herzblatt* kommt samstags, um Viertel nach sieben, nach den *Gladiators*.«

»So?« sagte Perpetua höhnisch mit einem Seitenblick auf Arabella und Piggy.

»Die großen Literaturverfilmungen werden normalerweise nicht am Samstagabend ausgestrahlt...«

»Oh, seht mal, da ist Mark«, unterbrach mich Piggy.

»O Gott, ja«, sagte Arabella eifrig. »Er hat doch seine Frau verlassen, oder nicht?«

»Was ich sagen wollte, war, daß während der großen Literaturverfilmungen auf dem anderen Kanal nicht etwas so Gutes wie *Herzblatt* läuft, also glaube ich nicht, daß so viele Leute herumzappen.«

»Oh, *Herzblatt* ist also ›gut‹, was?« höhnte Perpetua.

»Ja, es ist sehr gut.«

»Und ist dir klar, daß *Middlemarch* ursprünglich ein Buch war, Bridget, keine Seifenoper?«

Ich hasse Perpetua, wenn sie mir so kommt. Blöde alte Arschgeige.

»Oh, ich dachte, das wäre ein Haarshampoo«, sagte ich, griff mir beleidigt eine Handvoll Saté-Sticks, die gerade herumgereicht wurden, und stopfte sie mir in den Mund. Als ich wieder aufsah, stand ein dunkelhaariger Mann im Anzug vor mir.

»Hallo, Bridget«, sagte er. Ich hätte beinahe den Mund aufgerissen und sämtliche Saté-Sticks wieder herausfallen lassen. Es war Mark Darcy. Aber ohne den No-name-Pullover mit dem Rautenmuster.

»Hallo«, sagte ich mit vollem Mund und versuchte, nicht in Panik auszubrechen. Dann fiel mir der Artikel wieder ein, und ich wandte mich zu Mark.

»Mark. Perpetua ist...«, begann ich und hielt dann erstarrt inne. Was sollte ich sagen? Perpetua ist furchtbar dick und vertreibt sich die Zeit damit, mich herumzukommandieren? Mark ist sehr reich und war mit einer grausamen Japanerin verheiratet?

»Ja?« sagte Mark.

»...ist meine Vorgesetzte und kauft sich gerade eine Wohnung in Fulham, und Mark ist«, sagte ich und wandte mich zu Perpetua, »ein bedeutender Anwalt in Menschenrechtssachen.«

»Oh, hallo Mark. Ich habe natürlich von Ihnen gehört«,

sprudelte Perpetua hervor, als wäre sie Prunella Scales in *Fawlty Towers* und er der Herzog von Edinburgh.

»Mark, hi!« sagte Arabella, riß die Augen auf und zwinkerte auf eine Weise, die sie sicher für sehr attraktiv hielt. »Habe dich ja seit Urzeiten nicht gesehen. Wie war's im Big Apple?«

»Wir haben gerade über kulturelle Hierarchien gesprochen«, tönte Perpetua. »Bridget gehört zu denen, die glauben, der Moment, in dem bei *Herzblatt* die Trennwand fällt, wäre kulturell auf demselben Niveau wie Othellos Monolog ›Wird dies dein Bild mich fort vom Himmel schleudern‹«, sagte sie und brüllte vor Lachen.

»Ah. Dann ist Bridget eindeutig eine bedeutende Vertreterin der Postmoderne«, sagte Mark Darcy. »Das ist Natasha«, fuhr er fort und wies auf ein hochgewachsenes, dünnes, todschickes Mädchen neben ihm. »Natasha ist eine erstklassige Anwältin für Familienrecht.«

Ich hatte das Gefühl, daß er mich verarschen wollte. Ganz schön frech.

»Ich muß sagen«, sagte Natasha mit einem wissenden Lächeln, »bei den Klassikern wäre ich im Grunde dafür, daß die Leute nachweisen müssen, daß sie das Buch gelesen haben, bevor sie die Fernsehfassung sehen dürfen.«

»Oh, *ganz* Ihrer Meinung«, sagte Perpetua und feuerte weitere Lachsalven ab. »Was für eine herrliche Idee!«

Ich sah ihr an, wie sie im Geiste Mark Darcy und Natasha mit einer Reihe von Poohs und Piggys an eine Dinnertafel plazierte.

»Genausowenig hätte man zulassen dürfen, daß sich irgend jemand die Erkennungsmelodie des World Cup anhört«, johlte Arabella, »der nicht nachgewiesen hat, daß er sich zuvor *Turandot* angehört hat, und zwar von Anfang bis Schluß.«

»Obwohl natürlich in vieler Hinsicht«, warf Marks Natasha plötzlich ganz ernst ein, als fürchtete sie, das Gespräch könne eine ganz falsche Richtung nehmen, »die Demokratisierung unserer Kultur etwas *Gutes* ist . . .«

»Außer bei Mr. Blobby. Bei dem hätte man schon bei der Geburt die Luft rauslassen sollen«, kreischte Perpetua. Als ich unabsichtlich auf Perpetuas Hintern schaute und mir dachte: Die hat's gerade nötig, ertappte ich Mark Darcy dabei, wie er dasselbe tat.

»Was mir allerdings *zuwider* ist« – Natasha sah ganz verzerrt und nervös aus, als säße sie in einem Debattierclub in Oxbridge –, »ist dieser, dieser geradezu arrogante Individualismus, der sich einbildet, jede Generation könne die Welt irgendwie neu erschaffen.«

»Aber genau das ist es doch, was Menschen *tun*«, sagte Mark Darcy sanft.

»Na gut, wenn du es unbedingt auf dieser Ebene betrachten willst . . .«, räumte Natasha ein.

»Auf welcher Ebene?« sagte Mark Darcy. »Das ist keine Ebene, es ist ein einwandfreies Argument.«

»Nein. Nein. Tut mir leid, aber du stellst dich absichtlich dumm«, sagte sie und lief feuerrot an. »Ich spreche nicht von jenem erfrischenden, unverbrauchten, dekonstruktivistischen Blick, sondern von der systematischen Zerstörung einer Kultur.«

Mark Darcy sah drein, als würde er gleich vor Lachen losprusten.

»Was ich meine, ist, wenn man vor lauter Relativismus eine Sendung wie zum Beispiel *Herzblatt* gut findet . . .«, sagte sie mit einem bösen Blick in meine Richtung.

»Das tue ich gar nicht, ich mag *Herzblatt* nur einfach«, sagte ich. »Obwohl ich finde, daß es besser wäre, wenn sie die Kandidaten sich ihre Antworten auf die Fragen selbst ausdenken ließen, anstatt daß sie diese dämlichen vorgefertigten Antworten voller Wortspiele und sexueller Anzüglichkeiten vorlesen müssen.«

»Genau«, warf Mark ein.

»Allerdings kann ich *Gladiators* nicht ausstehen. Da bekomme ich das Gefühl, dick zu sein«, sagte ich. »War jedenfalls nett, mit euch zu plaudern. Bye!«

Ich stand gerade um meinen Mantel an und dachte darüber nach, wie wichtig die An- bzw. Abwesenheit eines Pullovers mit Rautenmuster für die Attraktivität eines Mannes ist, als ich spürte, wie sich Hände leicht um meine Taille legten.

Ich drehte mich um. »Daniel!«

»Jones! Wie kommst du dazu, dich so früh schon davonzuschleichen?« Er beugte sich vor und küßte mich. »Mmmmmm, du riechst gut«, sagte er und bot mir eine Zigarette an.

»Nein danke, ich habe die innere Ausgeglichenheit entdeckt und das Rauchen aufgegeben«, sagte ich, als wäre ich eins dieser programmierten Wesen aus *Die Frauen von Stepford*. Außerdem wünschte ich, Daniel wäre nicht ganz so attraktiv, wenn man mit ihm allein war.

»So, so«, feixte er, »innere Ausgeglichenheit, was?«

»Ja«, sagte ich geziert. »Warst du schon auf der Party? Ich habe dich nicht gesehen.«

»Ich weiß. Aber ich habe dich gesehen. Wie du mit Mark Darcy gesprochen hast.«

»Woher kennst du Mark Darcy?« fragte ich verblüfft.

»Cambridge. Kann den blöden Heini nicht ausstehen. Ein echtes Weichei. Woher kennst du ihn?«

»Er ist der Sohn von Malcolm und Elaine Darcy«, begann ich und hätte beinahe hinzugesetzt: »Du kennst doch Malcolm und *Elaine*, Liebes. Sie haben uns besucht, als wir in Buckingham gewohnt haben...«

»Wer, zum Teufel, sind...«

»Sie sind mit meinen Eltern befreundet. Ich habe schon im Planschbecken mit ihm gespielt.«

»Ja, das kann ich mir vorstellen, du verdorbenes kleines Miststück«, knurrte er. »Möchtest du mit mir essen gehen?«

Innere Ausgeglichenheit, sagte ich mir. Innere Ausgeglichenheit.

»Komm schon, Bridge«, sagte er und beugte sich verführerisch zu mir herüber. »Ich muß ein ernsthaftes Gespräch über deine Bluse mit dir führen. Sie ist extrem dünn, schon fast durchsichtig. Bist du schon jemals auf die Idee gekommen, daß deine Bluse womöglich an . . . *Bulimie* leidet?«

»Ich bin mit jemandem verabredet«, flüsterte ich verzweifelt.

»Komm schon, Bridge.«

»Nein«, sagte ich mit einer Entschlossenheit, die mich ziemlich erstaunte.

»Schade«, sagte er leise. »Dann bis Montag«, und warf mir einen so schmutzigen Blick zu, daß ich mich am liebsten hinter ihm hergestürzt und gerufen hätte: »Bums mich! Bums mich!«

23 Uhr. Habe gerade Jude angerufen und ihr von der Begegnung mit Daniel erzählt und auch von Malcolm und Elaine Darcys Sohn, mit dem mich Mum und Una Alconbury auf dem Truthahnessen verkuppeln wollten und der unerwartet auf der Party erschienen war und ziemlich anziehend auf mich gewirkt hatte.

»Moment mal«, sagte Jude. »Du meinst doch nicht etwa *Mark* Darcy, oder? Den Anwalt?«

»Doch. Wieso – kennst du ihn auch?«

»Tja, schon. Ich meine, wir haben ein paarmal mit ihm zusammengearbeitet. Er ist unglaublich nett und attraktiv. Ich dachte, du hättest gesagt, der Typ bei dem Truthahnessen sei ein richtiger Blödmann gewesen.«

Humpf. Na ja, kann sein, daß ich das gesagt habe.

Samstag, 22. April

54 kg, Zigaretten 0, Alkoholeinheiten 0, Kalorien 1800.

Heute ist ein historischer und froher Tag. Nachdem ich achtzehn Jahre lang versucht habe, auf 54 Kilo runterzukommen, habe ich es endlich geschafft. Es ist kein Trick mit der Waage, sondern durch Jeans bestätigt. Ich bin dünn.

Es gibt keine stichhaltige Erklärung dafür. Ich bin zwar letzte Woche zweimal im Fitneßstudio gewesen, aber das ist nicht außergewöhnlich, wenn auch selten. Ich habe normal gegessen. Es ist ein Wunder. Habe Tom angerufen, der meinte, ich hätte vielleicht einen Bandwurm und man bekäme ihn los, indem man sich eine Schüssel warme Milch und einen Bleistift vor den Mund hält. (Anscheinend lieben Bandwürmer warme Milch.) Dann macht man den Mund auf. Wenn der Kopf des Bandwurms erscheint, wickelt man ihn vorsichtig mit dem Bleistift auf.

»Hör mal«, habe ich gesagt, »dieser Bandwurm bleibt da. Ich liebe meinen neuen Bandwurm. Ich bin nicht nur dünn, sondern habe auch keine Lust mehr zu rauchen oder mir literweise Wein in den Kopf zu schütten.«

»Bist du verliebt?« fragte Tom in argwöhnischem, eifersüchtigem Tonfall. So ist er immer. Nicht daß er mit mir gehen möchte, schließlich ist er ja schwul. Aber wenn man allein ist, ist das letzte, was man möchte, daß die beste Freundin eine funktionierende Beziehung zu jemand anders aufbaut. Ich zermarterte mir das Hirn und hielt schließlich schockiert inne, da mir mit einemmal eine verblüffende Erkenntnis kam. Ich bin nicht mehr in Daniel verliebt. Ich bin frei.

Dienstag, 25. April

54 kg, Alkoholeinheiten 0 (hervorragend), Zigaretten 0 (s. s. g.),
Kalorien 995 (weiterhin gute Arbeit).

Humpf. Bin heute abend in engem, kleinem schwarzen Kleid
auf Judes Party gegangen, um s. von mir eingenommen meine
Figur vorzuführen.

»O Gott, geht's dir auch gut?« fragte Jude, als ich hereinkam.
»Du siehst ja fix und fertig aus.«

»Mir geht's gut«, sagte ich geknickt. »Ich habe drei Kilo
abgenommen. Was hast du denn?«

»Nichts. Ich dachte nur . . .«

»Was? Was?«

»Vielleicht hast du ein bißchen schnell im . . . Gesicht abgenommen«, sagte sie und verstummte, während sie auf mein
zugegebenermaßen etwas eingesunkenes Dekolleté schaute.

Bei Simon war es das gleiche.

»Bridgiiiiiiiit! Hast du 'ne Kippe?«

»Nein, ich habe aufgehört.«

»Ach du Scheiße, kein Wunder, daß du so . . .«

»Was?«

»Ach, nichts, nichts. Du wirkst bloß ein bißchen . . . abge-
spannt.«

So ging es den ganzen Abend. Es gibt nichts Schlimmeres als
Leute, die einem sagen, daß man müde wirkt. Sie könnten
einem auch gleich sagen, daß man total beschissen aussieht. Ich
war so mit mir zufrieden, weil ich nichts trank, doch als der
Abend voranschritt und alle immer betrunkener wurden, begann ich mich so gelassen und selbstsicher zu fühlen, daß ich
mir sogar selbst auf die Nerven ging. Immer wieder ertappte ich
mich dabei, wie ich mich an den Gesprächen beteiligte, ohne

auch nur ein einziges Wort zu sagen, sondern nur in die Runde sah und dazu auf unglaublich abgeklärte Art nickte.

»Hast du Kamillentee da?« fragte ich Jude einmal, als sie fröhlich hicksend an mir vorbeischlurfte, woraufhin sie in Kichern ausbrach, den Arm um mich legte und umkippte. Ich beschloß, lieber nach Hause zu fahren.

Dort angekommen, ging ich ins Bett und legte meinen Kopf aufs Kissen, aber nichts geschah. Ich legte den Kopf erst hierhin, dann dorthin, aber er wollte einfach nicht einschlafen, nicht der Kopf. Unter normalen Umständen wäre ich längst weggesackt und hätte von schrecklichen Kindheitstraumata geträumt. Ich machte das Licht an. Vielleicht sollte ich so etwas tun wie, na ja, äh . . Socken stopfen? Innere Ausgeglichenheit. Das Telefon klingelte. Es war Tom.

»Geht's dir gut?«

»Ja, hervorragend. Warum?«

»Du hast heute abend irgendwie schlapp gewirkt. Alle haben gemeint, du wärst nicht ganz auf der Höhe.«

»Nein, mir ging's gut. Hast du gesehen, wie dünn ich bin?«
Schweigen.

»Ich finde, du hast vorher besser ausgesehen, Herzchen.«
Jetzt fühle ich mich leer und verstört – als wäre mir der Teppich unter den Füßen weggezogen worden. Achtzehn Jahre – umsonst. Achtzehn Jahre, in denen ich Kalorien und Fetteinheiten gezählt habe. Achtzehn Jahre, in denen ich lange Röcke und Pullover gekauft habe und in den intimen Stunden den Raum nur rückwärts verlassen habe, weil ich nicht wollte, daß *er* meinen dicken Hintern sieht. Millionen Stücke Käsekuchen, Millionen Portionen Tiramisu und Dutzende Millionen Scheiben Emmentaler, die ungegessen liegengeblieben sind. Achtzehn Jahre des Kampfes, des Verzichts und der Mühe – wofür? Achtzehn Jahre, und das Ergebnis heißt: »Du siehst ja fix und

fertig aus, Kind.« Ich fühle mich wie ein Wissenschaftler, der entdeckt, daß sein Lebenswerk auf einem Irrtum beruht.

Donnerstag, 27. April

57 kg, Alkoholeinheiten 0, Zigaretten 0, Lose 12 (s. s. schlecht, aber dafür habe ich mich den ganzen Tag weder gewogen noch übers Abnehmen nachgedacht; s. g.).

Muß mit den Losen aufhören, aber das Problem ist, daß ich ziemlich oft etwas gewinne. Die Lose sind wesentlich besser als die Lotterie, zumal die Zahlen ohnehin nicht mehr zur selben Zeit wie *Herzblatt* gezogen werden (*Herzblatt* hat zur Zeit Pause), und allzuoft hat man nicht eine einzige Richtige und fühlt sich ohnmächtig und betrogen und kann den Lottozettel bloß noch zerfetzen und trotzig auf den Boden feuern.

Ganz anders bei den Losen, bei denen viel mehr Beteiligung verlangt ist, da man die Beträge von sechs Bargeldsummen freirubbeln muß – oft eine ziemlich schwere und anspruchsvolle Aufgabe – und sie einem nie das Gefühl vermitteln, man hätte keine Chance gehabt. Dreimal dieselbe Summe garantiert einen Gewinn, und meiner Erfahrung nach ist man immer sehr nahe dran, oft hat man zwei gleiche, und das sogar für eine Summe von 50.000 £.

Auf jeden Fall sollte man sich nicht jedes Vergnügen im Leben versagen. Ich brauche nur vier oder fünf Rubbellose am Tag und werde außerdem sowieso bald damit aufhören.

Freitag, 28. April

*57 kg, Zigaretten 64, Alkoholeinheiten 14, Kalorien 8400 (s. g.
obwohl Zählen s. schlecht. Abnehmwahn s. schlecht), Lose 0.*

Gestern abend um Viertel vor neun ließ ich mir gerade ein
entspannendes Aromatherapie-Bad einlaufen und schlürfte Kamillentee, als draußen die Alarmanlage eines Autos losging. Ich
habe in unserer Straße bereits eine Kampagne gegen Auto-
Alarmanlagen ins Leben gerufen, da sie unerträglich sind und
genau das Gegenteil des Erwünschten bewirken. Vielleicht
schrecken die Dinger ja Autoknacker ab, aber dafür wird die
Kiste dann von einem wütenden Anwohner aufgebrochen, der
versucht, die Alarmanlage abzustellen.

Diesmal atmete ich allerdings nur durch geblähte Nüstern
ein, anstatt mich aufzuregen und die Polizei zu rufen, und
murmelte »innere Ausgeglichenheit«. Da klingelte es an der
Tür. Ich ging an die Sprechanlage. Eine s. vornehme Schaf-
stimme blökte: »Er hat eine *Scheiß*geliebte.« Dann ertönte hy-
sterisches Schluchzen. Ich sauste nach unten, wo Magda in
Tränen aufgelöst vor dem Haus stand und unter dem Lenkrad
von Jeremys Saab-Cabrio herumfummelte, offenbar der Entste-
hungsort sowohl des Sirengeheuls als auch des bunten Lich-
terspiels am Wagen. Dazu das Baby auf dem Kindersitz, das
brüllte, als würde es gerade von der Katze gefressen.

»Stellen Sie das gottverdammte Ding ab!« schrie jemand aus
einem Fenster.

»Ich kann nicht, verflucht noch mal!« kreischte Magda und
zerrte an der Motorhaube des Wagens.

»Jerrers!« brüllte sie in ihr Handy. »Jerrers, du verdammter,
mieser Ehebrecher! Wie macht man die Motorhaube vom Saab
auf?«

Magda ist sehr vornehm. Unsere Straße ist nicht sehr vornehm. Es ist eine von denen, wo immer noch Plakate in den Fenstern hängen, auf denen steht: »Freiheit für Nelson Mandela.«

»Ich komme nie wieder zu dir zurück, du Scheißkerl!« tobte Magda. »Sag mir nur, wie man die dämliche Motorhaube aufkriegt.«

Magda und ich saßen nun beide im Wagen und zogen an jedem Hebel, den wir finden konnten, während Magda immer wieder aus einer Flasche Laurent-Perrier trank. Mittlerweile hatte sich ein wütender Mob versammelt. Als nächstes kam Jeremy auf seiner Harley-Davidson herbeigebraust. Doch anstatt die Alarmanlage abzustellen, machte er Anstalten, sich das Baby vom Rücksitz zu schnappen, während Magda ihn anbrüllte. Dann riß Dan, der Typ aus Australien, der unter mir wohnt, sein Fenster auf.

»Hey, Bridgid!« schrie er. »Bei mir läuft Wasser durch die Decke.«

»Scheiße! Die Badewanne!«

Ich rannte nach oben, doch als ich an meiner Wohnungstür ankam, stellte ich fest, daß ich sie zugeschlagen und den Schlüssel drinnen vergessen hatte. Ich fing an, mit dem Kopf dagegenzuhämmern und zu brüllen: »Scheiße, Scheiße!«

Da kam Dan auf den Flur heraus. »Herrgott«, sagte er. »Rauch mal lieber eine.«

»Danke«, sagte ich und hätte die Zigarette, die er mir hinhielt, beinahe verschlungen.

Mehrere Zigaretten und eine schier endlose Fummelei mit einer Kreditkarte später waren wir drinnen und mußten feststellen, daß alles unter Wasser stand. Doch die Wasserhähne ließen sich nicht zudrehen. Dan sauste nach unten und kam mit einem Schraubenschlüssel und einer Flasche Scotch zurück. Schließlich gelang es doch noch, die Flut zu stoppen, und Dan half mir beim Aufwischen. Zu guter Letzt verstummte sogar die Alarmanlage, und wir eilten gerade noch rechtzeitig ans Fenster, um den Saab davonrasen zu sehen, dicht gefolgt von einer röhrenden Harley-Davidson.

Wir fingen beide an zu lachen – inzwischen hatten wir eine Menge Whisky intus. Und plötzlich – ich weiß gar nicht, wie es dazu kam – küßte er mich. In puncto Etikette war es eine heikle Situation, da ich gerade seine Wohnung unter Wasser gesetzt und ihm den Abend ruiniert hatte und nun nicht undankbar sein wollte. Ich weiß, daß ihm das nicht das Recht gab, mich sexuell zu belästigen, aber diese (weitere) Komplikation war eigentlich ganz angenehm nach all dem Theater heute, einschließlich der inneren Ausgeglichenheit und meiner abgeklärten Schlaflosigkeit. Plötzlich stand ein Mann in einer ledernen Motorradkluft in der offenen Tür und hielt uns eine Pizzaschachtel entgegen.

»Ach du Scheiße«, sagte Dan. »Ich hab' ganz vergessen, daß ich eine Pizza bestellt hab'.«

Und so aßen wir die Pizza, tranken eine Flasche Wein, rauchten noch mehr Zigaretten und tranken noch mehr Scotch, und dann fing er wieder an, mich zu küssen, und ich nuschelte »Nein, nein, das dürfen wir nicht«, woraufhin er ganz komisch wurde und murmelte: »Himmelarsch.«

»Was ist denn?« fragte ich.

»Ich bin verheiratet«, sagte er.

Als er endlich gegangen war, sank ich zitternd und mit dem Rücken an die Wohnungstür gelehnt auf dem Fußboden zusammen und rauchte die Kippen aus dem Aschenbecher auf. »Innere Ausgeglichenheit«, sagte ich halbherzig. Dann klingelte es an der Tür. Ich reagierte nicht. Es klingelte wieder. Und dann ununterbrochen. Ich ging an die Sprechanlage.

»Liebling«, sagte eine andere betrunkene Stimme, die ich kannte.

»Geh weg, Daniel«, zischte ich.

»Nein. Lasses mich erklärn.«

»Nein.«

»Bridge . . . ich will reinkommen.«

Schweigen. O Gott. Warum stehe ich immer noch so sehr auf Daniel?

»Ich liebe dich, Bridge.«

»Verzieh dich. Du bist betrunken«, sagte ich, obschon mir ganz anders zumute war.

»Jones?«

»Was?«

»Kann ich mal bei dir aufs Klo?«

Samstag, 29. April

Alkoholeinheiten 12, Zigaretten 57, Kalorien 8489 (hervorragend).

Zweiundzwanzig Stunden, vier Pizzas, eine Mahlzeit vom Inder, drei Schachteln Zigaretten und drei Flaschen Champagner später ist Daniel immer noch hier. Ich bin verliebt. Außerdem gibt es da noch folgende Probleme: Ich bin nämlich

a) wieder bei dreißig Zigaretten pro Tag
b) verlobt
c) dumm
d) schwanger.

23.45 Uhr. Gerade wurde mir schlecht, und als ich mich übers Klo beugte und versuchte, es wenigstens leise hinter mich zu bringen, damit Daniel nichts davon mitbekam, rief er mir plötzlich aus dem Schlafzimmer zu: »Da geht sie dahin, deine innere Ausgeglichenheit, mein Dickerchen. Ist auch der beste Ort dafür, würde ich sagen.«

MAI

Die werdende Mutter

Montag, 1. Mai

Alkoholeinheiten 0, Zigaretten 0, Kalorien 4200 (esse für zwei).

Ich bin fast sicher, daß ich schwanger bin. Wie konnten wir nur so blöd sein? Daniel und ich waren so euphorisch, weil wir wieder zusammengefunden hatten, daß die Wirklichkeit aus dem Fenster zu fliegen schien – und wenn man erst einmal . . . ach, Mensch, ich will nicht darüber reden. Heute morgen habe ich eindeutig erste Symptome morgendlicher Übelkeit an mir festgestellt, aber das könnte auch daran liegen, daß ich, nachdem Daniel gestern abend gegangen war, wegen meines schlimmen Katers folgende Sachen verdrückt habe, da ich hoffte, davon würde es mir bessergehen:

2 Packungen Emmentaler in Scheiben
1 Liter frisch gepreßten Orangensaft
1 kalte Ofenkartoffel
2 Stück ungebackenen Zitronenkäsekuchen (ganz leicht, außerdem esse ich ja vielleicht für zwei)
1 Milky Way (hat nur 125 Kalorien. Begeisterte Reaktion meines Körpers auf Käsekuchen beweist, daß Baby Zucker brauchte.)
1 Viennoise-Schokodessertzeugs mit Sahne. (Das Baby hat nicht nur Hunger, es ist auch unheimlich anspruchsvoll.)
Gedünsteten Brokkoli. (Versuch, das Baby babygerecht zu ernähren, ohne es gleich zu verziehen.)

4 kalte Frankfurter Würstchen (einzig vorhandene Dose im Schrank – bin von Schwangerschaft zu erschöpft, um noch einmal einkaufen zu gehen)

Ach du liebe Zeit. Lasse mich von der Vorstellung meiner selbst als Calvin-Klein-Mutterfigur hinreißen (evtl. in einem nabelfreien Top) oder wie ich das Baby in die Luft werfe und lache wie diese Supermuttis der Fun-Generation in einem Werbespot für einen Designer-Gasherd.

Perpetua war heute im Büro auf dem Gipfel ihrer Unausstehlichkeit und hat eine Dreiviertelstunde mit Desdemona am Telefon gehangen und darüber debattiert, ob gelbe Wände neben rosa-grau gerüschten Vorhängen hübsch aussehen würden oder ob sie und Hugo sich für Blutrot mit einem geblümten Zierstreifen entscheiden sollten. Geschlagene fünfzehn Minuten lang sagte sie überhaupt nichts außer »Unbedingt ... nein, unbedingt ... unbedingt«, und kam dann zu dem Schluß: »Aber dasselbe gilt natürlich auch für das Rot, gewissermaßen.«

Doch anstatt ihr die Meinung zu sagen, lächelte ich nur selig vor mich hin und dachte daran, wie bald all das für mich bedeutungslos sein würde, wenn ich für ein winziges, neues Wesen zu sorgen hatte. Als nächstes entwickelte ich eine ganz neue Welt der Daniel-Phantasien: Daniel, wie er das Baby in einem Bauchgurt trägt; Daniel, wie er von der Arbeit nach Hause geeilt kommt und überglücklich ist, wenn er uns beide rosig und strahlend in der Badewanne entdeckt; und wie er später bei Elternabenden alle Anwesenden schwer beeindruckt.

Bis dann Daniel leibhaftig auftauchte. Ich habe ihn noch nie in üblerer Verfassung gesehen. Die einzig mögliche Erklärung war, daß er, nachdem er gestern von mir weggegangen war, weitergetrunken hatte. Mit dem Gesichtsausdruck eines Axtmörders sah er kurz zu mir herüber. Schlagartig wurden meine

Phantasien von Bildern aus dem Film *Barfly* verdrängt, wo das Paar die ganze Zeit sturzbesoffen ist, sich anplärrt und gegenseitig mit Flaschen bewirft, oder an *The Slobs* von Harry Enfield, worin Daniel brüllt: »Bridge, das Baby schreit sich schon wieder die Seele aus dem Leib, verdammt!«

Und ich erwidere dann: »Daniel. Ich bin am *Rauchen*.«

Mittwoch, 3. Mai

58 kg (Igitt. Das Baby wird ein Monster); Alkoholeinheiten 0, Zigaretten 0, Kalorien 3100 (aber in erster Linie Kartoffeln, o mein Gott). Muß jetzt wieder auf mein Gewicht achten, des Babys wegen.

Hilfe. Am Montag und Dienstag dachte ich irgendwie, ich sei schwanger, wußte aber, daß ich es nicht wirklich war – es war eher so, wie wenn man spätabends nach Hause läuft und sich einbildet, jemand verfolge einen, obwohl man weiß, daß es nicht stimmt. Doch dann packt einen plötzlich jemand am Hals, und jetzt bin ich schon zwei Tage überfällig. Daniel hat mich am Montag den ganzen Tag lang ignoriert und mich dann um 18 Uhr abgefangen und gesagt: »Hör mal, ich fahre bis Ende der Woche nach Manchester. Wir sehen uns am Samstag abend, okay?« Er hat nicht angerufen. Bin alleinerziehende Mutter.

Donnerstag, 4. Mai

58,5 kg, Alkoholeinheiten 0, Zigaretten 0, Kartoffeln 12.

Ging in die Apotheke, um diskret einen Schwangerschaftstest zu erstehen. Ich schob gerade dem Mädchen an der Kasse mit gesenktem Kopf die Packung zu und wünschte, ich hätte daran gedacht, mir einen Ring an den Ringfinger zu stecken, als der Apotheker rief: »Sie wollen einen Schwangerschaftstest?«

»Schhh«, zischte ich und blickte über die Schulter.

»Wie lang ist Ihre Periode überfällig?« brüllte er. »Mit dem blauen sind Sie besser beraten. Er sagt Ihnen schon am ersten Tag nach Ausbleiben der Regel, ob Sie schwanger sind oder nicht.«

Ich grapschte nach der blauen Packung, die er mir hingeschoben hatte, reichte die verfluchten acht Pfund fünfundneunzig hinüber und huschte hinaus.

Die ersten beiden Stunden an diesem Morgen starrte ich meine Handtasche an, als wäre sie eine noch nicht explodierte Bombe. Um halb zwölf hielt ich es nicht mehr aus, packte die Tasche, stieg in den Aufzug und ging zu den Toiletten zwei Stockwerke tiefer, um nicht zu riskieren, daß irgend jemand, den ich kannte, ein verdächtiges Rascheln hörte. Aus irgendeinem Grund machte mich die ganze Geschichte plötzlich wütend auf Daniel. Es war ebenso seine Verantwortung, und er mußte keine 8,95 £ hinlegen und sich in einer Toilette verstecken, um auf ein Stäbchen zu pinkeln. Zornig nahm ich die Packung auseinander, stopfte die Schachtel in den Mülleimer und machte alles genau nach Vorschrift. Dann legte ich das Stäbchen verkehrt herum hinten aufs Klo, ohne es anzusehen. Drei Minuten. Ich wollte einfach nicht dabeisein, wenn sich in jener unheilvollen Blaufärbung des Teststreifens mein Schicksal besiegelte. Irgendwie überstand ich diese hundertachtzig Sekunden – meine letzten hundertachtzig Sekunden in Freiheit –, nahm das Stäbchen in die Hand und hätte beinahe aufgeschrien. Da, in dem kleinen Fensterchen war eine unübersehbare, schmale blaue Linie. Aargh! Aargh!

Nachdem ich fünfundvierzig Minuten lang verständnislos

auf den Computerbildschirm gestarrt und versucht hatte, so zu tun, als sei Perpetua eine mexikanische Käsepflanze, stürzte ich hinaus und rief von einer Telefonzelle aus Sharon an. Diese dämliche Perpetua. Hatte mich doch glatt gefragt, was denn los sei. Wenn Perpetua Angst hätte, schwanger zu sein, stünde so viel englische Oberschicht hinter ihr, daß sie innerhalb von zehn Minuten in einem Brautkleid von Amanda Wakeley zum Traualtar schreiten würde. Draußen war dermaßen viel Verkehr, daß ich mich Sharon nicht verständlich machen konnte.

»Was? Bridget, ich kann dich nicht hören. Hast du Ärger mit der Polizei?«

»Nein«, schniefte ich. »Mit der blauen Linie im *Schwangerschaftstest.*«

»Mein Gott. Wir treffen uns in fünfzehn Minuten im Café Rouge.«

Obwohl es erst Viertel vor eins war, dachte ich, ein Wodka-Orange könne nicht schaden, da es sich um einen echten Notfall handelte, doch dann fiel mir ein, daß das Baby keinen Alkohol vertrug. Ich saß da und wartete und fühlte mich wie eine sonderbare Art Zwitter oder Zentaur und durchlitt den gesamten Widerstreit der Gefühle gegenüber dem Baby auf einmal. Einerseits empfand ich ganz häuslich und sentimental in bezug auf Daniel, gefiel mir darin, eine richtige Frau – von ununterdrückter Fruchtbarkeit! – zu sein und phantasierte über samtig weiche Babyhaut, ein winziges Wesen zum Liebhaben und niedliche Babykleidung von Ralph Lauren. Andererseits dachte ich, o mein Gott, mein Leben ist vorüber, Daniel ist ein wahnsinniger Alkoholiker und wird mich erst umbringen und dann verlassen, wenn er davon erfährt. Keine wilden Nächte mehr mit den Mädels, keine Einkaufsbummel, Flirts, Bettgeschichten, Weingelage und Zigaretten mehr. Statt dessen werde ich zu einer häßlichen, in Säcke gehüllten Milchmaschine werden, auf die kein Mensch steht, und werde in keine meiner Hosen mehr passen, vor allem nicht in meine nagelneue Agnès-B.-Jeans. Diese Wirrnis ist wohl der Preis, den ich dafür bezahlen muß, daß ich eine moderne Frau geworden bin, anstatt dem vorgesehenen Lauf der Natur zu folgen und Abnor Rimer vom Northamptoner Bus zu heiraten, als ich achtzehn war.

Als Sharon kam, schob ich ihr den Schwangerschaftstest mit seiner verräterischen blauen Linie mißmutig unter dem Tisch hindurch zu.

»Ist er das?« fragte sie.

»Natürlich ist er das«, murmelte ich. »Was soll es denn sonst sein? Ein Handy vielleicht?«

»Du«, sagte sie, »bist wirklich eine dumme Nuß. Hast du denn die Anweisungen nicht gelesen? Es müssen zwei blaue Linien sein. Diese Linie ist nur dazu da, um zu zeigen, daß der Test funktioniert. Eine Linie heißt, du bist *nicht* schwanger – du Herzchen.«

Als ich nach Hause kam, war eine Nachricht von meiner Mutter auf dem Anrufbeantworter: »Schätzchen, ruf mich sofort zurück. Ich bin mit den Nerven am Ende.«

Na toll, aber da ist sie nicht die einzige.

Freitag, 5. Mai

57 kg (o Mist, kann die lebenslange Angewohnheit, mich zu wiegen, nicht ablegen, erst recht nicht nach diesem Schwangerschaftstrauma – werde demnächst eine Therapie machen), Alkoholeinheiten 6 (hurra!), Zigaretten 25, Kalorien 1895, Lose 3.

Habe den Morgen damit verbracht, dem verlorenen Baby nach-
zutrauern, wurde aber etwas froher, als Tom anrief und vorschlug, mittags gemeinsam eine Bloody Mary zu trinken, um
dem Wochenende zu einem guten Start zu verhelfen. Kam nach
Hause und fand eine zickige Nachricht von meiner Mutter auf
dem Anrufbeantworter vor, in der sie mir mitteilt, daß sie auf
eine Schönheitsfarm gefahren sei und mich später wieder anriefe. Ich frage mich, was los ist. Vermutlich wird sie von zu
vielen Tiffany's-Schächtelchen von liebeskranken Verehrern
und Jobangeboten als Fernsehmoderatorin von Konkurrenzka-
nälen überrollt.

23.45 Uhr. Gerade rief Daniel aus Manchester an.
»Na, wie ist es die Woche über gelaufen?«
»Super, danke«, antwortete ich fröhlich. Super, danke. Ha!
Irgendwo habe ich gelesen, daß Seelenfrieden das schönste
Geschenk ist, das eine Frau einem Mann machen kann. Also
konnte ich, nachdem wir gerade erst angefangen hatten, richtig
miteinander zu gehen, wohl kaum zugeben, daß ich, sobald er
mir den Rücken zukehrte, neurotisch-hysterische Anfälle von
Scheinschwangerschaft bekam.
Na gut. Was soll's. Wir treffen uns morgen abend. Hurra!
Lalalala.

Samstag, 6. Mai:
VE-Day, Sieg der Alliierten über Hitler.

*57,5 kg, Alkoholeinheiten 6, Zigaretten 25, Kalorien 3800 (feiere
aber eher das Ende der Lebensmittelrationierung), richtige Lottozahlen 0 (schwach).*

Schon beim Aufwachen ungewöhnliche Hitze über der Stadt, versuche trotzdem ein bißchen Begeisterung aufkommen zu lassen über das Kriegsende, die Befreiung Europas und wie überaus herrlich das alles war. Ehrlich gesagt, fühle ich mich angesichts der ganzen Sache ausgesprochen elend, ja, sogar regelrecht »übergangen«. Ich habe keine Großväter. Dad hat sich ungemein für eine Party ins Zeug gelegt, die im Garten der Alconburys steigen soll und auf der er aus unerfindlichen Gründen Pfannkuchen backen will. (Viel Glück beim Wenden!) Mum dagegen fährt zu einer Grillparty (Walfisch-Nuggets!) nach Cheltenham, wo sie aufgewachsen ist. Wahrscheinlich ist Julio mit dabei. (Gott sei Dank ist sie nicht mit einem Deutschen durchgebrannt.)

Von meinen Freunden organisiert niemand etwas. Überhaupt sind solche Festivitäten für die Nachgeborenen eher peinlich, lassen irgendwie auf einen positiven Lebensansatz schließen oder auf pure Dreistigkeit, nämlich zu versuchen an einer Leistung teilzuhaben, die nicht die unsere ist.

Ich meine, mich gab es vermutlich nicht einmal als Eizelle, als der Krieg zu Ende war. Ich war rein gar nichts, während sie alle für Britanniens Freiheit kämpften und aus Karotten Marmelade kochten oder was auch immer.

Mir ist diese Vorstellung zuwider, und so spiele ich mit dem Gedanken, Mum anzurufen und sie zu fragen, ob sie bei Kriegsende schon ihre Periode hatte. Werden Eier eigentlich eines nach dem anderen produziert, frage ich mich, oder werden sie von Geburt an in Mikroform gelagert, bis sie aktiviert werden? Könnte ich als gelagertes Ei irgendwie das Kriegsende gespürt haben? Wenn ich nur einen Großvater hätte, hätte ich mich unter dem Vorwand, nett zu ihm zu sein, in die ganze Sache einklinken können. Ach, pfeif drauf, ich gehe jetzt einkaufen.

19 Uhr. Die Hitze hat meinen Körper auf doppelte Größe anschwellen lassen, ich schwör's. Nie wieder gehe ich in eine Gemeinschaftsumkleidekabine. Bei Warehouse verklemmte sich ein Kleid unter meinen Armen, als ich versuchte, es auszuziehen, und zum Schluß schlurfte ich mit umgekehrt heraushängendem Futterstoff anstelle eines Kopfes herum und zerrte mit den Armen in der Luft daran, während mein wogender Bauch und meine Schenkel vor den versammelten, kichernden Fünfzehnjährigen offen zur Schau standen. Als ich versuchte, das dämliche Kleid herunterzuziehen und es anders herum loszuwerden, blieb es an meinen Hüften hängen.

Ich hasse Gemeinschaftsumkleidekabinen. Jede starrt verstohlen auf die Körper der anderen, aber keine sieht einem in die Augen. Immer sind Mädchen da, die wissen, daß sie rundum phantastisch aussehen und die strahlend herumtänzeln, ihr Haar schwingen lassen und vor dem Spiegel Modelposen einnehmen, während sie ihre obligatorisch dicke Freundin fragen: »Macht mich das dick?«

Es war in jeder Hinsicht ein katastrophaler Stadtbummel. Die Antwort auf blindwütiges Einkaufen – ich weiß es – ist, ein paar ausgewählte Artikel bei Nicole Farhi, Whistles und Joseph zu kaufen, aber die Preise dort jagen mir solche Angst ein, daß ich zurück zu Warehouse und Miss Selfridge husche, mich an einer Massenauswahl von Kleidern für 34,99 £ erfreue, die ich aber ebenso schwer wieder vom Leib bekomme wie die teuren Klamotten und dann Sachen von Marks & Spencer kaufe, weil ich die nicht anprobieren muß und trotzdem etwas gekauft habe.

Ich bin mit vier Kleidungsstücken nach Hause gekommen, die allesamt schlecht passen und mir nicht stehen. Eines davon wird zwei Jahre lang in einer M & S-Tüte hinter meinem Schlafzimmersessel liegen. Die anderen drei werde ich gegen Gutschriften bei Boules, Warehouse etc. umtauschen, die ich anschließend verlieren werde. Damit habe ich dann 119 £ aus dem Fenster geworfen, eine Summe, die ausgereicht hätte, um etwas wirklich Hübsches bei Nicole Farhi zu kaufen, zum Beispiel ein klitzekleines T-Shirt.

Es ist alles eine Strafe, merke ich, und zwar dafür, daß ich auf oberflächliche, materialistische Weise vom Einkaufen besessen bin, anstatt ein und dasselbe Rayonkleid den ganzen Sommer lang zu tragen und mir hinten auf die Beine einen Strich zu malen; Strafe auch dafür, daß ich es nicht geschafft habe, an den Feiern zum VE-Day teilzunehmen. Vielleicht sollte ich Tom anrufen und für den kommenden Montag (Feiertag!) eine nette Party organisieren. Ist es möglich, eine Art Persiflage-Siegesfeier abzuhalten – wie anläßlich der Königlichen Hochzeit? Antwort: Nein, denn über die Toten macht man sich nicht lustig. Und dann ist da noch das Problem mit den Flaggen. Die Hälfte von Toms Freunden war früher in der Anti-Nazi-Liga und würde glauben, das Vorhandensein von Union Jacks ließe darauf schließen, daß wir Skinheads eingeladen haben. Ich frage mich, was passiert wäre, wenn unsere Generation einen Krieg erlebt hätte? Na egal, Zeit für einen kleinen Drink. Daniel wird bald hier sein. Fange lieber schon mit den Vorbereitungen an.

23.59 Uhr. Mist. Verstecke mich in der Küche, um eine Zigarette zu qualmen. Daniel schläft. Vielmehr glaube ich, daß er so tut, als schliefe er. *Absolut* merkwürdiger Abend. Erkannte, daß unsere gesamte Beziehung bisher auf der Grundlage beruhte, daß einer von uns sich weigert, mit dem anderen ins Bett zu gehen. Einen gemeinsamen Abend auf der Grundlage zu verbringen, daß wir später *auf jeden Fall* auch miteinander schlafen müssen, war reichlich bizarr. Wir saßen da und sahen uns die

Feiern zum VE-Day im Fernsehen an, während Daniels Arm unbequem um meine Schultern lag, als wären wir zwei Vierzehnjährige im Kino. Er grub sich richtig in meinen Nacken, aber ich fand, ich könne ihn kaum darum bitten, ihn woandershin zu legen. Dann, als es sich nicht mehr vermeiden ließ, das Thema Schlafenszeit weiter auszusparen, wurden wir ganz förmlich und englisch. Anstatt uns gegenseitig wie Tiere die Kleider vom Leib zu reißen, standen wir da und säuselten: »Geh du zuerst ins Bad.«

»Nein! Nach dir!«

»Nein, nein, nein! Nach dir!«

»Ehrlich! Ich bestehe darauf!«

»Nein, nein, ich will gar nichts davon hören. Ich bringe dir ein Gästehandtuch und ein paar von diesen lustigen Muscheln aus Seife.«

Schließlich lagen wir dann nebeneinander, aber berührungsfrei, im Bett, ähnlich wie Morecambe und Wise oder John Noakes und Valerie Singleton im Blue Peter House. Wenn es einen Gott gibt, möchte ich ihn demütigst bitten – natürlich nicht ohne zu erwähnen, daß ich ihm zutiefst dankbar dafür bin, daß er Daniel nach soviel Flachwichserei unerklärlicherweise zu einer ständigen Einrichtung hat werden lassen –, möchte ich ihn also bitten, Daniel davon abzuhalten, weiterhin im Pyjama und mit Lesebrille ins Bett zu gehen und fünfundzwanzig Minuten in ein Buch zu starren, dann das Licht auszuschalten und sich umzudrehen, und ihn wieder in das nackte, lüsterne Sextier zu verwandeln, das ich von früher her kenne und liebe.

PS: Lieber Gott, ich danke für deine geschätzte Aufmerksamkeit in dieser Sache.

57,65 kg, Zigaretten 7, Kalorien 1145, Lose 5 (habe 2 £ gewon-
nen, daher Ausgabe für Lose insgesamt nur 3 £, s. g.), eigentliches
Lotto 2 £, Anzahl richtiger Zahlen 1 (besser).

Wie kommt es, daß ich nach der Freßorgie gestern abend nur
150 Gramm zugenommen habe?

Vielleicht sind Essen und Gewicht das gleiche wie Knoblauch
und übelriechender Atem: Wenn man mehrere ganze Zehen
ißt, riecht der Atem überhaupt nicht danach, und in ähnlicher
Form verursachen riesige Nahrungsmengen keine Gewichtszunahme. Seltsam optimistische Theorie und genauso paradox,
als würde man sagen, ein Umzug führt zu einer sauberen alten
Wohnung. Immerhin war es das wert: ein herrlicher Abend,
mit Sharon und Jude. Merke: Mit alkoholschwerer Zunge gehen einem feministische Sprüche viel leichter über die Lippen.

Eine Unmenge Essen und Wein wurde konsumiert, da die
großzügigen Mädels nicht nur je eine Flasche Wein mitgebracht
hatten, sondern auch noch ein kleines Extra von Marks & Spencer. Deshalb gab es neben dem dreigängigen Menü (von mir
zubereitet) und den zwei Flaschen Wein (1 Schaum-, 1 Weißwein, von mir besorgt), noch folgendes:

1 Becher Hummus & 1 Pck. Mini-Pittas
12 Doppelkräcker mit Räucherlachs-und-Frischkäse-Füllung
12 Mini-Pizzas
1 Himbeermeringe
1 Tiramisu (Partygröße)
2 Tafeln Toblerone

Sharon war in Topform. »Dreckskerle!« brüllte sie bereits um fünf nach halb neun und kippte sich drei Viertel eines Glases Kir Royal den Schlund hinab. »Blöde, selbstgefällige, arrogante, intrigante, zügellose Dreckskerle. Leben in einer kompletten Selbstbedienungskultur. Gib mir mal eine von diesen Mini-Pizzas, ja?«

Jude war deprimiert, weil Richard der Gemeine, von dem sie momentan getrennt ist, sie andauernd anruft und kleine verbale Köder auslegt, womit er offenbar andeuten will, daß er wieder mit ihr zusammensein möchte. Klarer Fall von Flachwichserei, er will sie sich warmhalten, ohne sich festzulegen. Deshalb auch das Gerede von wegen sie wollten doch »Freunde« bleiben. (Bereits die Idee dahinter ist eine Schweinerei!) Gestern abend tätigte er schließlich einen unglaublich anmaßenden, herablassenden Anruf, in dem er sie fragte, ob sie auf die Party eines gemeinsamen Freundes ginge.

»Ah ja, na dann komme ich nicht«, sagte er. »Nein. Es wäre wirklich nicht fair dir gegenüber. Verstehst du, ich wollte eigentlich diese, na ja, Freundin von mir mitbringen. Ich meine, im Grunde ist es nichts. Es ist nur ein Mädchen, das blöd genug ist, sich ein paar Wochen lang von mir bumsen zu lassen.«

»Was?« explodierte Sharon und lief rosarot an. »Das ist ja wohl das Widerlichste, was ich je einen Mann über eine Frau habe sagen hören. Arroganter kleiner *Mistkäfer*! Wie kommt er dazu, sich herauszunehmen, dich unter der Bezeichnung Freundschaft zu behandeln, wie es ihm gerade einfällt, und sich dann noch schlau vorzukommen, wenn er versucht, dich mit dieser neuen Freundin aus der Ruhe zu bringen? Wenn ihm wirklich daran gelegen wäre, deine Gefühle nicht zu verletzen, hätte er einfach die Klappe gehalten und wäre allein auf die Party gegangen, anstatt dir seine blöde Mieze unter die Nase zu reiben.«

»›Freunde‹? Pah! Das ist wohl eher der Feind!« rief ich fröhlich und gönnte mir noch eine Silk Cut und ein paar Lachskräkker. »Dreckskerl!«

Um halb zwölf hatten Sharons Tiraden ihren vorläufigen Höhepunkt erreicht.

»Vor zehn Jahren wurden Leute, die sich Sorgen um die Umwelt machten, als langhaarige Spinner verlacht, und seht euch jetzt mal an, welche Macht der grüne Konsument hat«, schrie sie, fuhr mit den Fingern durchs Tiramisu und steckte sie sich dann direkt in den Mund. »In den nächsten Jahren wird genau das gleiche mit dem Feminismus passieren. Es wird keine Männer mehr geben, die ihre Familien und ihre jenseits der Wechseljahre stehenden Frauen wegen junger Geliebter verlassen oder die versuchen, junge Frauen anzumachen, indem sie großkotzig von all den anderen Frauen protzen, die sich ihnen an den Hals werfen, oder die es darauf abgesehen haben, junge Frauen ohne jede Freundlichkeit oder Verpflichtung ins Bett zu kriegen, da die jungen Geliebten und Frauen den Spieß umdrehen und ihnen sagen werden, sie sollen sich verpissen, und die Männer werden überhaupt keinen Sex oder Frauen mehr bekommen, wenn sie nicht lernen, wie man sich anständig benimmt, anstatt weibliche Natur und Kultur (jawohl!) mit ihren BESCHISSENEN, SELBSTGEFÄLLIGEN, ZÜGELLOSEN ABARTIGKEITEN zu verschmutzen!«

»Dreckskerle!« grölte Jude und schlürfte ihren Pinot Grigio.

»Dreckskerle«, grölte ich durch einen Mund voller Himbeermeringe, vermischt mit Tiramisu.

»Verfluchte Dreckskerle!« brüllte Jude und zündete sich eine Silk Cut an der Glut der vorherigen an.

In diesem Moment klingelte es an der Tür.

»Ich wette, das ist Daniel, dieser miese Dreckskerl«, sagte ich. »Was ist denn?« bellte ich in die Sprechanlage.

»Oh, hallo, Liebling«, sagte Daniel mit seiner sanftesten, höflichsten Stimme. »Es tut mir wirklich leid, wenn ich dich störe. Ich habe vorhin schon angerufen und eine Nachricht auf deinem Anrufbeantworter hinterlassen. Ich bin nur den ganzen Abend in einer entsetzlich ermüdenden Vorstandssitzung festgehalten worden und habe mich so danach gesehnt, dich zu sehen. Ich gebe dir bloß einen kleinen Kuß, und dann gehe ich wieder, wenn du willst. Kann ich hochkommen?«

»Pfh. Na gut«, murmelte ich griesgrämig, drückte den Türöffner und schlurfte zum Tisch zurück. »Mieser Dreckskerl.«

»Selbstbedienungskultur«, knurrte Sharon. »Sie bekochen, ihnen Beistand leisten, und dann wollen sie die Körper schöner junger Mädchen, wenn sie alt und dick sind. Glauben, die Frauen seien dazu da, ihnen das zu geben, auf was sie sich ein verdammtes Recht einbilden... He, ist uns der Wein ausgegangen?«

Da erschien Daniel mit einem gewinnenden Lächeln auf der Bildfläche. Er sah müde, aber trotzdem munter aus, war frisch rasiert und steckte in einem ordentlichen Anzug. In der Hand hielt er drei Schachteln Milk-Tray-Pralinen.

»Ich habe jeder von euch eine mitgebracht«, sagte er mit einer sexy hochgezogenen Augenbraue, »damit ihr etwas zum Kaffee habt. Laßt euch von mir nicht stören. Ich habe fürs Wochenende eingekauft.«

Dann schleppte er acht Plastiktüten von Cullens in die Küche und begann alles zu verstauen.

In diesem Moment klingelte das Telefon. Es war die Minicab-Firma, bei der die Mädels vor einer halben Stunde angerufen hatten, und die nun mitteilte, daß auf dem Ladbroke Grove eine entsetzliche Massenkarambolage passiert sei, außerdem alle ihre Wagen auf einmal explodiert seien und sie sich außerstande sähen, in den nächsten drei Stunden zu kommen.

»Wohin müßt ihr denn?« fragte Daniel. »Ich fahre euch nach Hause. Zu dieser späten Stunde könnt ihr nicht auf der Straße herumstehen und nach Taxis Ausschau halten.«

Während die Mädels nervös nach ihren Handtaschen fingerten und Daniel dabei dämlich angrinsten, begann ich, sämtliche Nuß-, Nougat-, Fondant- und Karamelpralinen aus meiner Schachtel Milk Tray aufzuessen, wobei ich einerseits eine wirre Mischung aus Selbstgefälligkeit und Stolz in bezug auf meinen perfekten neuen Freund empfand, den die Mädels ganz eindeutig selbst gern mal flachgelegt hätten, und andererseits wütend war, weil der normalerweise abstoßend sexistische Säufer unser feministisches Gezeter erstickt hatte, indem er perverserweise so tat, als wäre er der perfekte Mann. Ha. Wir werden ja sehen, wir lange das anhält, nicht wahr? dachte ich, während ich auf ihn wartete.

Als er zurückkam, rannte er die Treppe hinauf, riß mich in seine Arme und trug mich ins Schlafzimmer.

»Du bekommst eine Extra-Praline dafür, daß du sogar noch reizend bist, wenn du einen Schwips hast«, sagte er und zog ein folienverpacktes Schokoladenherz aus seiner Tasche. Und dann. Mmmmmm.

Sonntag, 14. Mai

19 Uhr. Hasse Sonntagabende. Ein Gefühl, als müsse man Hausaufgaben machen. Muß bis morgen noch einen Katalogtext für Perpetua schreiben. Werde wohl erst mal Jude anrufen und ihr von Daniel vorstöhnen.

19.05 Uhr. Geht niemand ans Telefon. Hmmmpf. Na ja, mach' ich mich eben an die Arbeit.

19.10 Uhr. Werde mal bei Sharon anrufen.

19.45 Uhr. Shazzer war sauer auf mich, weil ich sie angerufen habe, als sie gerade nach Hause kam und 1471 wählen wollte, um festzustellen, ob dieser Typ, mit dem sie aus war, während ihrer Abwesenheit angerufen hat, und jetzt ist statt dessen meine Nummer gespeichert.

Betrachte 1471 als brillante Erfindung, da diese Nummer einem sofort die Nummer des letzten Anrufers mitteilt. Eigentlich war es zum Lachen, denn als wir drei zum erstenmal von 1471 hörten, sagte Sharon, sie sei total dagegen und betrachte es als eine Ausbeutung der epidemischen Zunahme von Suchtpersönlichkeiten und zerrütteten Beziehungen unter der britischen Bevölkerung durch die British Telecom. Manche Leute wählen die Nummer anscheinend bis zu zwanzigmal am Tag an. Jude ist dagegen eine massive Befürworterin von 1471, räumt allerdings ein, daß es das Unglückspotential beim Nachhausekommen verdoppelt, wenn man gerade eine Trennung hinter sich hat oder gerade erst angefangen hat, mit jemandem zu schlafen: Elend bereits, wenn keine Nummer auf 1471 gespeichert, zusätzliches Elend, wenn keine Nachricht auf Anrufbeantworter, heulendes Elend, weil gespeicherte Nummer sich als Mutters Nummer entpuppt.

In Amerika nennt der entsprechende Service *sämtliche* Nummern, die angerufen haben, seit man das letztemal nachgefragt hat – und auch, *wie oft.* Erschauere bei dem Gedanken, daß herauskommen könnte, wie häufig ich am Anfang Daniels Nummer gewählt habe. Das Gute am hiesigen System ist, daß die eigene Nummer nicht in der Leitung des anderen gespeichert wird, wenn man 141 wählt, bevor man anruft. Jude sagt allerdings, daß man vorsichtig sein müsse, denn wenn man wie verrückt in jemanden verliebt ist und zufällig gerade anruft, wenn derjenige zu Hause ist, dann auflegt und keine Nummer gespeichert ist, kommt der andere vielleicht dahinter, wer es war. Muß dafür sorgen, daß Daniel von alledem nichts erfährt.

21.30 Uhr. Beschloß, kurz um die Ecke Zigaretten holen zu gehen. Als ich zurückkam, hörte ich auf der Treppe das Telefon klingeln. Da mir schlagartig einfiel, daß ich vergessen hatte, den Anrufbeantworter wieder einzuschalten, nachdem ich mit Tom telefoniert hatte, raste ich die Stufen hinauf, leerte den Inhalt meiner Handtasche auf den Fußboden, um den Schlüssel zu finden, und warf mich quer durch den Raum, um an den Hörer zu kommen, woraufhin das Telefon aufhörte zu klingeln. War gerade aufs Klo gegangen, als Telefon wieder anfing zu klingeln. Hörte auf, als ich beim Apparat angekommen war. Begann dann wieder zu klingeln, als ich mich entfernte. Schließlich erwischte ich es.

»Oh, hallo, Liebes, rate mal.« Mum.

»Was?« sagte ich unglücklich.

»Ich lade dich zur Farbberatung ein! Und hör bitte endlich auf, ›was‹ zu sagen. Zur Farbberatung. Ich habe die Nase voll davon, daß du in diesen trüben Schlamm- und Matschtönen herumläufst. Du siehst aus wie der große Vorsitzende Mao.«

»Mum, ich kann jetzt eigentlich nicht reden, ich warte auf...«

»Jetzt komm schon, Bridget. Keine Fisimatenten«, sagte sie mit ihrer Dschingis-Khan-auf-dem-Gipfel-seiner-Schreckens-herrschaft-Stimme. »Mavis Enderby war auch immer ganz unglücklich in Gelbbraun und Moos, und jetzt war sie bei der Farbberatung und macht sich in diesem herrlichen Pink und Flaschengrün wunderbar und sieht zwanzig Jahre jünger aus.«

»Ich will mich aber nicht wunderbar in Pink und Flaschengrün machen«, sagte ich verbissen.

»Jetzt hör mal, Liebes, Mavis ist ein Wintertyp. Und ich bin ein Wintertyp, aber du könntest ja ein Sommertyp sein wie Una, und dann bekommst du deine Pastellfarben. Man weiß es nicht, bevor sie dir nicht das Handtuch um den Kopf gewickelt haben.«

»Mum, ich gehe nicht zur Farbberatung«, zischte ich verzweifelt.

»Bridget, ich höre mir das nicht mehr länger an. Tante Una hat erst neulich gesagt, wenn du bei dem Truthahncurry etwas heller und freundlicher gekleidet gewesen wärst, hätte Mark Darcy vielleicht ein bißchen mehr Interesse gezeigt. Kein Mensch will eine Freundin, die herumläuft wie jemand aus Auschwitz.« Verkniff mir die Bemerkung, daß ich einen Freund habe, obwohl ich von Kopf bis Fuß in Matschtöne gekleidet bin, aber die Aussicht, daß Daniel und ich ein heißes Diskussionsthema werden und Mum zu einem endlosen Strom von Binsenweisheiten verleiten könnten, hielt mich davon ab. Schließlich brachte ich sie zum Schweigen, indem ich ihr sagte, ich würde mir das mit der Farbberatung überlegen.

Dienstag, 16. Mai

58 kg (hurra!), Zigaretten 7 (s.g.), Alkoholeinheiten 6 (wirklich s.g. – s. rein).

Daniel ist immer noch hinreißend. Wie hatten sich nur alle so in ihm täuschen können? Kopf ist voller schwärmerischer Phantasien davon, mit ihm in einer Wohnung zu leben und wie in einer Calvin-Klein-Werbung zusammen mit Nachwuchs am Strand entlangzulaufen und selbstgefälliges Ehepaar anstelle von verlegenem Single zu sein. Muß weg, um mich mit Magda zu treffen.

23 Uhr. Hmmm. Abendessen mit Magda stimmte mich sehr nachdenklich. Magda wegen Jeremy s. deprimiert. Die Nacht mit der Alarmanlage und dem Streit in meiner Straße war die Folge einer Bemerkung von Nobelviertel-Woney, die behauptet hatte, Jeremy mit einem Mädchen im Harbour Club gesehen zu haben, was mir sehr nach der Hexe klang, mit der ich ihn vor einigen Wochen gesehen hatte. Danach fragte mich Magda geradeheraus, ob ich irgend etwas gehört oder gesehen hätte, und so erzählte ich ihr von der Hexe im Whistles-Kostüm.

Wie sich herausstellte, hatte Jeremy zugegeben, daß es zu einem Flirt gekommen war und er sich stark zu dem Mädchen hingezogen fühlte. Sie hätten aber angeblich nicht miteinander geschlafen. Magda war trotzdem stinksauer.

»Du solltest das Single-Dasein genießen, solange du kannst, Bridget«, sagte sie. »Wenn du erst einmal Mutter bist und deinen Job aufgegeben hast, bist du in einer unglaublich schlechten Position. Ich weiß, daß Jeremy glaubt, mein Leben sei nur ein einziger langer Urlaub, aber im Grunde ist es ausgesprochene Schwerarbeit, sich den ganzen Tag um ein Kleinkind und ein Baby zu kümmern, und es hört ja nie auf. Wenn Jeremy am Abend nach Hause kommt, will er die Füße hochlegen und gehätschelt werden und von Harbour-Club-Mädchen träumen, die in hautengen Bodys um ihn herumspringen. Denke ich mir jedenfalls.

Ich hatte früher einen richtigen Beruf. Ich weiß definitiv, daß es wesentlich mehr Spaß macht, zur Arbeit zu gehen, sich in Schale zu werfen, im Büro zu flirten und nett Mittagessen zu gehen, als in den dämlichen Supermarkt zu marschieren und Harry von der Spielgruppe abzuholen. Aber Jeremy setzt immer diese betrübte Miene auf, als wäre ich so eine gräßliche, von Harvey Nichols besessene Lady, die nobel speisen geht, während er das ganze Geld verdienen muß.«

Magda sieht so umwerfend gut aus. Ich sah sie an, wie sie verzweifelt mit ihrem Sektglas spielte, und fragte mich, was denn die Lösung für uns Frauen ist. Die Kirschen in Nachbars Garten sind eben immer süßer. Wie oft hab' ich in meiner Wohnung rumgehangen, war deprimiert, habe darüber gegrübelt, wie nutzlos ich bin und daß ich mich jeden Samstag abend hemmungslos betrinke und Jude und Shazzer oder Tom die Ohren volljammere, daß ich keinen Freund habe, und wenn doch, daß ich es nicht schaffe, mit ihm eine Kurzreise zu unternehmen. Ich komme praktisch nie mit meinem Geld aus und werde daneben als unverheiratete Außenseiterin verlacht, während Magda in einem großen Haus lebt, selten weniger als acht verschiedene Nudelsorten parat hat und den ganzen Tag einkaufen gehen kann. Und doch sitzt sie jetzt hier und ist so niedergeschlagen, unglücklich und ohne Selbstvertrauen und erzählt mir, wie gut ich es hätte...

»Ach, übrigens«, sagte sie, während ihr Gesicht aufleuchtete, »apropos Harvey Nicks: Ich habe mir dort heute ein phänomenales Schlauchkleid von Joseph gekauft – rot, mit zwei Knöpfen auf der einen Seite am Hals, sehr schön geschnitten, 280 £. Gott, ich wünschte sosehr, ich wäre wie du, Bridget, und könnte einfach eine Affäre haben. Oder am Sonntag morgen zwei Stunden in der Badewanne liegen. Oder die ganze Nacht ausgehen, ohne jemandem Rechenschaft ablegen zu müssen. Du hättest nicht vielleicht Lust, morgen mit mir einkaufen zu gehen, oder?«

»Äh. Tja, ich muß arbeiten gehen«, sagte ich.

»Oh«, sagte Magda und sah einen Augenblick lang erstaunt drein. »Weißt du«, fuhr sie fort und spielte mit ihrem Glas, »wenn du erst einmal das Gefühl hast, daß es eine Frau gibt, die dein Mann dir vorzieht, wird es ziemlich jämmerlich, zu Hause zu sitzen und sich alle möglichen Versionen dieser Frau vorzustellen, der er da draußen begegnen könnte. Man fühlt sich ziemlich machtlos.«

Ich dachte an meine Mutter. »Du könntest die Macht an dich reißen«, sagte ich. »Und zwar in einem unblutigen Putsch. Geh wieder arbeiten. Such dir einen Liebhaber. Bring Jeremy zur Vernunft.«

»Nicht mit zwei Kindern, die nicht einmal in den Kindergarten können«, entgegnete sie resigniert. »Aber wie auch immer, ich hab' mir die Suppe selber eingebrockt.«

O Gott. Es ist so schwer, eine Frau zu sein. Wie Tom nie müde wird, mir mit Grabesstimme zu versichern, während er mir eine Hand auf den Arm legt und mir mit jenem furchtbaren Blick in die Augen sieht: »*Only Women Bleed.*«

Hmmm. Tja, bin auf jeden Fall trotzdem froh, daß ich einen Freund habe.

Freitag, 19. Mai

56,25 kg (habe über Nacht 1,75 kg abgenommen – muß Nahrungsmittel konsumiert haben, die beim Essen mehr Kalorien verbrauchen, als sie zuführen, z. B. s. schwer zu kauenden Salat), Alkoholeinheiten 4 (mäßig), Zigaretten 21 (schlecht), Lose 4 (nicht s. g.).

16.30 Uhr. Gerade als Perpetua mir auf die Pelle rückte, damit sie nicht zu spät zu ihrem Wochenende bei den Trehearnes in Gloucestershire kam, klingelte das Telefon.

»Hallo, Liebes!« Meine Mutter. »Rate mal, was los ist. Ich hab' eine Superchance für dich.«

»Was?« murmelte ich mürrisch.

»Du kommst ins Fernsehen«, sprudelte sie hervor, als ich mit dem Kopf auf den Tisch schlug.

»Ich komme morgen früh um zehn mit dem Team zu dir. Aber das scheint dich nicht gerade zu begeistern, oder?«

»Mutter. Wenn du morgen mit einem Fernsehteam in meiner Wohnung einfällst, bin ich nicht da.«

»Oh, aber du mußt«, sagte sie eisig.

»Nein«, widersprach ich. Doch dann gewann meine Eitelkeit die Oberhand. »Worum geht es überhaupt?«

»Oh, Liebes«, gurrte sie. »Sie wollen, daß ich jemand *Jüngeren* für ›Plötzlich allein‹ interviewe – eine Frau, die unmittelbar vor den Wechseljahren steht und plötzlich allein ist, die über, na du weißt schon, Liebes, die über Einsamkeit, drohende Kinderlosigkeit und so weiter sprechen kann.«

»Ich stehe *nicht* unmittelbar vor den Wechseljahren, Mutter!« brüllte ich. »Und ich bin auch nicht plötzlich allein. Ich bin plötzlich Teil eines Paares.«

»Ach, red doch keinen Unsinn, Herzchen«, zischte sie. Im Hintergrund konnte ich Bürogeräusche hören.

»Ich habe einen Freund.«

»Wen?«

»Geht dich nichts an«, sagte ich und warf unvermittelt einen Blick über die Schulter zu Perpetua, die grinste.

»Oh, bitte, Liebes. Ich habe ihnen gesagt, ich hätte jemanden gefunden.«

»Nein.«

»Oh, biiiiitte. Ich habe noch nie einen Beruf gehabt, und nun stehe ich im Herbst meines Lebens und brauche etwas Eigenes«, brabbelte sie, als läse sie von einer Texttafel ab.

»Bekannte von mir könnten es sehen. Und außerdem – meinst du nicht, daß sie merken, daß ich deine Tochter bin?«

Schweigen. Dann hörte ich, wie sie mit jemandem im Hintergrund sprach. Schließlich meldete sie sich wieder und sagte: »Wir könnten dein Gesicht unkenntlich machen.«

»Was? Eine Tüte drüberziehen? Vielen herzlichen Dank.«
»Als Silhouette, Liebes, als Silhouette. Oh, bitte, Bridget.
Vergiß nicht, daß ich dir das Leben geschenkt habe. Wo wärst
du heute ohne mich? Nirgends. Ein Nichts. Ein totes Ei. Ein
Stück Weltall, Liebling.«

Offen gestanden habe ich mir insgeheim schon immer gewünscht, ins Fernsehen zu kommen.

Samstag, 20. Mai

58,5 kg (warum? woher?), Alkoholeinheiten 7 (Samstag), Zigaret-
ten 17 (deutlich eingeschränkt, angesichts der Umstände), Anzahl
richtiger Lottozahlen 0 (aber s. durch Filmen abgelenkt).

Das Team hatte schon ein paar Weingläser in den Teppich
getreten, bevor es noch eine halbe Minute im Haus war, aber ich
bin mit so etwas nicht besonders pingelig. Erst als einer von
ihnen mit einem riesigen Scheinwerfer mit Klappen hereinge-
stolpert kam, laut rief: »Paßt auf eure Hinterteile auf«, dann
brüllte: »Trevor, wo willst du dieses Monster haben?«, die
Balance verlor und mit dem Scheinwerfer durch die Glastür des
Küchenschranks donnerte und dabei eine offene Flasche fein-
stes, kaltgepreßtes Olivenöl umwarf und auf mein River-Café-
Kochbuch kippte, wurde mir klar, worauf ich mich eingelassen
hatte.

Drei Stunden nach ihrer Ankunft hatten sie immer noch nicht
mit dem Dreh begonnen, sondern fummelten unablässig herum
und sagten Dinge wie: »Darf ich Sie ein bißchen in diese Richtung drehen?« Als wir endlich anfingen und Mutter und ich
einander im Halbdunkel gegenübersaßen, war es beinahe halb
zwei.

»Und nun sagen Sie mir«, fragte sie mit einer mitfühlenden, verständnisvollen Stimme, die ich noch nie zuvor an ihr gehört hatte, »als Ihr Ehemann Sie verließ, hatten Sie da« – inzwischen flüsterte sie beinahe – »Selbstmordgedanken?«

Ich starrte sie ungläubig an.

»Ich weiß, daß das schmerzlich für Sie ist. Wenn Sie fürchten, die Fassung zu verlieren, können wir ja einen Moment Pause machen«, sagte sie hoffnungsvoll.

Ich war viel zu wütend, um noch ein einziges Wort hervorzubringen. Was für ein Ehemann?

»Ich meine, es muß entsetzlich sein, wenn kein Partner in Sicht ist und die biologische Uhr vor sich hin tickt«, sagte sie und versetzte mir unter dem Tisch einen Tritt. Ich trat zurück, und sie machte einen Satz und stieß einen unterdrückten Laut aus.

»Wollen Sie denn kein Kind?« fragte sie und reichte mir ein Papiertaschentuch.

An diesem Punkt ertönte laut schnaubendes Gelächter aus dem hinteren Teil des Raumes. Ich hatte gedacht, es wäre in Ordnung, Daniel im Schlafzimmer weiterschlafen zu lassen, da er samstags immer erst nach dem Mittagessen aufwacht und ich ihm seine Zigaretten auf dem Kissen bereitgelegt hatte.

»Wenn Bridget ein Kind bekäme, würde sie es irgendwo verlegen«, lachte er. »Erfreut, Sie kennenzulernen, Mrs. Jones. Bridget, warum kannst du dich samstags nicht auch so hübsch zurechtmachen wie deine Mum?«

Sonntag, 21. Mai

Meine Mutter spricht mit keinem von uns beiden mehr, weil wir sie gedemütigt und vor ihrem Team als Schwindlerin entlarvt haben. Zumindest dürfte sie uns jetzt ein Weilchen in Ruhe lassen. Freue mich jedenfalls unheimlich auf den Sommer. Es wird so schön sein, einen Freund zu haben, wenn es warm ist. Bestimmt können wir romantische Kurzreisen machen. S. glücklich.

JUNI

Ha! Fester Freund

Samstag, 3. Juni

56,5 kg, Alkoholeinheiten 5, Zigaretten 25, Kalorien 600, mit dem Anschauen von Prospekten für Fernreisen verbrachte Minuten 45, für Kurzurlaub 87, 1471-Anrufe 7 (g.).

Stelle fest, daß ich mich bei der Hitze unmöglich auf irgend etwas konzentrieren kann, außer auf Phantasien darüber, mit Daniel in Urlaub zu fahren. Kopf ist voll mit Wunschbildern: wir beide in einer Lichtung an einem malerischen Fluß – ich in einem langen, fließenden weißen Kleid; wir beide, Daniel und ich in identischen Streifen-T-Shirts vor einem uralten Pub an einem Strand in Cornwall, wo wir unser Bier trinken und den Sonnenuntergang über dem Meer betrachten; dann Daniel und ich, wie wir im Innenhof eines historischen Landhotels unser romantisches Candlelight-Dinner genießen und uns anschließend auf unser Zimmer zurückziehen, um die ganze heiße Sommernacht zu vögeln.

Egal. Daniel und ich gehen heute abend auf eine Party bei seinem Freund Wicksy, und ich nehme an, morgen werden wir in den Park gehen oder zum Mittagessen in ein nettes Pub auf dem Land fahren. Es ist herrlich, einen festen Freund zu haben.

Sonntag, 4. Juni

57 kg, Alkoholeinheiten 3 (g.), Zigaretten 13 (g.), mit dem An-
schauen von Prospekten verbrachte Minuten: Fernreisen 30 (g.),
Kurzurlaub 52, 1471-Anrufe 3 (g.).

19 Uhr. Humpf. Daniel ist gerade nach Hause gegangen. Bin
offen gestanden etwas sauer. War ein richtig herrlicher, heißer
Sonntag, aber Daniel wollte weder spazierengehen noch sich
mit mir über Kurzreisen unterhalten, sondern bestand darauf,
den ganzen Nachmittag mit zugezogenen Vorhängen in der
Wohnung zu verbringen und sich Kricket anzuschauen. Die
Party gestern abend war ganz nett, doch einmal gingen wir
hinüber zu Wicksy und einem ausgesprochen hübschen Mädchen, mit dem er sich unterhielt.

Als wir näher kamen, fiel mir auf, daß sie ziemlich wütend
aussah.

»Daniel«, fragte Wicksy, »Kennst du Vanessa schon?«

»Nein«, antwortete Daniel, setzte sein kokettestes Verführer-
grinsen auf und streckte ihr die Hand entgegen. »Freut mich
sehr.«

»Daniel«, sagte Vanessa, verschränkte die Arme und sah
fuchsteufelswild drein, »wir haben miteinander *geschlafen.*«

Mein Gott, ist das heiß. Gefällt mir ganz gut, aus dem Fenster
zu schauen. Jemand spielt Saxophon und müht sich ab, den
Eindruck zu erwecken, als befänden wir uns alle in einem Film,
der in New York spielt, und ich kann ringsumher Leute reden
hören, da jeder die Fenster offen hat. Dazu der Essensgeruch
aus den Restaurants.

Hmm. Glaube, es würde mir gefallen, nach New York zu
ziehen. Obwohl es wahrscheinlich bei genauerer Überlegung
keine s. g. Gegend für einen Kurzurlaub ist. Es sei denn, der

Kurzurlaub geht selbst nach New York, was sinnlos wäre, wenn man bereits in New York ist.

Rufe nur kurz Tom an und mache mich dann an die Arbeit.

20 Uhr. Gehe nur kurz auf einen schnellen Drink zu Tom. Nur für ein halbes Stündchen.

Dienstag, 6. Juni

58 kg, Alkoholeinheiten 4, Zigaretten 3 (s. g.), Kalorien 1326, Lose 0 (hervorragend), 1471-Anrufe 12 (schlecht), verschlafene Stunden 15 (schlecht, aber nicht eigene Schuld, da Hitzewelle).

Schaffte es, Perpetua zu überreden, mich zu Hause arbeiten zu lassen. Bestimmt hat sie nur deshalb eingewilligt, weil sie sich ebenfalls in die Sonne legen will. Mmmm. Habe wundervollen neuen Kurzreisen-Prospekt: »Großbritanniens Stolz: Führende Landhotels der Britischen Inseln«. Herrlich. Studiere ihn intensiv und stelle mir Daniel und mich in sämtlichen Zimmern und Speisesälen abwechselnd lüstern und romantisch vor.

11 Uhr. Also. Werde mich jetzt konzentrieren.

11.25 Uhr. Hmmmm, habe einen eingerissenen Fingernagel.

11.35 Uhr. O Gott. Gerade habe ich völlig grundlos paranoide Phantasien darüber entwickelt, daß Daniel eine Affäre mit einer anderen hat, und mir würdevolle und doch beißende Bemerkungen ausgedacht, um ihn tief zerknirscht zur Rückkehr zu bewegen. Aber warum? Habe ich mit meiner weiblichen Intuition gespürt, daß er eine Affäre hat?

Das Problem, eine Beziehung anzufangen, wenn man älter wird, ist, daß alles so belastet ist. Wenn man in seinen Dreißigern noch keinen Partner hat, geht die leichte Langeweile, die es nach sich zieht, nicht in einer Beziehung zu leben – kein Sex, niemand da, mit dem man die Sonntage verbringen kann, ständig allein von Partys nach Hause gehen zu müssen –, in die Zwangsvorstellung über, daß der Grund, warum man keine Beziehung hat, das eigene Alter ist, daß man seine letzte Beziehung und seine letzte sexuelle Erfahrung schon hinter sich hat, und daß man obendrein selber daran schuld ist, weil man zu wild oder zu eigensinnig war, um in der Blüte seiner Jugend eine Familie zu gründen.

Man vergißt völlig, daß man es einfach nur ein bißchen öde fand, als man zweiundzwanzig war und keinen festen Freund hatte oder einmal fast zwei Jahre lang niemandem begegnet ist, der einem gefiel. Später verliert man dann den Blick für die Realität, so daß eine Beziehung auf einmal zu einem strahlenden, beinahe unerreichbaren Ziel wird, und wenn man dann mit jemandem etwas anfängt, *kann* er die Erwartungen gar nicht erfüllen.

Ist es das? Oder stimmt etwas nicht damit, daß ich mit Daniel zusammenbin? Hat Daniel eine Affäre?

11.50 Uhr. Hmmmm. Der Fingernagel ist tatsächlich eingerissen. Ich glaube, wenn ich nichts dagegen unternehme, fange ich noch an, daran herumzuzupfen und habe bald überhaupt keinen Fingernagel mehr. Na gut, ich gehe mir wohl lieber die Feile holen. Wenn ich es mir genauer betrachte, sieht dieser Nagellack überhaupt nicht mehr schön aus. Ich müßte ihn eigentlich ganz entfernen und die Nägel frisch lackieren. Kann ich doch auch gleich machen, wo ich schon mal dabei bin.

Mittag. Es ist verdammt ätzend, wenn es so heiß ist und der sogenannte Freund sich weigert, mit einem an einen angenehmen Ort zu fahren. Habe das Gefühl, er fürchtet, ich wolle ihn zu einem Kurzurlaub verleiten; als wäre es kein Kurzurlaub, sondern eine Ehe, drei Kinder und Toilettenputzen in einem Haus voller Kiefer natur in Stoke Newington. Ich glaube, das wird sich noch zu einer Psycho-Krise auswachsen. Rufe mal kurz Tom an (das Katalogzeugs für Perpetua kann ich heute abend immer noch machen).

12.30 Uhr. Hmmm. Tom sagt, wenn man mit demjenigen, mit dem man eine Beziehung hat, einen Kurzurlaub unternimmt, verbringt man die ganze Zeit damit, sich den Kopf darüber zu zerbrechen, wie es um die Beziehung steht, deshalb ist es besser, einfach mit einer Freundin wegzufahren.

Abgesehen vom Sex, würde ich sagen. Abgesehen vom Sex, stimmt er zu. Treffe mich heute abend mit Tom und nehme meine Prospekte mit, um den Phantasie- oder Phantom-Kurzurlaub zu planen. Muß also heute nachmittag wirklich hart arbeiten.

12.40 Uhr. Diese Shorts und dieses T-Shirt sind bei der Hitze zu unbequem. Werde ein langes, fließendes Kleid anziehen.

Ach du liebe Zeit, jetzt sieht man mein Höschen durch das Kleid. Ich ziehe lieber ein fleischfarbenes an, falls jemand kommt. Meine Gossard Glossies wären ideal. Frage mich nur, wo sie sind.

12.45 Uhr. Glaube, ich ziehe vielleicht auch den dazu passenden Glossies-BH an, falls ich ihn finde.

12.55 Uhr. Schon besser.

13 Uhr. Mittag! Endlich eine kleine Pause.

14 Uhr. Okay, heute nachmittag werde ich ernsthaft arbeiten und bis zum Abend alles erledigen, dann kann ich ausgehen. Bin allerdings s. müde. Es ist einfach zu heiß. Vielleicht mache ich nur fünf Minuten die Augen zu. Ein Nickerchen ist ideal, um wieder zu Kräften zu kommen. Mit großartiger Wirkung von Margaret Thatcher und Winston Churchill erprobt. Gute Idee. Vielleicht lege ich mich aufs Bett.

19.30 Uhr. Verdammter Mist.

Freitag, 9. Juni

58 kg, Alkoholeinheiten 7, Zigaretten 22, Kalorien 2145, mit der Suche nach Falten im Gesicht verbrachte Minuten 230.

9 Uhr. Hurra! Gehe heute abend mit den Mädels aus.

19 Uhr. O nein. Habe erfahren, daß Rebecca mitkommt. Ein Abend mit Rebecca ist wie Schwimmen in einem Meer voller Quallen: Alles plätschert wunderbar friedlich dahin, und mit einemmal bekommt man einen schmerzhaften Schlag versetzt. Das Gemeine ist, daß Rebeccas Tiefschläge so präzise und perfekt getarnt auf die Schwachpunkte der anderen abzielen wie Raketen im Golfkrieg, die »Fssssss wuuusch« durch Bagdader Hotelflure sausen, daß kein Mensch sie kommen sieht. Sharon sagt, ich sei keine vierundzwanzig mehr und müßte mittlerweile mit Rebeccas ätzender Art fertig werden. Sie hat recht.

Mitternacht. Allol is scheueußlich. Bin altunhinüber. Gesicht fällt in Trümmer.

Samstag, 10. Juni

Ugh. Bin heute morgen ganz glücklich aufgewacht (immer noch betrunken von gestern abend), bis mir auf einmal wieder einfiel, wie grauenvoll der gestrige Abend mit den Mädels geendet hat. Nach der ersten Flasche Chardonnay wollte ich gerade das Thema der ständigen Kurztrip-Enttäuschung anschneiden, als Rebecca plötzlich sagte: »Wie geht's Magda?«

»Gut«, antwortete ich.

»Sie ist unglaublich attraktiv, nicht wahr?«

»Mmm«, sagte ich.

»Und sie sieht erstaunlich jung aus – ich meine, sie könnte locker für vierundzwanzig oder fünfundzwanzig durchgehen. Ihr wart doch zusammen auf der Schule, oder nicht, Bridget? War sie drei oder vier Jahre unter dir?«

»Sie ist sechs Monate älter«, sagte ich und spürte bereits, welcher Horror sich hier vor meinen Augen aufbaute.

»Ehrlich?« sagte Rebecca und machte eine lange, verlegene Pause. »Tja, Magda ist fein raus. Sie hat eine wirklich schöne Haut.«

Diese plötzliche Leere im Kopf, als mich die entsetzliche Wahrheit dessen traf, was Rebecca sagte!

»Ich meine, sie lächelt nicht so viel wie du. Vermutlich hat sie deshalb nicht so viele Falten.«

Ich klammerte mich am Tisch fest und versuchte, ruhig zu atmen. Keine Frage, ich war vorzeitig gealtert. Wie eine Traube, die im Zeitraffer zur Rosine wird.

»Was macht deine Diät, Rebecca?« fragte Shazzer.

Aargh. Anstatt mich zu verteidigen, nahmen Jude und Shazzer meine Vergreisung als gegeben hin und versuchten nur,
unauffällig das Thema zu wechseln, um mir weitere Verletzun-
gen zu ersparen. Ich saß in einer Spirale des Schreckens da und
betastete mein eingefallenes Gesicht.

»Ich geh' nur kurz auf die Toilette«, sagte ich wie ein Bauch-
redner mit zusammengebissenen Zähnen und versteinerter
Miene, um das Auftreten von Falten zu verhindern.

»Alles in Ordnung, Bridge?« fragte Jude.

»Mhm«, erwiderte ich steif.

Vor dem Spiegel angekommen, wurde mir ganz schwindlig,
als das grelle, von oben einfallende Licht mein verhärmtes,
verhärtetes schrumpeliges Fleisch enthüllte. Ich stellte mir die
anderen draußen am Tisch vor, wie sie Rebecca Vorwürfe
machten, weil sie mich auf etwas hingewiesen hatte, was alle
schon lange über mich sagten, was ich aber nicht hätte zu
erfahren brauchen.

War plötzlich in Versuchung, hinauszustürzen und sämtliche
Gäste zu fragen, für wie alt sie mich hielten. Wie damals in der
Schule, als ich insgeheim davon überzeugt war, geistig zurückgeblieben zu sein, und überall herumlief und die anderen Kinder fragte: »Sag mal, bin ich eigentlich zurückgeblieben?« Worauf achtundzwanzig Kinder sagten: »Logo.«

Wenn man erst einmal anfängt, über das Alter und den
unvermeidlichen körperlichen Verfall nachzudenken, kommt
man nicht mehr davon los. Das Leben erscheint einem plötzlich
wie ein Urlaub, wo sich nach der Hälfte alles aufs Ende hin zu
beschleunigen beginnt. Empfinde Bedürfnis, etwas gegen den
Alterungsprozeß zu unternehmen, aber was? Ein Lifting kann
ich mir nicht leisten. Stecke in schrecklichem Dilemma, da
sowohl Übergewicht als auch Diäten zum Altern beitragen.
Warum sehe ich alt aus? Warum? Starre alte Damen auf der

Straße an und versuche all die winzigen Vorgänge zu ergründen, wodurch so ein Gesicht seine Jugend verliert. Durchforste Zeitungen nach Alter von allen möglichen Leuten und versuche zu beurteilen, ob sie älter aussehen, als sie sind.

11 Uhr. Gerade klingelte das Telefon. Es war Simon, um mir von seiner neuesten Flamme zu erzählen. »Wie alt ist sie?« fragte ich argwöhnisch.

»Vierundzwanzig.«

Aargh aargh. Habe das Alter erreicht, in dem Männer keine gleichaltrigen Frauen mehr attraktiv finden.

16 Uhr. Treffe mich jetzt mit Tom zum Tee. Habe beschlossen, daß ich – ähnlich wie ein Hollywood-Star – mehr Zeit auf mein Äußeres verwenden muß. Habe daher Ewigkeiten damit zugebracht, Abdeckstift unter den Augen und Rouge auf den Wangen aufzutragen und meine verfallenden Konturen zu betonen.

»Großer Gott«, sagte Tom, als ich eintraf.

»Was?« fragte ich. »Was?«

»Dein Gesicht. Du siehst ja aus wie Barbara Cartland.«

Ich mußte mich am Tisch festhalten und versuchte, die Erkenntnis zu verkraften, daß irgendeine schaurige Zeitbombe in der Haut mein Gesicht schlagartig und unwiderruflich hatte verschrumpeln lassen.

»Ich sehe reichlich alt aus für mein Alter, was?« fragte ich völlig vernichtet.

»Nein, du siehst aus wie eine Fünfjährige mit dem Make-up ihrer Mutter«, sagte er. »Schau mal.«

Ich blickte in den pseudoviktorianischen Pub-Spiegel. Ich sah aus wie ein greller Clown mit hellrosa Wangen, zwei toten Krähen als Augen und dem Großteil der weißen Felsen von

Dover darunter verschmiert. Plötzlich begriff ich, wie es dazu kommt, daß alte Frauen irgendwann anfangen, mit zuviel Make-up herumzulaufen, so daß alle über sie kichern, und beschloß, nicht mehr zu kichern.

»Was ist denn los?« fragte er.

»Ich seh' aus wie fünfzig«, murmelte ich.

»Oh, Herrgott noch mal. Das war diese dämliche Rebecca, stimmt's?« sagte er. »Shazzer hat mir von dem Magda-Gespräch erzählt. Das ist ja lächerlich. Du siehst ungefähr wie sechzehn aus.«

Ich liebe Tom. Obwohl ich den Verdacht hatte, daß er womöglich log, hat es mich trotzdem ungemein aufgeheitert, da sicher nicht einmal Tom sagen würde, daß ich wie sechzehn wirkte, wenn ich wie fünfundvierzig aussähe.

Sonntag, 11. Juni

56,5 kg (s. g., zu heiß zum Essen), Alkoholeinheiten 3, Zigaretten 0 (s. g., zu heiß zum Rauchen), Kalorien 759 (ausschließlich Eis).

Schon wieder ein vergeudeter Sonntag. Offenbar bin ich dazu verdammt, mir den ganzen Sommer über (bei geschlossenen Vorhängen) Kricket im Fernsehen anzusehen. Habe irgendwie mulmiges Gefühl dem Sommer gegenüber, und zwar nicht nur wegen der zugezogenen Vorhänge und der unterlassenen Kurztrips. Während die langen heißen Tage in idiotischem Gleichmaß dahinziehen, fällt mir auf, daß ich, egal, was ich tue, immer denke, ich sollte eigentlich etwas anderes tun. Es stammt aus derselben Gefühlsspezies wie jenes andere Gefühl, das einen in regelmäßigen Abständen überfällt: nämlich daß man, weil man in London wohnt, seine Zeit eigentlich bei der Royal Shakespeare Company/in der Albert Hall/im Tower/in der Royal Academy/bei Madame Tussaud verbringen sollte, statt in Kneipen herumzuhängen und sich zu amüsieren.

Je mehr die Sonne scheint, desto offensichtlicher wird es, daß andere anderswo einen weitaus intensiveren und vor allem besseren Gebrauch von diesem Sommer machen: vielleicht bei einem gigantischen Softballspiel, zu dem jeder eingeladen ist außer mir; vielleicht allein mit einem Liebhaber auf einer abgelegenen Lichtung neben einem Wasserfall, wo die Rehlein äsen; oder auf einer großen öffentlichen Feierlichkeit, der vermutlich die Königinmutter und einer oder mehrere der Fußballtenöre beiwohnen, um den herrlichen Sommer zur Geltung zu bringen, dessen beste Seiten zu nutzen mir nicht gelingt. Vielleicht liegt es an unserer klimatischen Vergangenheit. Vielleicht besitzen wir noch nicht die Mentalität, um mit Sonne und einem wolkenlosen, blauen Himmel umzugehen, der nicht nur als Ausnahmeerscheinung auftaucht. Der Instinkt, auszurasten, aus dem Büro zu rennen, sich den Großteil seiner Kleider vom Leib zu reißen und hechelnd auf der Feuerleiter zu liegen, ist immer noch zu stark.

Aber es gibt auch Verwirrung. Es ist nicht mehr angesagt, sich draußen aufzuhalten und bösartige Wucherungen heraufzubeschwören, was soll man also tun? Ein schattiges Barbecue vielleicht? Seine Freunde hungern lassen, während man stundenlang am Feuer herumpfuscht und sie dann mit angebrannten, aber immer noch zitternden Scheiben halbrohen Spanferkels vergiften? Oder Picknicks im Park organisieren, bei denen am Schluß sämtliche Frauen zerquetschte Mozzarellabröckchen von Alufolie kratzen und Kinder mit Ozonasthmaanfällen anbrüllen, während die Männer in der erbarmungslosen Mittagssonne lauwarmen Weißwein kippen und mit der Scham der Ausgeschlossenen die Softballspiele in der Umgebung beäugen?

Bin neidisch auf das sommerliche Leben auf dem Kontinent, wo Männer in eleganten, leichten Sommeranzügen und Designer-Sonnenbrillen gelassen in schicken Autos mit Klimaanlagen herumfahren und vielleicht auf eine *Citron pressé* in einem schattigen Straßencafé auf einem altehrwürdigen Platz haltmachen, völlig kühl der Sonne gegenüber und ganz unbeeindruckt von ihr, da sie wissen, daß sie am Wochenende immer noch scheinen wird und sie dann in Ruhe auf ihrer Jacht liegen können.

Bin mir sicher, daß dieser Faktor letztlich auch für unser schwindendes nationales Selbstbewußtsein verantwortlich ist. Wir reisen um die halbe Welt und bemerken jetzt erst, wie gut es die anderen haben. Aber es tut sich was. Immer mehr Lokale stellen Tische auf die Straße. Die Gäste bringen es fertig, gelassen an ihnen zu sitzen, nur gelegentlich an die Sonne zu denken, ihr allenfalls mit geschlossenen Augen das Gesicht zuzuwenden und im Strom der Passanten zu baden, als wollten sie sagen: »Seht her, wir genehmigen uns ein erfrischendes Getränk in einem Straßencafé, wir können es auch« – nur ab und zu von der alten Angst befallen und der Frage: »Sollten wir nicht besser bei einer Freiluftaufführung von *Ein Mittsommernachtstraum* sein?«

Irgendwo in meinem Hinterkopf regt sich die ganz neue, beängstigende Vorstellung, daß Daniel womöglich recht hat: Bei der Affenhitze sollte man sich unter einem Baum schlafen legen oder bei geschlossenen Vorhängen Kricket anschauen. Aber meiner Denkungsart zufolge kann man nur dann wirklich Schlaf finden, wenn man weiß, daß es am nächsten Tag genauso warm sein wird und am Tag danach auch und daß zu deinen Lebzeiten noch genug warme Tage auf dich warten, um sämtliche Sommeraktivitäten in Ruhe angehen zu können. Wer's glaubt, wird selig.

Montag, 12. Juni

57,5 kg, Alkoholeinheiten 3 (s. g.), Zigaretten 13 (g.), mit dem
Programmieren des Videos verbrachte Minuten 210 (schwach).

19 Uhr. Gerade hat Mum angerufen. »Oh, hallo, Liebes. Stell
dir nur vor: Penny Husbands-Bosworth kommt in *News-*
night!!!«

»Wer?«

»Du kennst doch die Penny Husbands-Bosworths, Liebes.
Ursula war in der Schule ein Jahr über dir. Herbert ist an
Leukämie gestorben . . .«

»Was?«

»Man sagt nicht ›was‹, Bridget, man sagt ›wie bitte‹. Die
Sache ist allerdings die, daß ich nicht zu Hause sein werde, weil
Una einen Diavortrag über den Nil hält, deshalb haben Penny
und ich uns gedacht, ob du es nicht vielleicht aufzeichnen
könntest . . . Ooh, ich muß Schluß machen – da kommt schon
der Metzger!«

20 Uhr. Na gut. Es ist ohnehin eine Schande. Ich besitze seit
zwei Jahren einen Videorecorder, habe es bis dato aber nie
geschafft, damit etwas aufzuzeichnen. Außerdem ist es ein wun-
derbarer FV 67 HV VideoPlus. Man muß einfach nur der
Bedienungsanleitung folgen und natürlich die entsprechenden
Tasten finden etc.

20.15 Uhr. Humpf. Kann Bedienungsanleitung nicht finden.

20.35 Uhr. Ha! Habe Bedienungsanleitung unter einem Stapel Fernsehzeitschriften entdeckt. Also. »Ihr Videogerät zu
programmieren ist so einfach wie telefonieren.« Hervorragend.

20.40 Uhr. »Richten Sie die Fernbedienung auf den Videorecorder.« S. einfach. »Schlagen Sie den Index auf.« Aargh, Horrorliste enthält z. B. »Zeitgleiche Radioaufnahmen mittels Timer« oder »der für verschlüsselte Sendungen erforderliche Decoder« etc. Möchte nur Penny Husbands-Bosworths Geschwafel aufnehmen, nicht den ganzen Abend damit verbringen, die Grundlagen nachrichtendienstlicher Abhörtechnik zu studieren.

20.50 Uhr. Ein Diagramm. »Tasten für IMC-Funktionen«. Aber was sind IMC-Funktionen?

20.55 Uhr. Beschließe, diese Seite zu ignorieren. Blättere zu »Aufnahme mit Timer über Video Plus«. Okay. »1. Vergewissern Sie sich, daß Ihr System den Anforderungen für VideoPlus genügt.« Was für Anforderungen? Hasse das dämliche Video. Fühle mich genauso, als würde ich wieder mal versuchen, Wegweisern auf der Straße zu folgen. Weiß im Grunde meines Herzens, daß Wegweiser und Videohandbuch unsinnig sind, kann aber trotzdem nicht glauben, daß die zuständigen Stellen so grausam sein sollen, uns alle absichtlich für dumm zu verkaufen. Komme mir vor wie ein Idiot und bilde mir ein, ich wäre der einzige Mensch auf der Welt, der mal wieder nicht eingeweiht wurde.

21.10 Uhr. »Sobald Sie Ihren Recorder einschalten, sollten Sie die Uhr und den Kalender einstellen. Aufnahme über Timer sind nur mit korrekt eingestellter Uhr möglich. Nutzen Sie dabei die Möglichkeit des Systems zur Schnellumstellung von Sommer- auf Winterzeit. Die Menüs für die Uhr werden mit Rot und der Ziffer 6 aufgerufen.«

Drücke auf Rot, und nichts geschieht. Drücke Ziffern, und

nichts geschieht. Wünschte, dämlicher Videorecorder wäre nie erfunden worden.

21.25 Uhr. Aargh. Plötzlich erscheint das Hauptmenü auf dem Fernseher und sagt:»Drücken Sie 6.« Ach du liebe Zeit. Stelle fest, daß ich aus Versehen die ganze Zeit die Fernbedienung vom Fernseher benutzt habe. Nachrichten haben gerade angefangen.

Habe soeben Tom angerufen und ihn gefragt, ob er Penny Husbands-Bosworth aufzeichnen könnte, aber er sagte, er wüßte auch nicht, wie das Videogerät funktioniert.

Plötzlich ertönt eine Art Klicken im Videorecorder, und die Nachrichten werden unbegreiflicherweise von *Herzblatt* abgelöst.

Habe gerade Jude angerufen, und sie kann auch nicht mit ihrem umgehen. Aaargh. Aargh. Schon 22.15. *Newsnight* kommt in fünfzehn Minuten.

22.17 Uhr. Die Kassette geht nicht rein.

22.18 Uhr. Ah, *Thelma und Louise* steckt noch drin.

22.19 Uhr. *Thelma und Louise* geht nicht raus.

22.21 Uhr. Drücke wie eine Rasende auf sämtliche Knöpfe. Kassette kommt heraus und fährt wieder hinein.

22.25 Uhr. Habe jetzt neue Kassette reingekriegt. Also. Schalte auf »Aufnahme«.

»Aufnahme beginnt, wenn Gerät im Tuner-Modus ist und ein beliebiger Knopf gedrückt wird (außer Mem).« Aber was ist der Tuner-Modus? »Wenn Sie von einem Camcorder oder dergleichen aufnehmen, drücken Sie AV Prog Source 3 x, bei einer zweisprachigen Ausstrahlung drücken Sie ½ und halten den Knopf drei Sekunden gedrückt, um eine Sprache auszuwählen.«

O Gott. Dieses dämliche Handbuch erinnert mich an meinen alten Linguistikprofessor in Bangor, der war nämlich auch so tief in die feineren Details der Sprache abgetaucht, daß er kaum einen Satz sagen konnte, ohne in eine Analyse jedes einzelnen Wortes abzuschweifen: »Heute morgen wollte ich . . . nun, sehen Sie, im Jahre 1570 war das Wort ›wollte‹ noch . . .«

Aargh aargh. *Newsnight* fängt an.

22.33 Uhr. Jaah, jaah. LAUFENDE SENDUNG WIRD AUFGEZEICHNET. Hab's geschafft!

Aargh. Jetzt spielt alles verrückt. Die Kassette hat angefangen, sich selbst zurückzuspulen. Plötzlicher Stopp, und das Ding kommt raus. Warum? Scheiße, Scheiße. Merke, daß ich mich in meiner Aufregung auf die Fernbedienung gesetzt habe.

22.35 Uhr. Raste gleich aus. Habe Shazzer, Rebecca, Simon und Magda angerufen. Keiner hat eine Ahnung, wie er seinen Videorecorder programmieren soll. In meinem Bekanntenkreis ist Daniel der einzige Mensch, der es weiß.

22.45 Uhr. O Gott. Daniel ist vor Lachen umgekippt, als ich gesagt habe, daß ich mein Gerät nicht programmieren könnte. Sagte, er würde es für mich machen. Habe trotzdem mein Bestes für Mum getan. Ist ja auch ein historischer Moment, wenn man seine Freundinnen im Fernsehen sieht.

23.15 Uhr. Humpf. Mum hat gerade angerufen. »Entschuldige bitte, Liebes. Es ist nicht *Newsnight*, sondern *Breakfast News* morgen früh. Könntest du dein Video für sieben Uhr morgen früh programmieren. Auf BBC 1?«

23.30 Uhr. Gerade hat Daniel angerufen. »Äh, tut mir leid, Bridge. Ich weiß nicht genau, was schiefgegangen ist. Es hat Barry Norman aufgezeichnet.«

Sonntag, 18. Juni

56 kg, Alkoholeinheiten 3, Zigaretten 17.

Nachdem ich das dritte Wochenende hintereinander im Halbdunkel gesessen habe, während Daniel mir die Hand in den BH schiebt und an meiner Brustwarze herumspielt, als wäre sie eine Art Rosenkranzperle, und ich gelegentlich ermattet frage: »War das ein Lauf?« platzte ich plötzlich heraus: »Warum können wir keinen Kurzurlaub machen? Warum? *Warum? Warum?*«

»Das ist eine gute Idee«, sagte Daniel sanft und nahm die Hand aus meinem Kleid. »Warum buchst du nicht etwas für nächstes Wochenende? Ein hübsches Landhotel. Ich bezahle.«

Mittwoch, 21. Juni

55,5 kg (s. s. g.), Alkoholeinheiten 1, Zigaretten 2, Lose 2 (s. g.), mit dem Anschauen von Prospekten für Kurzurlaube verbrachte Minuten 237 (schlecht).

Daniel hat sich geweigert, weiter über den Kurzurlaub zu sprechen oder auch nur einen Blick auf den Prospekt zu werfen, und hat mir verboten, ihn auch nur zu erwähnen, bevor wir am

Samstag tatsächlich losfahren. Wie kann er erwarten, daß ich nicht aufgeregt bin, wo ich mich so lange danach gesehnt habe? Wie kommt es, daß Männer immer noch nicht gelernt haben, von Urlaubsreisen zu träumen, sie sich aus Prospekten auszusuchen und zu planen und sie sich auszumalen, genauso wie sie (oder vielmehr manche von ihnen) Kochen und Nähen gelernt haben? Aber wie es aussieht, trage ich die alleinige Verantwortung für diese Reise, und das gefällt mir nicht. Trotzdem – Wovingham Hall erscheint mir ideal – geschmackvoll, ohne allzu förmlich zu sein, mit Himmelbetten, einem See und sogar einem Fitneßcenter (nicht, um hineinzugehen). Aber was, wenn es Daniel nicht gefällt?

Sonntag, 25. Juni

55,5 kg, Alkoholeinheiten 7, Zigaretten 2, Kalorien 4587 (hoppla).

Ach du liebe Zeit. Wir waren noch nicht ganz da, als Daniel meinte, dieses Hotel sei etwas für Neureiche. Und nur weil auf dem Parkplatz drei Rolls-Royce standen und einer davon gelb war. Außerdem kämpfte ich gegen die aufkeimende Erkenntnis an, daß ein plötzlicher Kälteeinbruch das schöne Wetter fürs erste beendet hatte, ich aber für eine Hitze von 32° gepackt hatte. Folgendes hatte ich dabei:

Badeanzüge 2
Bikinis 1
Langes, fließendes, weißes Kleid 1
Strandkleid 1
Campingplatz-Prolo-Pantoffeln mit rosa Puscheln 1 Paar
Minikleid aus teerosenfarbenem Wildleder 1

Schwarzer Seidenteddy
BHs, Höschen, Strümpfe, Strapse (mehrere)

Ein heftiger Donnerschlag ertönte, als ich zitternd hinter Daniel
hertrottete, um festzustellen, daß die Hotelhalle von Brautjung-
fern und Männern in cremefarbenen Anzügen wimmelte und
wir die einzigen Gäste waren, die nicht zu der Hochzeitsgesellschaft gehörten.

»Tsas! Ist es nicht entsetzlich, was in Srebrenica geschieht?«
plapperte ich hektisch, um die Probleme in ihrer Verhältnismä-
ßigkeit erscheinen zu lassen. »Offen gestanden habe ich das
Gefühl, nie richtig begriffen zu haben, was in Bosnien vor sich
geht. Ich dachte, die Bosnier seien die in Sarajewo und die
Serben würden sie angreifen, also wer sind nun die bosnischen
Serben?«

»Tja, wenn du ein bißchen weniger Zeit damit verbringen
würdest, Prospekte zu studieren und statt dessen mehr Zeitung
lesen würdest, wüßtest du es«, spöttelte Daniel.

»Also, was *geht* nun dort vor sich?«

»Mein Gott, sieh dir die Titten von dieser Brautjungfer an.«

»Und wer sind die bosnischen Moslems?«

»Nicht zu fassen, was dieser Mann für ein breites Revers hat.«

Plötzlich hatte ich das untrügliche Gefühl, daß Daniel versuchte, das Thema zu wechseln.

»Sind die bosnischen Serben die gleichen, die Sarajewo angegriffen haben?« fragte ich.

Schweigen.

»Zu wessen Territorium gehört dann Srebrenica?«

»Srebrenica ist eine *Sicherheitszone*«, sagte Daniel in überaus
herablassendem Ton.

»Wie kommt es dann, daß die Leute aus der Sicherheitszone
zuvor angegriffen haben?«

»Sei still.«

»Sag mir nur, ob die Bosnier in Srebrenica dieselben sind wie die in Sarajewo.«

»Moslems«, sagte Daniel triumphierend.

»Serbische oder bosnische?«

»Hör mal, bist du jetzt still?«

»Du weißt auch nicht, was in Bosnien vor sich geht.«

»Doch.«

»Weißt du nicht.«

»Doch.«

»Weißt du *nicht*.«

In diesem Moment lehnte sich der Portier, der Knickerbokkers, weiße Strümpfe, Lackschuhe mit Schnallen, einen Gehrock und eine gepuderte Perücke trug, herüber und sagte: »Ich glaube, Sie werden zu dem Schluß kommen, daß die ehemaligen Einwohner von Srebrenica und Sarajewo bosnische Moslems sind, Sir.« Dann fügte er anzüglich hinzu: »Wünschen Sie morgen früh eine Zeitung, Sir?«

Einen Moment lang dachte ich, Daniel würde ihm eine runterhauen. Ich ertappte mich dabei, wie ich ihm den Arm streichelte und murmelte: »Okay jetzt, ganz ruhig«, als wäre er ein Rennpferd, das von einem Lastwagen erschreckt worden ist.

17.30 Uhr. Brrr. Anstatt Seite an Seite mit Daniel in einem langen, fließenden Kleid am Seeufer in der heißen Sonne zu liegen, fand ich mich schließlich vor Kälte blaugefroren in einem Ruderboot wieder, eines der hoteleigenen Badetücher um mich gewickelt. Schließlich gaben wir es auf und zogen uns zu einem heißen Bad auf unser Zimmer zurück, wobei wir unterwegs feststellten, daß am Abend ein zweites Paar mit uns den Speiseraum teilen würde, der nicht von der Hochzeitsgesellschaft in Beschlag genommen war. Die weibliche Hälfte dieses Paars war eine junge Frau namens Elaine, mit der Daniel zweimal geschlafen und der er dabei aus Versehen gefährlich fest in den Busen gebissen hatte und mit der er seither kein Wort mehr gewechselt hatte.

Als ich aus der Badewanne kam, lag Daniel auf dem Bett und kicherte. »Ich habe eine neue Diät für dich«, sagte er.

»Du findest mich also zu dick.«

»Okay, sie funktioniert folgendermaßen. Es ist ganz einfach. Das einzige, was du tun mußt, ist nichts mehr zu essen, was du selbst bezahlen mußt. Du bist also zu Beginn der Diät ein bißchen mopsig, und niemand führt dich zum Essen aus. Dann nimmst du ab, wirst langbeiniger und schwenkst verführerisch die Hüften, woraufhin dich mehrere Männer zum Essen einladen. Dann nimmst du ein paar Pfund zu, die Einladungen hören auf, und du nimmst wieder ab.«

»Daniel!« explodierte ich. »Das ist das Ekelhafteste, Sexistischste, Figurfixierteste, Zynischste, was ich je gehört habe.«

»Ach, sei doch nicht so, Bridget«, murrte er. »Es ist die logische Fortführung dessen, was du wirklich denkst. Ich sage dir andauernd, daß sich kein Mensch Beine wie bei einer Gespenstheuschrecke wünscht. Alle wollen einen Hintern, in dem man ein Fahrrad parken und auf dem man ein Glas Bier abstellen kann.«

Ich war hin und her gerissen zwischen einem grotesken Bild von mir selbst mit einem im Hintern geparkten Fahrrad und einem darauf balancierenden Bierglas und der Wut auf Daniels widerlichen Sexismus, und plötzlich fragte ich mich, ob er womöglich recht hatte, was mein Körpergefühl in bezug auf Männer anging. Denn falls ja, könnte ich auf der Stelle etwas Leckeres essen.

»Ich mache nur schnell den Fernseher an«, sagte Daniel, indem er meine momentane Sprachlosigkeit ausnutzte, um den

Knopf auf der Fernbedienung zu drücken und auf die Vorhänge zuzugehen, welche die klassischen Hotelvorhänge mit Verdunkelungsfutter waren. Binnen Sekunden lag das Zimmer – abgesehen vom Aufflackern des Feuerzeugs – in völliger Dunkelheit. Daniel hatte sich eine Zigarette angesteckt und rief beim Zimmerservice an, um sich einen Sixpack Fosters bringen zu lassen.

»Möchtest du auch irgend etwas, Bridget?« sagte er mit einem spöttischen Grinsen. »Vielleicht etwas Tee mit Gebäck und Schlagsahne? Ich lade dich ein.«

JULI

Hä

Sonntag, 2. Juli

55 kg (weiterhin gute Leistung), Alkoholeinheiten 0, Zigaretten 0, Kalorien 995, Lose 0: perfekt.

7.45 Uhr. Gerade hat Mum angerufen. »Oh, hallo, Liebes, stell dir nur vor . . .«

»Ich geh nur schnell mit dem Telefon ins andere Zimmer. Bleib dran«, sagte ich, warf einen nervösen Blick auf Daniel, stöpselte das Telefon aus, schlich mich nach nebenan und stöpselte es wieder ein, nur um festzustellen, daß Mum meine Abwesenheit in den letzten zweieinhalb Minuten gar nicht bemerkt hatte und sie immer noch redete.

». . . also, was hältst du nun davon?«

»Hm, ich weiß nicht. Ich habe gerade das Telefon ins andere Zimmer getragen, wie gesagt«, antwortete ich.

»Aha. Du hast also nichts mitbekommen?«

»Nein.« Kurzes Schweigen.

»Oh, hallo, Liebes, stell dir nur vor.« Manchmal denke ich, meine Mutter ist ein Teil der modernen Welt, doch manchmal kommt sie mir vor wie eine Außerirdische. Zum Beispiel, wenn sie Nachrichten auf meinem Anrufbeantworter hinterläßt, deren Inhalt lediglich aus den überdeutlich artikulierten Worten »Bridget Jones' Mutter« besteht.

»Hallo? Oh, hallo, Liebes, stell dir nur vor«, sagte sie zum dritten Mal.

»Was?« fragte ich resigniert.

»Una und Geoffrey geben am neunundzwanzigsten Juli eine Flittchen-und-Pfarrer-Party bei sich im Garten. Das wird wahrscheinlich urkomisch. Flittchen und Pfarrer! Stell dir nur vor!«

Ich bemühte mich nach Kräften, dies nicht zu tun, und wehrte eine Vision von Una Alconbury in schenkelhohen Stiefeln, Netzstrümpfen und einem BH mit Gucklöchern ab. Es kam mir irgendwie pervers vor, daß Sechzigjährige eine solche Festivität veranstalteten.

»Jedenfalls dachten wir, es wäre super, wenn du und« – gezierte, bedeutungsvolle Pause – »Daniel kommen könntet. Wir wollen ihn alle unbedingt kennenlernen.«

Mir sank der Mut angesichts der Vorstellung, daß meine Beziehung zu Daniel bis ins kleinste und intimste Detail von den Lifeboat-Mitgliedern Northamptonshires seziert werden sollte.

»Ich glaube, es wäre wohl nicht ganz das Richtige für Daniel...« Genau in diesem Moment kippte mit lautem Krachen der Stuhl um, auf dem ich gekniet hatte, während ich mich über den Tisch lehnte.

Als ich das Telefon wieder in die Hand nahm, war meine Mutter immer noch am Reden. »Ja, super. Mark Darcy kommt anscheinend auch mit jemandem, dann...«

»Was ist denn los?« Daniel stand splitternackt in der Tür. »Mit wem sprichst du?«

»Mit meiner Mutter«, preßte ich verzweifelt aus dem Mundwinkel hervor.

»Gib mal her«, sagte er und schnappte sich das Telefon. Ich mag es, wenn er der Boß ist – allerdings sollte er gleichzeitig nett sein.

»Mrs. Jones«, sagte er mit seiner charmantesten Stimme. »Hier ist Daniel.«

Ich konnte praktisch hören, wie sie ganz flattrig wurde.

»Heute ist Sonntag, und es ist noch relativ früh für einen Anruf. Allerdings, da gebe ich Ihnen recht, es ist ein absolut herrlicher Tag. Was können wir für Sie tun?«

Er sah mich an, während sie noch ein paar Sekunden lang weiterredete und wandte sich dann wieder dem Telefonhörer zu.

»Ja, das wäre nett. Ich werde es für den neunundzwanzigsten im Terminkalender eintragen und meinen Pfarrerskragen heraussuchen. Und jetzt sollten wir lieber zusehen, daß wir den verlorenen Schlaf nachholen. Passen Sie gut auf sich auf. Tschüs. Ja. Tschüs«, sagte er fest und legte auf.

»Siehst du«, meinte er selbstgefällig. »Sie braucht nur eine feste Hand.«

Samstag, 22. Juli

55,5 kg (hmm, muß ein Pfund abnehmen), Alkoholeinheiten 2, Zigaretten 7, Kalorien 1562.

Bin wirklich ganz aufgeregt, weil Daniel nächsten Samstag mit zur Flittchen-und-Pfarrer-Party kommt. Es wird so schön sein, ausnahmsweise einmal nicht allein hinauszufahren zu müssen, um dann permanent mit der bohrenden Frage konfrontiert zu werden, warum ich immer noch keinen Freund habe. Es wird ein herrlicher, heißer Tag werden. Vielleicht könnten wir sogar einen Kurzurlaub daraus machen und in einem Pub (oder einem Hotel ohne Fernseher auf dem Zimmer) übernachten. Ich freue mich wirklich darauf, daß Daniel meinen Dad kennenlernt. Hoffentlich mag er ihn.

2 Uhr morgens. Bin in Tränen aufgelöst aus einem scheußlichen Traum aufgewacht, den ich immer wieder habe und in dem ich mein Französisch-Abitur noch einmal machen muß. Als ich das Blatt umdrehe, stelle ich fest, daß ich vergessen habe, den Stoff zu wiederholen, außerdem habe ich nichts weiter an als meine Hauswirtschaftsschürze und versuche verzweifelt, sie um mich zu wickeln, damit Miss Chignall nicht sieht, daß ich kein Höschen trage. Von Daniel habe ich wenigstens Mitgefühl erwartet. Ich weiß, daß solche Träume letztlich mit meiner beruflichen Perspektivlosigkeit zusammenhängen, aber er steckte sich lediglich eine Zigarette an und bat mich, den Teil mit der Hauswirtschaftsschürze noch einmal zu erzählen.

»Du hast leicht reden mit deinem verdammten Cambridge-Abschluß«, flüsterte ich schniefend. »Nie werde ich den Moment vergessen, als ich auf die Anschlagtafel schaute und neben Französisch eine Vier stehen sah und wußte, daß ich nicht nach Manchester gehen konnte. Es hat mein ganzes Leben verändert.«

»Du solltest deinem Glücksstern dankbar sein, Bridge«, meinte er, während er auf dem Rücken lag und Rauch zur Decke blies. »Wahrscheinlich hättest du so einen fürchterlichen Geoffrey-Boycott-Typen geheiratet und den Rest deines Lebens damit verbracht, den Käfig für die Rennhunde zu putzen. Und außerdem . . .« – er fing an zu lachen – »ist doch nichts einzuwenden gegen einen Abschluß aus . . . aus . . .« (er war jetzt so belustigt, daß er kaum sprechen konnte) ». . . Bangor.«

»Okay, jetzt reicht's. Ich schlafe auf dem Sofa!« schrie ich und sprang aus dem Bett.

»He, sei doch nicht so, Bridge«, sagte er und zog mich zurück. »Du weißt doch, ich halte dich für ein . . . ein Genie. Du mußt nur noch lernen, wie man Träume richtig interpretiert.«

»Was will der Traum mir denn sagen?« fragte ich mürrisch.

»Daß ich mein intellektuelles Potential nicht ausgeschöpft habe?«

»Nicht direkt.«

»Was dann?«

»Tja, ich glaube, die Schürze ohne Höschen ist ein ziemlich offensichtliches Symbol, meinst du nicht?«

»Wofür?«

»Es bedeutet, daß das eitle Trachten nach einem intellektuellen Leben deinem wahren Daseinszweck im Weg steht.«

»Und der wäre?«

»Tja, natürlich mich zu bekochen und rundum zu verwöhnen, Schätzchen«, sagte er, mal wieder hingerissen von seinem eigenen Witz. »Und ohne Höschen in meiner Wohnung herumzulaufen.«

Freitag, 28. Juli

56 kg (muß bis morgen noch Diät machen), Alkoholeinheiten 1 (s. g.), Zigaretten 8, Kalorien 345.

Mmmm. Daniel war wirklich lieb heute abend und hat Stunden damit zugebracht, mir bei der Auswahl des Flittchen-und-Pfarrer-Kostüms zu helfen. Immer wieder schlug er andere Kombinationen vor, die ich anprobieren sollte, während er darüber nachdachte. Ziemlich angetan war er von einem steifen Kragen und einem schwarzen T-Shirt mit schwarzen, spitzenverzierten Trägern als einer Kreuzung aus Flittchen und Pfarrer, aber nachdem ich eine ganze Zeitlang darin herumgelaufen war, fand er schließlich doch, das beste wäre ein schwarzer Spitzenbody von Marks & Spencer, dazu Strümpfe und Strapse, eine Schürze im Stil eines französischen Stubenmädchens, die wir aus zwei Taschentüchern und einem Stück Borte gemacht hatten, eine Fliege und ein Hasenschwänzchen aus Watte. Es war wirklich nett von ihm, seine Zeit dafür zu opfern. Manchmal ist er richtig rührend. Außerdem schien er heute abend besonders scharf auf Sex zu sein.

Ooh, ich freue mich ja so auf morgen.

Samstag, 29. Juli

55,5 kg (s. g.), Alkoholeinheiten 7, Zigaretten 8, Kalorien 6245 (verflucht seien Una Alconbury, Mark Darcy, Daniel, Mum, einfach alle).

14 Uhr. Kann nicht fassen, was passiert ist. Um ein Uhr mittags war Daniel immer noch nicht wach, und ich machte mir schon Sorgen, weil die Party um halb drei anfangen sollte. Schließlich weckte ich ihn mit einer Tasse Kaffe und sagte: »Ich glaube, du mußt jetzt aufstehen, weil wir um halb drei dort sein sollen.«

»Wo?« fragte er.

»Flittchen und Pfarrer.«

»O Gott, Herzchen. Hör mal, mir ist gerade eingefallen, daß ich dieses Wochenende unheimlich viel zu tun habe. Ich muß dringend nach Hause und mich an die Arbeit machen.«

Ich konnte es nicht fassen. Er hatte *versprochen* mitzukommen. Wenn man mit jemandem geht, kann man doch wohl erwarten, daß einen der Partner bei grausamen Familienfeiern unterstützt, aber Daniel bildet sich ein, er kann sich vor allem drücken, sobald er das Wort »Arbeit« auch nur in den Mund nimmt. Jetzt werden sämtliche Freunde der Alconburys mich den ganzen Tag fragen, ob ich schon einen festen Freund habe. Aber ganz gleich, was ich sage, kein Mensch wird mir glauben.

22 Uhr. Kann nicht fassen, was ich durchgemacht habe. Ich bin zwei Stunden lang gefahren, habe vor dem Haus der Alconburys geparkt und bin in der Hoffnung, in meinem Bunny-Kostüm präsentabel auszusehen, hinten herum in den Garten gegangen, wo ich fröhliche, laute Stimmen hörte. Ich war noch nicht ganz auf der Wiese, da verstummten bereits alle, und ich mußte zu meinem Entsetzen feststellen, daß von Flittchen und Pfarrern keine Rede sein konnte, sondern daß die Damen alle in wadenlangen, geblümten Zweiteilern im Stil von Country Casuals steckten, während die Männer Freizeithosen und Pullover mit V-Ausschnitt trugen. Ich stand erstarrt da – tja, eben das typische Häschen. Und dann, während alle glotzten, kam Una Alconbury in plissiertem Fuchsienrot über die Wiese geflattert und hielt mir einen Plastikbecher voller Apfelstücke und Blätter hin.

»Bridget!! Super, daß du kommen konntest. Trink einen Pimms«, sagte sie.

»Ich dachte, das hier sollte eine Flittchen-und-Pfarrer-Party sein«, zischte ich.

»Ach du liebe Zeit, hat dich Geoff denn nicht angerufen?« sagte sie. Ich konnte es nicht fassen. Ich meine, glaubte sie etwa, ich zöge mich normalerweise wie ein Bunny an oder was? »Geoff«, sagte sie. »Hast du Bridget nicht angerufen? Wir freuen uns alle darauf, deinen neuen Freund kennenzulernen«, sagte sie und blickte sich um. »Wo ist er denn?«

»Er mußte arbeiten«, murmelte ich.

»Wie geht's denn meiner kleinen Bridget?« säuselte Onkel Geoffrey und kam herübergetorkelt.

»Geoffrey«, sagte Una kalt.

»Ja, ja. Melde gehorsamst Regiment vollständig angetreten, Befehle ausgeführt, Leutnant«, sagte er, salutierte und ließ sich dann kichernd an ihre Schulter sinken. »Aber es war eines von diesen verflixten Anrufbeantworterdingsbumsen.«

»Geoffrey«, zischte Una. »Geh und kümmere dich um das Barbecue. Es tut mir leid, Herzchen, aber verstehst du, wir fanden es nach all den Skandalen, die es hier in der Gegend mit Pfarrern gegeben hat, nicht sinnvoll, eine Flittchen-und-Pfarrer-Party zu geben, weil...« Sie begann zu lachen. »...weil sowieso jeder denkt, daß Pfarrer Flittchen sind. Ach du liebe Zeit«, sagte sie und wischte sich die Augen. »Na egal, wie ist denn der neue Knabe? Wie kommt er dazu, an einem Samstag zu arbeiten? Tsasss! Eine besonders gute Ausrede ist das aber nicht, oder? Wie sollen wir dich denn unter die Haube kriegen, wenn das so weitergeht?«

»Wenn das so weitergeht, ende ich sowieso als Callgirl«, murmelte ich und versuchte, das Hasenschwänzchen von meinem Po zu entfernen.

Ich spürte Blicke auf mir und bemerkte unter anderem, wie Mark Darcy ununterbrochen auf mein Hasenschwänzchen starrte. Neben ihm stand die große, dünne, schicke Staranwältin für Familienrecht in einem biederen, fliederfarbenen Kostüm – als wäre sie Jackie O. Die Sonnenbrille hatte sie auf den Kopf geschoben.

Die selbstgefällige Hexe musterte mich dreist von oben bis unten. »Kommen Sie von einer anderen Party?« hauchte sie.

»Eigentlich bin ich gerade auf dem Weg zur Arbeit«, sagte ich, woraufhin Mark Darcy mir ein knappes Lächeln schenkte und dann vorsichtshalber wegsah.

»Hallo, Liebes, ich muß weiter. Wir drehen«, zwitscherte meine Mutter, eilte in einem leuchtendtürkisfarbenen, plissierten Blusenkleid auf uns zu und schwenkte eine Klappe. »Was, um Himmels willen, hast du denn da an? Du siehst ja aus wie eine ganz ordinäre Prostituierte. Absolute Ruhe bitte allerseits, uuuuuund...«, brüllte sie in Richtung Julio, der eine Videokamera schwenkte, »Action!«

Beunruhigt sah ich mich rasch nach Dad um, konnte ihn aber nirgends entdecken. Ich sah, wie Mark Darcy mit Una sprach und dabei auf mich zeigte, woraufhin Una zielstrebig zu mir eilte.

»Bridget, es tut mir ja *so leid* mit diesem Mißverständnis wegen der Verkleidung«, sagte sie. »Mark meinte gerade, du müßtest dich doch unter all diesen älteren Leuten entsetzlich unwohl fühlen. Soll ich dir etwas ausleihen?«

Den Rest der Party verbrachte ich in einem Brautjungfernkleid mit Puffärmeln und Blümchenmuster von Laura Ashley, das Janine gehörte und das ich mir über die Kluft mit den Strapsen gezogen hatte. Dazu lächelte Marks Natasha affektiert, und meine Mutter kam in regelmäßigen Abständen vorbei und tönte: »Das ist aber ein hübsches Kleid, Liebes. Schnitt!«

»Ich halte nicht viel von der Freundin, du etwa?« sagte Una Alconbury laut und nickte in Natashas Richtung, sobald sie mich allein erwischte. »Ganz das kleine, vornehme Fräulein. Aber Elaine meint, daß die Gute bereits unter Torschlußpanik leidet. Oh, hallo, Mark! Noch ein Glas Pimms? Wie schade, daß Bridget ihren Freund nicht mitbringen konnte. Er kann sich glücklich schätzen, was?« All das brachte sie in sehr aggressivem Ton vor, geradeso, als sei sie persönlich beleidigt, daß Mark sich eine Freundin gesucht hatte, die a) nicht ich war und b) ihm nicht von Una auf ihrem Truthahnessen vorgestellt worden war. »Wie heißt er doch gleich, Bridget? Daniel, oder? Pam sagt, er sei einer dieser sagenhaften Jungverleger.«

»Daniel Cleaver?« fragte Mark Darcy.

»Ja, genau der«, sagte ich und reckte mein Kinn heraus.

»Ist er ein Freund von Ihnen, Mark?« wollte Una wissen.

»Mit Sicherheit nicht«, sagte er brüsk.

»Oooh. Ich hoffe, er ist gut genug für unsere kleine Bridget«, bedrängte ihn Una weiter und zwinkerte mir zu, als sei das alles unglaublich witzig statt einfach nur gräßlich.

»Ich glaube, da kann ich noch einmal und aus absoluter Überzeugung sagen: mit Sicherheit nicht«, sagte Mark.

»Oh, wartet mal eine Sekunde, da ist Audrey. Audrey!« rief Una, die schon nicht mehr zuhörte und davontrippelte – Gott sei Dank.

»Sie kommen sich wohl sehr schlau vor«, fauchte ich wütend, als sie weg war.

»Was?« sagte Mark Darcy und sah verblüfft drein.

»Kommen Sie mir bloß nicht mit ›was?‹, Mark Darcy«, murmelte ich.

»Sie klingen wie meine Mutter«, sagte er.

»Sie halten es wohl für korrekt, meinen Freund hinter seinem Rücken bei den Freunden meiner Eltern anzuschwärzen, wo er nicht einmal hier ist, und das nur, weil Sie eifersüchtig sind«, zischte ich.

Er starrte mich an, als beunruhigte ihn etwas ganz anderes. »Tut mir leid«, sagte er. »Ich habe nur versucht herauszufinden, was Sie meinen. Habe ich . . .? Wollen Sie damit andeuten, ich wäre eifersüchtig auf Daniel Cleaver? Und das Ihretwegen?«

»Nein, nicht wegen mir«, sagte ich wütend, weil mir klarwurde, daß es genau danach klang. »Ich habe nur angenommen, daß Sie, abgesehen von reiner Bosheit, noch einen anderen Grund dafür haben müssen, so gehässig von meinem Freund zu sprechen.«

»Mark, Liebling«, gurrte Natasha, und kam zierlich über die Wiese getrippelt, um sich zu uns zu gesellen. Sie war so groß und dünn, daß sie es nicht für nötig gehalten hatte, Schuhe mit Absätzen anzuziehen, und so konnte sie ohne weiteres über die Wiese spazieren, ohne einzusinken – als wäre sie dafür geschaffen, wie ein Kamel in der Wüste. »Komm und erzähl deiner

Mutter von dem Eßzimmer, das wir bei Conran gesehen haben.«

»Passen Sie einfach auf sich auf, weiter nichts«, sagte er ruhig, »und an Ihrer Stelle würde ich auch Ihrer Mutter sagen, daß sie auf sich achtgeben soll«, meinte er und nickte bezeichnend in Richtung auf Julio, während Natasha ihn davonzerrte.

Nach weiteren fünfundvierzig Minuten reinem Horror dachte ich mir, daß ich mit Anstand gehen könne, weil ich ja noch soo viel zu tun hatte.

»Ihr Karrierefrauen. Du kannst es nicht ewig hinausschieben, weißt du? Tick-tack-tick-tack«, sagte Una.

Im Auto mußte ich zur Beruhigung erst einmal eine Zigarette rauchen. Und gerade, als ich wieder auf der Hauptstraße war, fuhr der Wagen meines Vaters vorbei. Neben ihm auf dem Beifahrersitz saß Penny Husbands-Bosworth in einer drahtverstärkten Bügelcorsage aus roter Spitze und mit zwei Bunny-Ohren.

Als ich wieder in London war und die Autobahn verlassen hatte, fühlte ich mich reichlich zittrig, und da ich viel früher zurückgekommen war als geplant, beschloß ich, nicht sofort nach Hause zu fahren, sondern bei Daniel vorbeizuschauen, um mich ein bißchen aufbauen zu lassen.

Ich parkte Schnauze an Schnauze mit Daniels Wagen. Niemand reagierte auf mein Klingeln, und so wartete ich eine Weile und klingelte dann erneut, für den Fall, daß er sich im Fernsehen gerade ein spannendes Kricketmatch ansah oder so. Immer noch keine Reaktion. Ich wußte, daß er da war, weil sein Auto vor der Tür stand, und er gesagt hatte, daß er arbeiten und das Kricketmatch anschauen wolle. Ich blickte zu seinem Fenster hinauf. Da stand er. Ich strahlte ihn an, winkte und deutete auf die Tür. Daniel verschwand, wie ich annahm, um auf den Türöffner zu drücken, und so klingelte ich noch einmal. Es dauerte ein bißchen, bis er sich meldete. »Hi, Bridge. Ich telefoniere gerade mit Amerika. Können wir uns in zehn Minuten im Pub treffen?«

»Okay«, sagte ich fröhlich und ohne nachzudenken und trottete los in Richtung Straßenecke. Aber als ich mich umsah, stand er immer noch da, und zwar nicht am Telefon, sondern damit beschäftigt, mich aus dem Fenster zu beobachten.

Schlau wie ein Fuchs, tat ich so, als sähe ich ihn nicht und ging weiter, doch innerlich war ich ganz aufgewühlt. Warum beobachtete er mich? Warum hatte er nicht gleich die Tür aufgemacht? Warum drückte er nicht einfach auf den Türöffner und ließ mich herein? Plötzlich durchzuckte es mich wie ein Blitz. Er war mit einer anderen Frau zusammen.

Mit pochendem Herzen ging ich um die Ecke. Flach an die Wand gepreßt spähte ich zurück, um mich zu vergewissern, daß er nicht mehr am Fenster stand. Nichts von ihm zu sehen. Ich eilte zurück, kauerte mich auf die Vortreppe des Nachbarhauses und beobachtete seinen Eingang zwischen den Säulen, für den Fall, daß eine Frau herauskam. In dieser unbequemen Stellung verharrte ich eine Weile. Doch dann begann ich zu überlegen: Wenn eine Frau herauskam, woher wollte ich dann wissen, daß sie aus Daniels Wohnung gekommen war und nicht aus einer anderen? Was würde ich tun? Sie zur Rede stellen? Sie festhalten? Und außerdem – was hielt ihn davon ab, die Frau in der Wohnung zu lassen und ihr zu sagen, sie solle dort bleiben, bis er im Pub angekommen war?

Ich sah auf die Uhr. Halb sieben. Ha! Das Pub hatte noch gar nicht offen. Die perfekte Entschuldigung. Kühn geworden, eilte ich zurück an seine Haustür und drückte auf die Klingel.

»Bridget, bist du das schon wieder?« fauchte er.

»Das Pub hat noch gar nicht offen.«

Schweigen. Hörte ich da eine Stimme im Hintergrund? Allein durch systematische Verdrängung schaffte ich es, mir einzureden, daß er in irgendwelche Geldwäsche- oder Drogengeschäfte verwickelt war. Vermutlich versuchten er und ein paar smarte Südamerikaner mit Lagerfeld-Zöpfen soeben, Plastiktüten voller Kokain unter den Dielenbrettern zu verstecken.

»Laß mich rein«, verlangte ich.

»Ich habe dir doch gesagt, ich bin am Telefonieren.«

»Laß mich rein.«

»Was?« Er wollte Zeit schinden, das stand fest.

»Drück auf den Türöffner, Daniel«, sagte ich.

Ist es nicht komisch, wie man die Anwesenheit eines Dritten feststellen kann, obwohl man ihn weder sehen oder hören noch sonstwie ausmachen kann? Was natürlich nicht heißt, daß ich auf der Treppe nach oben nicht die Wandschränke überprüft hätte – auf jeder halben Etage einen. Trotzdem war mir klar, daß eine Frau bei Daniel war. Vielleicht war es ein kaum wahrnehmbarer Geruch... oder etwas an Daniels Benehmen... Was es auch war, ich wußte einfach Bescheid.

Schließlich standen wir uns im Wohnzimmer argwöhnisch gegenüber. Ich war drauf und dran, herumzulaufen und sämtliche Schränke auf- und zuzumachen wie meine Mutter und Service 1471 anzurufen, um festzustellen, ob eine Nummer aus Amerika gespeichert war.

»Was hast du denn an?« fragte er. Ich hatte in der ganzen Aufregung gar nicht mehr an Janines Kleid gedacht.

»Ein Brautjungfernkleid«, sagte ich hochmütig.

»Möchtest du einen Drink?« fragte Daniel. Ich überlegte rasch. Er sollte in die Küche gehen, damit ich sämtliche Schränke durchsuchen konnte.

»Eine Tasse Tee, bitte.«

»Fühlst du dich wohl?« fragte er.

»Ja! Wunderbar!« zwitscherte ich. »Hab' mich auf der Party

königlich amüsiert. War die einzige, die als Flittchen verkleidet war und mußte ein Brautjungfernkleid anziehen, Mark Darcy war mit Natasha da, da hast du aber ein hübsches Hemd an . . .« Atemlos hielt ich inne, als mir klarwurde, daß ich mich in meine Mutter verwandelt hatte. So schnell konnte das also gehen!

Er sah mich einen Moment lang an und machte sich dann auf den Weg in die Küche, woraufhin ich schnell den Raum durchquerte, um hinter dem Sofa und den Vorhängen nachzusehen.

»Was machst du denn da?«

Daniel stand in der Tür.

»Nichts, nichts. Dachte nur, ich hätte vielleicht einen Rock von mir hinterm Sofa vergessen«, sagte ich und schüttelte wie wild die Kissen auf, als spielte ich in einer französischen Komödie mit.

Er sah mich mißtrauisch an und marschierte erneut los in Richtung Küche.

Ich kam zu dem Schluß, daß die Zeit nicht reichte, um Service 1471 anzurufen und untersuchte statt dessen den Schrank, in dem er die Decken für das Schlafsofa aufbewahrte, aber Fehlanzeige. Deshalb folgte ich ihm in die Küche, wobei ich im Vorübergehen die Tür des Wandschranks im Flur aufzog, aus dem postwendend das Bügelbrett herausfiel, gefolgt von einer Pappschachtel voller alter Schallplatten, die sich prompt auf den Fußboden ergossen.

»Was machst du denn da?« fragte Daniel mit erstaunlicher Ruhe und kam aus der Küche.

»Tut mir leid, ich bin mit dem Ärmel an der Tür hängengeblieben«, sagte ich. »Ich gehe nur kurz aufs Klo.«

Daniel starrte mich an, als sei ich wahnsinnig, und so konnte ich nicht ins Schlafzimmer gehen und dort nachsehen. Statt dessen sperrte ich die Klotür ab und sah mich hektisch nach Indizien um. Ich wußte nicht genau, was ich suchte, vielleicht einzelne blonde Haare, Papiertaschentücher mit Lippenstiftspuren oder fremde Haarbürsten – alles in der Richtung wäre ein Hinweis gewesen. Nichts. Als nächstes schloß ich die Tür leise wieder auf, blickte in beide Richtungen, schlich mich den Flur entlang, stieß die Tür zu Daniels Schlafzimmer auf und hätte beinahe einen Satz gemacht. Es war jemand im Zimmer.

»Bridge.« Es war Daniel, der wie zur Verteidigung eine Jeans vor sich hielt. »Was machst du hier?«

»Ich habe dich hier hereingehen hören, und . . . da dachte ich . . . vielleicht wartest du ja darauf, daß ich einmal die Initiative ergreife«, sagte ich und ging so auf ihn zu, daß es sexy gewirkt hätte, wenn ich nicht das Kleid mit dem Blümchenmuster angehabt hätte. Ich legte ihm den Kopf auf die Brust und schloß die Arme um ihn, während ich versuchte, sein Hemd nach Parfümspuren abzuschnüffeln und mir das Bett genau anzusehen, das wie üblich ungemacht war.

»Mmmm, du hast immer noch die Bunny-Kluft darunter an, stimmt's?« sagte er, begann, den Reißverschluß des Brautjungfernkleids aufzuziehen und sich auf eine Weise gegen mich zu pressen, die seine Absichten unmißverständlich machte. Plötzlich kam mir der Gedanke, daß das ein Trick sein könnte und er mich verführte, während die Frau unbemerkt hinausschlich.

»Ooh, das Wasser muß schon kochen«, sagte Daniel auf einmal, zog meinen Reißverschluß wieder hoch und tätschelte mich beruhigend, was ganz untypisch für ihn war. Wenn er erst einmal in Fahrt kommt, zieht er die Sache für gewöhnlich bis zu ihrem unvermeidlichen Finale durch, komme, was da wolle – ein Erdbeben, eine Flutwelle oder Nacktfotos von Virginia Bottomley im Fernsehen.

»Ooh, ja, mach mir lieber mal den Tee«, sagte ich und dachte, das würde mir Gelegenheit verschaffen, mich im Schlafzimmer umzusehen und auch einen Blick ins Arbeitszimmer zu werfen.

»Nach dir«, sagte Daniel, schob mich hinaus und schloß die Tür, so daß ich gezwungen war, vor ihm her zur Küche zu gehen. Dabei fiel mein Blick plötzlich auf die Tür, die zur Dachterrasse hinaufführt.

»Wollen wir uns nicht setzen?« fragte Daniel.

Da war sie also – auf dem verdammten Dach.

»Was hast du denn?« fragte er, während ich mißtrauisch die Tür anstarrte.

»Ni-nichts«, flötete ich heiter und schlenderte ins Wohnzimmer. »Bin nur ein bißchen müde von der Party.«

Ich ließ mich lässig aufs Sofa fallen und fragte mich, ob ich nicht wie der Blitz zum Arbeitszimmer rasen sollte, dem letzten Ort, wo sie noch sein konnte, oder einfach in Windeseile versuchen sollte, aufs Dach zu gelangen. Ich dachte mir, wenn sie nicht auf dem Dach war, dann mußte sie im Arbeitszimmer, im Schlafzimmerschrank oder unter dem Bett sein. Wenn wir dann aufs Dach gingen, könnte sie entkommen. Doch in diesem Fall hätte Daniel sicher schon viel früher vorgeschlagen, aufs Dach zu gehen.

Er brachte mir eine Tasse Tee und setzte sich an seinen Laptop, der aufgeklappt und eingeschaltet war. Erst dann kam mir der Gedanke, daß vielleicht doch keine Frau da war. Auf dem Bildschirm war ein Text zu sehen – vielleicht hatte er wirklich gearbeitet und mit Amerika telefoniert. Und ich machte mich vollkommen lächerlich, indem ich mich aufführte wie eine Irre.

»Bist du sicher, daß alles in Ordnung ist, Bridge?«

»Bestens, klar. Warum?«

»Na ja, du tauchst unangemeldet hier auf, angezogen wie ein als Brautjungfer verkleidetes Häschen, und stellst meine Wohnung auf den Kopf. Ich will ja nicht neugierig sein, aber ich wüßte eben gern, ob es dafür eine Erklärung gibt, weiter nichts.«

Ich fühlte mich wie ein Vollidiot. Es war der bescheuerte Mark

Darcy, der versuchte, meine Beziehung zu ruinieren, indem er meine Eifersucht schürte. Der arme Daniel, es war ja so unfair, ihn derart zu verdächtigen, nur aufgrund der Behauptungen eines arroganten, übellaunigen Staranwalts für die Unterdrückten dieser Erde. Und dann hörte ich direkt über uns ein Kratzen.

»Ich glaube, mir ist ein bißchen heiß«, sagte ich und beobachtete Daniel genau. »Ich glaube, ich werde mich eventuell ein Weilchen aufs Dach setzen.«

»Herrgott noch mal, kannst du vielleicht mal zwei Minuten ruhig sitzen bleiben?« schrie er und stellte sich mir in den Weg, aber ich war zu schnell für ihn. Ich flitzte an ihm vorbei, riß die Tür auf, lief die Treppen hinauf und öffnete die Luke, die hinaus zum Dach und ins Sonnenlicht führte.

Dort, ausgestreckt auf einem Liegestuhl, lag eine braungebrannte, langgliedrige, splitternackte Blondine. Ich stand wie angewurzelt da und fühlte mich in dem Brautjungfernkleid wie ein unförmiger Pudding. Die Frau hob den Kopf, schob ihre Sonnenbrille hoch und sah mich mit einem zusammengekniffenen Auge an. Ich hörte Daniel hinter mir die Treppe heraufkommen.

»Schätzchen«, sagte die Frau mit amerikanischem Akzent und sah ihn über meinen Kopf hinweg an. »Hast du nicht gesagt, sie sei *dünn*?«

AUGUST

Zerfall

Dienstag, 1. August

56 kg, Alkoholeinheiten 3, Zigaretten 40 (habe aber aufgehört zu inhalieren, damit ich mehr rauchen kann), Kalorien 450 (Essen aufgegeben), 1471-Anrufe 14, Lose 7.

5 Uhr morgens. Ich löse mich auf. Mein Freund schläft mit einem braungebrannten Supermodel. Meine Mutter schläft mit einem Portugiesen. Jeremy schläft mit einer gräßlichen Schlampe, und Prinz Charles schläft mit Camilla Parker-Bowles. Weiß nicht mehr, woran ich glauben oder woran ich mich halten soll. Würde gern Daniel anrufen, in der Hoffnung, daß er alles abstreiten und mir eine plausible Erklärung für die unbekleidete Walküre auf der Dachterrasse liefern könnte – jüngere Schwester, nette Nachbarin, die sich vor Überschwemmung o. ä. retten mußte –, womit alles wieder in Ordnung gewesen wäre. Aber Tom hat einen Zettel ans Telefon geklebt, auf dem steht: »Ruf Daniel nicht an, du würdest es bereuen.«

Hätte wie vorgeschlagen bei Tom übernachten sollen. Hasse es, mitten in der Nacht allein zu sein, zu rauchen und zu schniefen wie eine verrückte Psychopathin. Fürchte, Dan unter mir könnte es hören und die Klapsmühle verständigen. O Gott, was stimmt nicht mit mir? Warum geht nie etwas gut? Es liegt daran, daß ich zu dick bin. Spiele mit dem Gedanken, Tom noch einmal anzurufen, habe ihn aber erst vor einer Dreiviertelstunde angerufen.

Unvorstellbar, jetzt zur Arbeit zu gehen.

Nach der Begegnung auf der Dachterrasse habe ich kein einziges Wort zu Daniel gesagt. Ich habe ihn nicht einmal eines Blickes gewürdigt, sondern bin an ihm vorbeigerauscht, die Straße entlang zum Auto marschiert und davongefahren. Bin schnurstracks zu Tom gegangen, der mir erst den Wodka eingeflößt und den Tomatensaft und die Worcestersauce später separat hinterhergeschüttet hat. Als ich nach Hause kam, hatte Daniel mir drei Nachrichten auf Band hinterlassen, in denen er mich bat, ihn zurückzurufen. Tat es nicht, sondern hielt mich an Toms Ratschlag, daß man bei Männern nur mit Gemeinheit weiterkommt. Habe früher immer gedacht, das sei der blanke Zynismus, aber fest steht: Ich war nett zu Daniel, und was ist daraus geworden?

O Gott, die Vögel haben angefangen zu zwitschern. Muß in dreieinhalb Stunden zur Arbeit gehen. Schaffe es nicht. Hilfe, Hilfe. Hatte plötzlich Eingebung: rufe Mum an.

10 Uhr. Mum war *phantastisch*. »Liebes«, sagte sie. »Natürlich hast du mich nicht geweckt. Ich bin gerade auf dem Sprung ins Studio. Ich kann gar nicht fassen, daß du dich wegen so einem dämlichen Kerl derart aufregst. Sie sind alle vollkommen egozentrisch, sexuell inkontinent und absolut nutzlos. Ja, auch du, Julio. Jetzt komm schon, Liebes. Kopf hoch. Schlaf noch ein bißchen. Dann mach dich zurecht und geh zur Arbeit. Laß niemanden – und erst recht nicht Daniel – im Zweifel darüber, daß du ihn abgesägt und auf einmal entdeckt hast, wie herrlich das Leben ohne diesen aufgeblasenen, verlebten alten Arsch ist, der dich nur herumkommandiert. Du wirst sehen, das hilft.«

»Geht's wenigstens dir gut, Mum?« fragte ich und mußte daran denken, daß Dad mit der Asbestwitwe Penny Husbands-Bosworth auf Unas Party aufgetaucht war.

»Liebes, nett, daß du fragst. Aber ich bin total im Streß.«

»Kann ich irgend etwas für dich tun?«

»Offen gestanden gäbe es da etwas«, sagte sie und wurde schon gesprächiger. »Hat irgendeine von deinen Freundinnen die Telefonnummer von Lisa Leeson? Du weißt schon, die Frau von Nick Leeson. Ich versuche seit Tagen verzweifelt, sie zu erreichen. Sie wäre ideal für ›Plötzlich allein‹.«

»Ich habe die Sache mit Dad gemeint, nicht ›Plötzlich allein‹«, zischte ich.

»Daddy? Daddy macht mir keinen Streß. Sei doch nicht albern, Liebes.«

»Aber die Party... und Mrs. Husbands-Bosworth.«

»Oh, ich weiß, zum Totlachen. Hat sich komplett lächerlich gemacht bei dem Versuch, meine Aufmerksamkeit zu erregen. Was hat sie eigentlich gedacht, wie sie aussieht, wie ein Hamster oder was? Na, egal, ich muß jetzt los, ich habe wahnsinnig viel zu tun, aber überlegst du dir bitte, wer eventuell Lisa Leesons Nummer haben könnte? Ich gebe dir mal meine Durchwahl, die kriegt längst nicht jeder. Und jetzt Schluß mit dem albernen Gejammer.«

»Ach, aber Mum, ich muß mit Daniel zusammenarbeiten, ich...«

»Liebes – es ist genau umgekehrt. Er muß mit dir zusammenarbeiten. Mach ihm die Hölle heiß, Baby.« (O Gott, ich weiß nicht, mit was für Leuten sie in letzter Zeit zu tun hat.) »Ich habe mir neulich etwas überlegt. Es ist höchste Zeit, daß du diesen Scheißjob hinschmeißt, wo dich sowieso niemand zu schätzen weiß. Bereite dich darauf vor, deine Kündigung einzureichen, Kindchen. Ja, Liebes... ich besorge dir einen Job beim Fernsehen.«

Gehe jetzt zur Arbeit und sehe in Kostüm und mit Lip Gloss aus wie die dämliche Ivana Trump.

Mittwoch, 2. August

56 kg, Oberschenkelumfang 45,7 cm, Alkoholeinheiten 3 (aber nur Wein und guter dazu), Zigaretten 7 (habe aber nicht inhaliert), Kalorien 1500 (hervorragend), Tee 0, Kaffee 3 (aber mit echten Kaffeebohnen, daher besser bei Zellulitis).

Alles ist in Ordnung. Werde wieder auf 54 kg abnehmen und meine Oberschenkel restlos von Zellulitis befreien. Dann wird bestimmt alles gut. Habe ein intensives Entgiftungsprogramm angefangen: ohne Tee, ohne Kaffee, ohne Alkohol, ohne Weißmehl, ohne Milch und ohne was noch? Ach ja. Ohne Fisch vielleicht. Zusätzlich muß man die Haut jeden Morgen fünf Minuten bürsten, dann fünfzehn Minuten lang ein Bad mit naturreinen Antizellulitis-Ölen nehmen, bei dem man die Zellulitis durchknetet wie Teig, und danach massiert man noch mehr Antizellulitis-Öl in die Zellulitis.

Letzteres verwundert mich – dringt das Antizellulitis-Öl wirklich durch die Haut in die Zellulitis ein? Heißt das folglich auch, daß man, wenn man Selbstbräunungslotion aufträgt, innendrin auch sonnengebräunte Zellulitis bekommt? Oder sonnengebräuntes Blut? Oder sonnengebräunte Lymphflüssigkeit?

Uäh. Egal . . . (Zigaretten. Das war das andere. Keine Zigaretten. Na gut. Zu spät jetzt. Das mache ich morgen).

Donnerstag, 3. August

55,5 kg, Oberschenkelumfang 45,7 cm (ehrlich, was soll der Streß überhaupt?), Alkoholeinheiten 0, Zigaretten 25 (hervorragend, angesichts der Umstände), negative Gedanken: ca. 445 pro Stunde, positive Gedanken 0.

Kopf wieder ins s. schlechtem Zustand. Kann den Gedanken, wie Daniel mit einer anderen rummacht, nicht ertragen. Mein armes Hirn malt sich permanent aus, was sie alles miteinander treiben. Der Plan, abzunehmen und meine Persönlichkeit zu verändern, hat mich zwei Tage lang richtig schön stabilisiert, nur um dann in sich zusammenzubrechen. Mir wird klar, daß es nur eine komplizierte Form von Verdrängung war. Habe geglaubt, ich könnte mein Ego innerhalb weniger Tage komplett neu erschaffen und auf diese Weise auch die Auswirkungen von Daniels verletzender und erniedrigender Treulosigkeit ungeschehen machen, da sie mir dann nur in einer früheren Inkarnation zugestoßen wäre und nicht meinem neuen, besseren Ich. Leider erkenne ich jetzt, daß das ganze Theater mit der coolen, übertrieben geschminkten Eiskönigin auf Antizellulitis-Diät einzig und allein dazu dienen sollte, Daniel seinen Irrtum klarzumachen. Tom hat mich davor gewarnt und gesagt, daß 90 Prozent aller Schönheitsoperationen an Frauen ausgeführt werden, deren Männer mit einer Jüngeren davongelaufen sind. Ich habe gesagt, daß das Supermodel von der Dachterrasse nicht so viel jünger war, sondern nur größer, aber Tom meinte, es liefe auf dasselbe hinaus. Humpf.

Bei der Arbeit bombardierte mich Daniel unterdessen mit e-mails. »Wir müssen miteinander reden« usw., was ich aber nach Kräften ignorierte. Doch je mehr er schickte, desto mehr versank ich in Tagträumen, malte mir aus, daß die Neuerschaffung meines Ich funktionierte, daß er seinen Fehler eingesehen und daß die Liebe gesiegt hätte. Wohlgemerkt die Liebe zu mir. Das Model von der Dachterrasse war natürlich längst abgehakt.

Heute abend fing er mich vor dem Büro ab, als ich gerade gehen wollte. »Liebling, bitte, wir müssen wirklich miteinander reden.«

Wie ein Idiot ging ich mit ihm auf einen Drink in die American Bar im Savoy und ließ mich von ihm mit Champagner und faulen Sprüchen traktieren. So im Stil von: »Ich fühle mich so schrecklich, du fehlst mir wirklich.« Alles nur Blabla, denn genau in der Sekunde, in der er mich soweit hatte, daß ich gestand: »O Daniel, du fehlst mir auch«, wurde er plötzlich ganz herablassend und geschäftsmäßig und sagte: »Aber Suki und ich...«

»Suki? Wohl eher Spucki«, sagte ich in der Annahme, er werde gleich mit »sind Geschwister«, »Cousin und Cousine«, »Todfeinde« oder »schon Geschichte« fortfahren. Statt dessen sah er ziemlich böse drein.

»Ach, ich kann es nicht erklären«, sagte er verstimmt. »Es ist etwas ganz Besonderes.«

Ich starrte ihn an, verblüfft von seiner dreisten Kehrtwendung.

»Es tut mir leid, Herzchen«, sagte er, holte seine Kreditkarte heraus und lehnte sich zurück, um den Kellner auf sich aufmerksam zu machen, »aber wir wollen heiraten.«

Freitag, 4. August

Oberschenkelumfang 45,7 cm, negative Gedanken 600 pro Minute, Panikzustände 4, Heulanfälle 2 (aber beide Male nur auf der Toilette, und ich hatte sogar Wimperntusche dabei), Lose 7.

Büro. Toiletten im dritten Stock. Es ist einfach... einfach... unerträglich. Was in aller Welt hat mich gepackt, daß ich mir eingebildet habe, es sei eine gute Idee, eine Affäre mit meinem Chef zu haben? Kann da draußen nicht damit umgehen. Daniel hat seine Verlobung mit dem Terrassen-Model bekanntgegeben.

Ein paar von unseren Vertretern, von denen ich nie gedacht hätte, daß sie von unserer Affäre wüßten, riefen mich an, um mir zu gratulieren, und ich mußte ihnen erklären, daß er sich mit einer anderen verlobt hat. Ich denke immer wieder daran, wie romantisch es war, als es zwischen uns anfing, mit den heimlichen e-mail-Botschaften und den verstohlenen Treffen im Aufzug. Ich hörte, wie sich Daniel am Telefon für heute abend mit Spucki verabredete und in lässig-lockerem Ton sagte: »Es geht so . . . bis jetzt jedenfalls«, und ich wußte, daß er über meine Reaktion sprach, als wäre ich die blöde Sara Keays oder so. Ziehe ernsthaft in Erwägung, mich liften zu lassen.

Dienstag, 8. August

57 kg, Alkoholeinheiten 8 (harhar), Zigaretten 29 (hihi), Kalorien 5 Millionen, negative Gedanken 0, Gedanken allgemein 0.

Habe gerade Jude angerufen. Habe ihr ein bißchen von der Tragödie mit Daniel erzählt, und sie war ganz entsetzt, hat auf der Stelle den Notstand ausgerufen und gesagt, sie werde Sharon anrufen und mit ihr ausmachen, daß wir uns alle um neun treffen. Sie konnte nicht früher, da sie mit Richard dem Gemeinen verabredet war, der endlich eingewilligt hatte, mit ihr zur Partnerschaftsberatung zu gehen.

2 Uhr morgens. Mannomann, war trotz allm verdamp lustich heutahmd. Hoppla. Umgeplumpst.

Mittwoch, 9. August

58 kg (aber aus gutem Grund), Oberschenkelumfang 40,5 cm (entweder Wunder oder Irrtum durch Kater), Alkoholeinheiten 0 (Körper trinkt aber noch die Einheiten vom Abend zuvor), Zigaretten 0 (uäh).

8 Uhr. Uäh. Bin körperlich in katastrophalem Zustand, aber von abendlichem Ausgehen emotional s. aufgemuntert. Jude kam fuchsteufelswild an, da Richard der Gemeine sie bei dem Termin für die Partnerschaftsberatung versetzt hat.

»Die Therapeutin war offenbar der Meinung, er sei nur ein imaginärer Freund und ich ein sehr, sehr trauriger Mensch.«

»Was hast du dann gemacht? fragte ich mitfühlend, wobei ich den Teufel in mir verdrängte, der da sagte: »Die Frau hat recht.«

»Sie hat gesagt, ich solle besser über die Probleme sprechen, die gar nichts mit Richard zu tun haben.«

»Aber du hast doch gar keine Probleme, die nichts mit Richard zu tun haben«, sagte Sharon.

»Ich weiß. Das habe ich ihr auch gesagt, und dann hat sie gemeint, ich müßte klare Grenzen ziehen und diese Grenzen auch akzeptieren, und mir fünfundfünfzig Pfund abgeknöpft.«

»Warum ist Richard denn nicht aufgetaucht? Ich hoffe, dieser sadistische Wurm hatte eine anständige Entschuldigung«, sagte Sharon.

»Er hat gesagt, er sei im Büro aufgehalten worden«, antwortete Jude. »Ich habe zu ihm gesagt: ›Hör mal, du hast nicht das Monopol auf Bindungsängste. Offen gestanden habe ich auch Bindungsängste. Wenn du jemals deine Bindungsängste überwindest, wirst du womöglich mit meinen Bindungsängsten konfrontiert, aber dann ist es ohnehin zu spät.‹«

»Hast du denn Bindungsängste?« fragte ich, neugierig geworden, und befürchtete auf der Stelle, daß ich vielleicht auch Bindungsängste hätte.

»Aber selbstverständlich habe ich Bindungsängste«, knurrte Jude. »Die bemerkt nur nie jemand, weil sie dermaßen von Richards Bindungsängsten überschattet werden. Offen gestanden reichen meine Bindungsängste wesentlich tiefer als seine.«

»Ja, genau«, meinte Sharon. »Nur daß du nicht herumläufst und mit deinen Bindungsängsten hausieren gehst, so wie es heutzutage jeder Mann tut, der über zwanzig ist.«

»Ganz meine Meinung«, fauchte Jude und versuchte, sich noch eine Silk Cut anzuzünden, hatte aber Schwierigkeiten mit dem Feuerzeug.

»Die ganze verdammte Welt hat Bindungsängste«, schimpfte Sharon mit rauher, fast schon nach Clint Eastwood klingender Stimme. »Das ist die Dreiminutenkultur. Ein globales Defizit in puncto Aufmerksamkeitsspanne. Typisch Mann: sich an einen weltweiten Trend anzuhängen und zu einem Machtinstrument umzufunktionieren. Einerseits wollen sie nichts mit uns zu tun haben, andererseits möchten sie sich dabei noch besonders schlau vorkommen. Und wir sollen uns sowieso für blöd halten. Ist doch so. Die reine Flachwichserei.«

»Mistkerle!« rief ich fröhlich. »Schlage deshalb vor, wir genehmigen uns noch eine Flasche Wein.«

9 Uhr. Verdammt. Gerade hat Mum angerufen. »Liebes«, sagte sie. »Stell dir nur vor: *Good Afternoon!* sucht neue Mitarbeiter für Recherchen. Aktuelles Tagesgeschehen, wahnsinnig gut. Ich habe mit Richard Finch, dem Chefredakteur, gesprochen und ihm alles über dich erzählt. Ich habe gesagt, du hättest einen Abschluß in Politologie. Keine Sorge, er ist viel zu beschäftigt, um das zu überprüfen. Er möchte, daß du am Montag zu einem kleinen Gespräch vorbeikommst.«

Am Montag. O mein Gott. Damit bleiben mir nur fünf Tage, um mich mit dem aktuellen Tagesgeschehen vertraut zu machen.

Samstag, 12. August

58,5 kg (immer noch aus sehr gutem Grund), Alkoholeinheiten 3 (s. g.), Zigaretten 32 (s. s. schlecht, vor allem da es der erste Tag ist, an dem ich offiziell aufgehört habe), Kalorien 1800 (g.) Lose 4 (geht so), Anzahl gelesener seriöser Artikel über das aktuelle Tagesgeschehen 1,5, 1471-Anrufe 22 (okay), mit bösen (imaginären) Daniel-Gesprächen verbrachte Minuten 120 (s. g.), mit Phantasien darüber, wie Daniel mich anfleht, zu ihm zurückzukommen, verbrachte Minuten 90 (hervorragend).

Gut. Bin entschlossen, positiv über alles zu denken. Werde mein Leben ändern: Werde mich umfassend über das aktuelle Tagesgeschehen informieren, werde daneben ganz mit dem Rauchen aufhören und statt dessen eine funktionierende Beziehung mit einem erwachsenen Mann eingehen.

8.30 Uhr. Immer noch keine geraucht. S. g.

8.35 Uhr. Den ganzen Tag keine Fluppe. Hervorragend.

8.40 Uhr. Frage mich, ob mit der Post irgend etwas Nettes gekommen ist.

8.45 Uhr. Uäh. Atzendes Schreiben von der Sozialversicherung, die 1452 £ nachfordert. Was? Wie kommen die darauf? Habe keine 1452 £. O Gott, brauche dringend Kippe zur Nervenberuhigung. Darf nicht. Darf nicht.

8.47 Uhr. Habe gerade eine geraucht. Aber Nichtrauchertag fängt offiziell erst an, wenn ich angezogen bin. Muß plötzlich an meinen früheren Freund Peter denken, mit dem ich sieben Jahre lang eine funktionierende Beziehung hatte, bis ich ihn aus tiefempfundenen, quälenden Gründen, an die ich mich nicht mehr erinnern kann, verlassen habe. Immer wieder – meistens, wenn er niemanden hat, mit dem er in Urlaub fahren kann – versucht er, wieder etwas mit mir anzufangen und erklärt nebenbei, daß er mich heiraten möchte. Bevor ich auch nur einen klaren Gedanken fasse, lasse ich mich von der Idee hinreißen, daß Peter die Lösung wäre. Warum allein und unglücklich sein, wo doch Peter mit mir zusammen sein möchte? Hole schnell das Telefon, rufe Peter an und hinterlasse Nachricht auf seinem Anrufbeantworter – bitte aber nur um Rückruf, statt ihm gleich alles zu verraten. Immerhin will ich den Rest meines Lebens mit ihm verbringen.

13.15 Uhr. Peter hat nicht zurückgerufen. Wirke mittlerweile abstoßend auf alle Männer, sogar Peter.

16.45 Uhr. Nichtraucherplan im Eimer. Peter hat endlich angerufen. »Hi, Bienchen.« (Wir haben uns immer gegenseitig Bienchen und Wespi genannt.) »Ich wollte dich sowieso anrufen. Es gibt nämlich eine gute Neuigkeit. Ich heirate demnächst.«

Uäh. S. schlechtes Gefühl in der Magengrube. Exfreunde sollten niemals mit anderen Leuten gehen oder sie heiraten, sondern bis ans Ende ihrer Tage im Zölibat leben, damit man eine mentale Rückzugsmöglichkeit hat.

»Bienchen?« sagte Wespi. »Bssssssss?«

»Entschuldige«, sagte ich und ließ mich matt gegen die Wand sinken. »Ich hab', ähm, nur gerade vorm Fenster einen Autounfall gesehen.«

Offenbar war meine Gesprächsbeteiligung überflüssig, da Wespi ungefähr zwanzig Minuten lang über den Preis von Partyzelten schwafelte und dann sagte: »Ich muß Schluß machen. Wir wollen uns heute abend Wildwürstchen mit Wacholderbeeren machen und dann Fernsehen gucken.«

Uäh. Habe in einem Anfall selbstzerstörerischer existentieller Verzweiflung eine ganze Packung Silk Cut geraucht. Hoffe, sie werden beide unglaublich fett und müssen von einem Kran aus dem Fenster gehievt werden.

17.45 Uhr. Versuche mühsam, mir die Mitglieder des Schattenkabinetts einzuprägen, um nicht ganz in Selbstzweifeln zu versinken. Habe Wespis Zukünftige natürlich nie kennengelernt, stelle sie mir aber vor wie das dünne, blonde, riesige Dachterrassen-Model, das jeden Morgen um fünf Uhr aufsteht, ins Fitneß-Studio geht, sich von Kopf bis Fuß mit Salz abreibt und anschließend den ganzen Tag eine Handelsbank leitet, ohne daß die Wimperntusche zerläuft.

Stelle mit zunehmender Erniedrigung fest, daß ich mich Peter gegenüber all die Jahre deshalb überlegen gefühlt habe, weil ich mit ihm Schluß gemacht habe, aber jetzt macht er ein für allemal mit mir Schluß, indem er Mrs. Walkürenarsch heiratet. Versinke in morbiden, zynischen Gedanken darüber, inwieweit romantischer Herzschmerz nur mit meinem gekränkten Stolz zusammenhängt anstatt mit wirklichem Verlust. Was im Hinterkopf die Überlegung miteinschließt, daß auch Fergies wahnhafte Selbstüberschätzung letztlich nur darauf beruht, daß Andrew sie immer noch zurückhaben will (bis er eine andere heiratet, harhar).

18.45 Uhr. Hatte gerade angefangen, mir mit gezücktem Notizblock die 18-Uhr-Nachrichten anzusehen, als Mum mit mehreren Einkaufstüten hereingeplatzt kam.

»Also, Liebes«, sagte sie, während sie an mir vorbei in die Küche segelte. »Ich habe dir eine schöne Suppe und ein paar hübsche Kleider von mir mitgebracht. Du weißt schon, dein Vorstellungsgespräch am Montag.« Sie selbst trug ein limonengrünes Kostüm, schwarze Strümpfe und hochhackige Pumps. Sie sah aus wie Cilla Black in *Herzblatt*.

»Wo hast du denn deine Suppenkellen?« fragte sie und knallte die Schranktüren auf und zu. »Also wirklich, Herzchen. So eine Unordnung! Schau doch mal, was ich dir mitgebracht habe. Ich mache in der Zwischenzeit die Suppe heiß.«

Entschlossen, die Tatsache zu übersehen, daß wir a) August hatten, es b) brütend heiß, c) 18.15 Uhr war und ich d) keine Suppe wollte, äugte ich vorsichtig in die erste Tragetüte, in der etwas Plissiertes und Synthetisches in leuchtendem Gelb mit einem Muster aus terrakottafarbenen Blättern lag. »Äh, Mum...«, begann ich, doch dann klingelte ihre Handtasche.

»Ah, das muß Julio sein. Ja, ja.« Sie balancierte jetzt ein Handy unter dem Kinn und kritzelte etwas auf einen Zettel. »Ja, ja. Zieh es an, Liebes«, zischte sie mir zu. »Ja, ja. Ja. Ja.«

Jetzt habe ich die Nachrichten verpaßt, und sie ist irgendwo zu einem kalten Buffet eingeladen und hat mich hier sitzenlassen, während ich mit dem hellblauen Kostüm und der grünglänzenden Bluse aussehe wie Teresa Gorman. Ach ja, hätte ich fast vergessen: Die Lidschatten gehen bis zu den Augenbrauen. Ganz Teresa Gorman.

»Sei nicht albern, Liebes«, lautete ihre letzte Breitseite. »Wenn du dich nicht wenigstens ein *bißchen* um dein Aussehen kümmerst, kriegst du nie einen neuen Job, geschweige denn einen neuen Freund!«

Mitternacht. Nachdem sie gegangen war, rief ich Tom an. Um mich von meinen Selbstmordgedanken zu erlösen, nahm er mich auf eine Party mit, die ein Freund von ihm, den er von der Kunstakademie kannte, in der Saatchi Gallery gab.

»Bridget«, murmelte er nervös, als wir die Große Leere betraten, wo sich aber das Grunge-Publikum gegenseitig auf die Füße trat, »du weißt, daß es nicht hip ist, über die Installation zu lachen, oder?«

»Okay, okay«, sagte ich mürrisch. »Ich mache schon keine Witze über tote Fische.«

Jemand namens Gav begrüßte uns. Er war vielleicht zweiundzwanzig und ziemlich sexy in einem eingelaufenen T-Shirt, das einen waschbrettartigen Bauch sehen ließ.

»Es ist echt ganz, ganz, *ganz* umwerfend«, sagte Gav. »Es ist irgendwie wie ein besudeltes Utopia mit lauter ganz, ganz, *ganz* positiven Echos von irgendwie verlorenen nationalen Identitäten.«

Begeistert führte er uns durch den großen, weißen Raum zu einer Klopapierrolle – nur daß sie verkehrt herum aufgerollt war mit der Pappe nach außen. Die Klorolle als Hohlwelt. Sehr schön.

Sie sahen mich erwartungsvoll an. Plötzlich wurde mir klar, daß ich gleich anfangen würde zu weinen. Tom stand mittlerweile lechzend vor einem riesigen Stück Seife mit aufgeprägtem Penis. Gav starrte mich an. »Wow, das ist irgendwie eine ganz, ganz, *ganz* heftige . . .«, flüsterte er ehrfürchtig, während ich die Tränen zurückdrängte, ». . . Reaktion.«

»Ich muß nur kurz aufs Klo«, stieß ich hervor und raste an einem Objekt aus Abfalltüten für Monatsbinden vorbei. Vor einem mobilen Toilettenhäuschen stand eine Schlange, in die ich mich zitternd einreihte. Als ich schon fast an der Reihe war, spürte ich eine Hand auf meinem Arm. Es war Daniel.

»Bridge, was machst du denn hier?«

»Was glaubst du wohl?« fauchte ich. »Entschuldige mich bitte, aber ich hab's eilig.« Ich raste in die Klokabine und wollte mich gerade niederlassen, als mir auffiel, daß die Toilette in Wirklichkeit ein Abguß vom Inneren einer Kloschüssel war, vakuumverpackt in Plastik. Dann steckte Daniel den Kopf herein.

»Bridge, pinkle nicht auf die Installation, ja?« sagte er und machte die Tür wieder zu.

Als ich herauskam, war er verschwunden. Ich sah weder Gav noch Tom noch sonst jemanden, den ich kannte. Schließlich fand ich die echten Toiletten, setzte mich und brach in Tränen aus, da ich glaubte, mittlerweile nicht mehr gesellschaftsfähig zu sein und einfach weg mußte, bis ich das Gefühl wieder losgeworden war. Tom wartete draußen.

»Komm und sprich mit Gav«, sagte er. »Er ist irgendwie ganz weg von dir.« Dann warf er einen Blick auf mein Gesicht und sagte: »Oh, Scheiße, ich bring' dich nach Hause.«

Es hat keinen Zweck. Sitzengelassen zu werden ist grausam. Nicht nur, daß einem der Betreffende fehlt oder daß die ganze kleine Welt zusammengebrochen ist, die man sich gemeinsam erschaffen hat. Schlimm ist vor allem, daß alles, was man sieht oder tut, einen an den anderen erinnert. Aber am schlimmsten ist der Gedanke, daß er einen ausprobiert hat, um einem am Ende doch nur den Stempel ABGELEHNT aufzudrücken. Kurz und gut, man fühlt sich wie ein liegengebliebenes Sandwich von British Rail. Niemand mag einen.

»Gav mag dich«, sagte Tom.

»Gav ist zehn. Und außerdem mochte er mich nur, weil er dachte, ich würde wegen einer Klopapierrolle weinen.«

»Tja, das hast du doch auch – gewissermaßen«, sagte Tom. »Blödes Arschloch, dieser Daniel. Wenn sich herausstellen sollte, daß dieser Mann allein für die ganzen Kämpfe in Bosnien verantwortlich ist, wäre ich nicht im geringsten überrascht.«

Sonntag, 13. August

S. schlechte Nacht. Als ich versuchte, mich mit der neuesten Ausgabe des *Tatler* in den Schlaf zu lesen, entdeckte ich zu allem Überfluß auch noch das Gesicht des dämlichen Mark Darcy. Und zwar in einem Artikel über die fünfzig begehrtesten Junggesellen Londons. Angeblich war er ja nicht nur unermeßlich reich, sondern auch sonst ein toller Typ. Deprimierend, echt. Was soll's. Werde aufhören, mir selbst leid zu tun und den Vormittag damit verbringen, die Zeitungen auswendig zu lernen.

Mittag. Gerade hat Rebecca angerufen und mich gefragt, ob mit mir »alles in Ordnung« sei. Da ich dachte, daß sie die Sache mit Daniel meinte, sagte ich: »Tja, es ist ganz schön herb.«

»Ach, du Arme. Ja, ich habe Peter gestern abend getroffen...«, (Wo? Wie? Warum war ich nicht eingeladen?) »...und er hat allen erzählt, wie betroffen du wegen der Hochzeit warst. Wie er schon sagte, es ist tatsächlich nicht einfach mit alleinstehenden Frauen, so von wegen Torschlußpanik und so...«

Um die Mittagszeit hielt ich es nicht mehr länger aus, den Sonntag verstreichen zu lassen und so zu tun, als sei alles in Ordnung. Rief Jude an und erzählte ihr von Wespi, Rebecca, dem Vorstellungsgespräch, Mum, Daniel und meinem allgemeinen Elend und verabredete mich mit ihr um zwei im Jimmy Beez auf eine Bloody Mary.

18 Uhr. Wie es der Zufall wollte, hatte Jude gerade ein brillantes Buch mit dem Titel *Göttinnen in jeder Frau* gelesen. Dem Buch zufolge geht zu gewissen Zeiten im Leben alles schief. Dann weiß man kaum noch, was man machen soll, und man hat grundsätzlich den Eindruck, als würden sich lauter Türen hinter einem schließen, geräuschlos wie in *Raumschiff Enterprise* und definitiv für immer. Dann ist es höchste Zeit, sich am Riemen zu reißen, Alkohol und Selbstmitleid sind total verboten und – o Wunder! – alles wird wieder gut. Und daß es in sämtlichen griechischen Mythen und vielen erfolgreichen Filmen um Menschen geht, die harte Schläge auszuhalten haben, aber die sich nicht kaputtmachen lassen und am Ende sogar als Sieger dastehen.

Weiterhin erklärt uns das Buch, daß die Bewältigung schwerer Krisen mit dem Aufenthalt in einer konischen, wie ein Schneckenhaus geformten Spirale vergleichbar sei, wo es an jeder Kehre einen Punkt gibt, der ausgesprochen schmerzhaft und schwierig ist. Dies ist dann das persönliche Problem oder die Schwachstelle der betreffenden Person. Wenn man sich am engen, spitz zulaufenden Ende der Spirale befindet, begegnet man dieser Situation ziemlich oft, da die Windungen recht schmal sind. Auf dem Rundkurs trifft man zwar immer seltener auf die schweren Zeiten, aber man muß trotzdem wieder an ihnen vorbei, ohne daß man gleich wieder denkt, es sei alles sinnlos. Nichts ist sinnlos.

Das Problem ist nur, daß ich jetzt, wo ich wieder nüchtern bin, gar nicht genau weiß, wovon sie da geredet hat.

Mum hat angerufen, und ich habe versucht, mit ihr darüber

zu reden, wie schwierig es ist, eine Frau zu sein und anders als Männer ein Verfallsdatum für die Fortpflanzung zu haben, aber sie meinte nur: »Also wirklich, Liebes. Ihr Mädels seid heutzutage dermaßen wählerisch und romantisch – ihr habt einfach zuviel Auswahl. Ich will ja nicht sagen, daß ich Dad nicht geliebt habe, aber weißt du, uns hat man immer eingebleut, daß wir ›wenig erwarten und vieles verzeihen‹ sollen, anstatt darauf zu warten, daß ein Mann unser Herz im Sturm erobert. Und ehrlich gesagt, Liebes, Kinder zu bekommen ist auch nicht das, als was es immer hingestellt wird. Also sei nicht beleidigt, ich meine das nicht persönlich, aber wenn ich noch einmal die Chance hätte, weiß ich nicht, ob ich dann auch . . .«

O Gott. Sogar meine eigene Mutter wünscht, ich wäre nie geboren.

Montag, 14. August

59,5 kg (toll – bin pünktlich zum Vorstellungsgespräch zum Fettberg geworden, habe außerdem einen Pickel), Alkoholeinheiten 0, Zigaretten viele, Kalorien 1575 (aber gekotzt, also im Endeffekt nur ca. 400).

O Gott. Habe entsetzliche Angst vor dem Vorstellungsgespräch. Habe Perpetua erzählt, ich müsse zum Frauenarzt – ich weiß, ich hätte Zahnarzt sagen sollen, aber Gelegenheiten, die neugierigste Frau der Welt zu quälen, läßt man einfach nicht ungenutzt verstreichen. Ich bin schon fast fertig und muß mich nur noch schminken, während ich meine Ansichten über Tony Blairs Führungsqualitäten übe. O mein Gott, wer ist der Verteidigungsminister im Schattenkabinett? O Scheiße, o Scheiße. Ist es einer mit Bart? Mist: das Telefon. Ich fasse es nicht: angsteinflößender Teenager am Apparat, der in hochnäsigem Südlondoner Singsang flötet: »Hal-lo, Bridget, hier ist das Büro von Richard Finch. Richard ist heute morgen in Blackpool, deshalb schafft er es nicht zu Ihrem Termin.« Verschoben auf Mittwoch. Werde hartnäckiges Frauenleiden vortäuschen müssen. Kann mir eigentlich ebensogut den Rest des Morgens auch noch freinehmen.

Mittwoch, 16. August

Grauenvolle Nacht. Bin immer wieder schweißgebadet aufgewacht und habe mich voller Panik gefragt, worin der Unterschied zwischen den Ulster Unionists und der SDLP besteht und zu welchen von beiden Ian Paisley gehört.

Anstatt ins Büro geführt zu werden, um den großen Richard Finch kennenzulernen, ließ man mich mitsamt meinen Schweißausbrüchen vierzig Minuten lang am Empfang warten, während ich mich fragte, wer, um Gottes willen, Gesundheitsminister ist, bevor mich seine persönliche Assistentin abholte. Sie hieß Patchouli und war die Frau mit dem Singsang. Außerdem trug sie Radlerhosen aus Lycra und Piercing-Schmuck in der Nase und erbleichte angesichts meines Jigsaw-Kostüms. Geradeso, als hätte ich es mit der Förmlichkeit etwas übertrieben und wäre in einem langen, rohseidenen Ballkleid von Laura Ashley aufgekreuzt.

»Richard sagt, Sie sollen zu der Besprechung kommen, verstehen Sie?« murmelte sie und raste geschäftig einen Korridor entlang, während ich hinter ihr herhuschte. Sie brach durch eine pinkfarbene Tür in ein riesiges Großraumbüro. Überall stapelten sich Manuskripte, Fernsehbildschirme glotzten von der Decke herab auf die mit Sende- und Dienstplänen vollgehängten Wände und auf die Mountainbikes, die überall an den Schreibtischen lehnten. Am anderen Ende stand ein großer rechteckiger Tisch, an dem die Besprechung in vollem Gange war. Alle drehten sich um und starrten uns an, während wir näher kamen.

»Los! Los!« rief Richard und hielt die Fäuste in die Höhe wie ein Boxer. »Ich denke an Hugh Grant. Ich denke an Elizabeth Hurley. Ich frage mich, wie es zugeht, daß jetzt zwei Monate vergangen sind und sie immer noch zusammen sind. Ich frage mich, wie es zugeht, daß er damit durchkommt. Das ist es doch! Wie kann sich ein Mann mit einer Freundin, die aussieht wie Elizabeth Hurley, von einer Prostituierten auf einer öffentlichen Straße einen blasen lassen und damit durchkommen? Was ist aus unserer guten alten englischen Gerechtigkeit geworden? Kurz gesagt: Warum bleibt die dumme Gans überhaupt bei dem Kerl?«

Ich traute meinen Ohren nicht. Was war mit dem Schattenkabinett? Was war mit den Friedensverhandlungen? Offenbar hätte er selber gern gewußt, wie man damit durchkommen konnte, mit einer Prostituierten zu schlafen. Plötzlich sah er mich unverwandt an.

»Wissen Sie es?« Alle die supercoolen Leute am Tisch glotzten mich an. »Sie. Sie müssen Bridget sein!« rief er ungeduldig. »Wie schafft es ein Mann, der im übrigen eine wunderschöne Freundin hat, wie schafft er es, mit einer Prostituierten erwischt zu werden und alles bleibt beim alten?«

Mich packte die Panik. Mein Kopf war wie leergefegt.

»Nun?« sagte er. »Nun? Los, sagen Sie etwas!«

»Na ja«, sagte ich, weil es das einzige war, was mir einfiel, »vielleicht weil jemand die Beweise verschluckt hat.«

Ein tödliches Schweigen trat ein, und dann fing Richard Finch zu lachen an. Es war die dreckigste Lache, die ich je gehört hatte. Dann fingen die supercoolen Typen am Tisch ebenfalls an zu lachen.

»Bridget Jones«, sagte Richard Finch schließlich und wischte sich die Augen. »Willkommen bei *Good Afternoon!* Nimm Platz, Schätzchen.« Und zwinkerte mir zu.

Dienstag, 22. August

58 kg, Alkoholeinheiten 4, Zigaretten 25, Lose 5.

Habe immer noch nichts von meinem Vorstellungsgespräch gehört. Weiß nicht, was ich am bevorstehenden Feiertag tun soll, kann mich aber nicht damit abfinden, allein in London zu bleiben. Shazzer fährt zum Edinburgh Festival und Tom auch, glaube ich, außerdem ein Haufen Leute aus dem Büro. Würde auch gern fahren, weiß aber nicht, ob ich es mir leisten kann und habe Angst, Daniel dabei zu begegnen. Außerdem werden alle mehr Glück haben und sich besser amüsieren als ich.

Mittwoch, 23. August

Fahre auf jeden Fall nach Edinburgh. Daniel arbeitet in London, also besteht keinerlei Gefahr, ihm auf der Royal Mile über den Weg zu laufen. Es tut mir bestimmt gut, mal rauszukommen, anstatt in London allmählich durchzudrehen und auf einen Brief von *Good Afternoon!* zu warten.

Donnerstag, 24. August

Ich bleibe in London. Jedesmal bilde ich mir ein, ich würde mich in Edinburgh amüsieren, und am Schluß bekomme ich immer nur Karten für irgendeine Comedy-Show. Und dann hat man nur Sommerklamotten dabei, und es ist plötzlich eiskalt. Außerdem muß man sich meilenweite steile Kopfsteinpflasterstraßen hinaufschleppen. Während man den Verdacht nicht loswird, alle anderen würden sich amüsieren.

Freitag, 25. August

19 Uhr. Ich fahre *doch* nach Edinburgh. Heute hat Perpetua gesagt: »Bridget, es ist zwar wahnsinnig kurzfristig, aber mir ist gerade folgendes eingefallen: Ich habe eine Wohnung in Edinburgh gemietet, und ich fände es herrlich, wenn du auch mitkommen würdest.« Ist ja ungemein großzügig und gastfreundlich von ihr.

22 Uhr. Habe gerade Perpetua angerufen und ihr gesagt, daß ich nicht mitkomme. Ich kann es mir sowieso nicht leisten. Schnapsidee.

Samstag, 26. August

8.30 Uhr. Gut, ich werde mir einige ruhige, gesunde Tage zu Hause gönnen. Wunderbar. Könnte vielleicht *Die hungrige Straße* von Ben Okri zu Ende lesen.

9.00 Uhr. O Gott, ich bin ja so deprimiert. Alle sind nach Edinburgh gefahren, nur ich nicht.

9.15 Uhr. Ob Perpetua wohl schon abgereist ist?

Mitternacht. Edinburgh. O Gott. Morgen muß ich mir auf jeden Fall etwas ansehen. Perpetua hält mich für verrückt. Sie hat sich während der ganzen Zugfahrt das Handy ans Ohr gedrückt und uns ständig lautstark auf den neuesten Stand gebracht.

»Der *Hamlet* von Arthur Smith ist komplett ausverkauft, also könnten wir statt dessen um fünf zu den Coen Brothers gehen, aber das hieße, daß wir für Richard Herring zu spät dran wären. Sollen wir vielleicht zu Jenny Eclair gehen« – Tja, gute Frage! – »und uns *Lanark* ansehen und dann versuchen, Karten für Harry Hill oder Bondages und Julian Clary zu kriegen? Bleib mal kurz dran. Ich versuch's mit dem Gilded Balloon. Nein, Harry Hill ist ausverkauft, sollen wir dann die Coen Brothers sausen lassen?«

Ich sagte, ich würde mich um sechs mit ihnen im Plaisance treffen, weil ich ins George Hotel gehen und Tom eine Nachricht hinterlassen wollte. In der Bar lief ich dann Tina über den Weg. Mir war nicht klar, wie weit es zum Plaisance war, und als ich dort ankam, hatte es bereits angefangen, und es war kein einziger Platz mehr frei. Insgeheim erleichtert, ging ich in die Wohnung zurück oder vielmehr seilte ich mich ab, holte mir eine leckere Folienkartoffel mit Hühnchencurry und sah mir *Casualty* an. Um neun war ich mit Perpetua in den Assembly Rooms verabredet. Als ich fertig war, war es Viertel vor neun, aber ich hatte nicht gewußt, daß man nicht hinaustelefonieren kann, daher konnte ich mir kein Taxi rufen, und als ich dann endlich dort ankam, war es zu spät. Ich ging wieder in die Bar des George, um nach Tina Ausschau zu halten und in Erfahrung zu bringen, wo Shazzer war. Ich hatte mir gerade eine Bloody Mary geholt und versuchte, so zu tun, als störte es mich nicht, daß ich keine Freunde hatte, als ich in der Ecke ein Gewirr von Scheinwerfern und Kameras bemerkte und beinahe aufgeschrien hätte. Es war meine Mutter, hergerichtet wie Marianne Faithfull und drauf und dran, Alan Yentob zu interviewen.

»Seid mal alle ganz still!« zwitscherte sie in einem Tonfall wie Una Alconbury, wenn sie Blumen arrangiert.

»Uuuuund Action!!!! Sagen Sie, Alan«, begann sie und sah schmerzerfüllt drein, »haben Sie jemals ... an Selbstmord gedacht?«

Das Fernsehprogramm heute abend war echt gut.

Sonntag, 27. August, Edinburgh

Anzahl der besuchten Veranstaltungen 0.

2 Uhr. Ich kann nicht schlafen. Ich wette, sie sind alle auf einer tollen Party.

3 Uhr. Soeben kommt Perpetua in die Wohnung zurück und muß unbedingt ihr Urteil über die alternativen Schauspieler abgeben: »Unreif ... absolut kindisch ... einfach doof.« Ich glaube, sie hat irgend etwas nicht richtig begriffen.

5 Uhr. Es ist ein Mann im Haus. Ich *weiß* es einfach.

6 Uhr. Er ist im Zimmer von Debby aus der Marketingabteilung. Guter Gott.

9.30 Uhr. Aufgewacht, weil Perpetua brüllte: »Kommt jemand mit zur Dichterlesung?« Dann wurde alles still, und ich hörte wie Debby und der Mann sich etwas zuflüsterten, worauf der Mann in der Küche verschwand. Auf einmal donnerte Perpetua los: »Was machen Sie denn hier?!! Ich habe gesagt: KEINE ÜBERNACHTUNGSGÄSTE!«

14 Uhr. Oh, mein Gott. Ich habe verschlafen.

19 Uhr. Zug nach King's Cross. Ach du liebe Zeit. Habe mich um drei mit Jude getroffen. Wir wollten eigentlich zu einem Autorengespräch gehen, doch dann fiel uns ein, daß Autorengespräche uns nicht guttun. Man verkrampft sich unheimlich dabei, sich eine Frage auszudenken und andauernd die Hand zu heben und wieder zu senken.

Schließlich kommt man dran und kann seine Frage stellen, in verkrümmter Haltung und mit einer seltsamen Fistelstimme, und dann sitzt man vor Verlegenheit wie gelähmt da und nickt wie ein Hund auf der Hutablage im Auto, während man mit einer zwanzigminütigen Antwort traktiert wird, an der man von vornherein nicht interessiert war. Auf jeden Fall war es halb sechs, ehe wir uns versahen. Dann erschien Perpetua mit einer ganzen Reihe von Leuten aus dem Büro.

»Ah, Bridget!« schrie sie. »Was hast du dir denn angesehen?« Lastendes Schweigen.

»Eigentlich wollte ich gerade . . .«, begann ich zuversichtlich, ». . . zum Bahnhof gehen.«

»Du hast also überhaupt nichts gesehen, stimmt's« höhnte sie. »Egal, jedenfalls schuldest du mir fünfundsiebzig Pfund für das Zimmer.«

»Was?« stammelte ich.

»Ja!« kreischte sie. »Es hätte eigentlich nur fünfzig Pfund

gekostet, aber es macht fünfzig Prozent zusätzlich, wenn sich zwei Leute darin aufhalten.«

»Aber . . . aber da waren keine . . .«

»Ach, komm schon, Bridget, wir wissen doch alle, daß du einen Mann da drinnen hattest«, grölte sie. »Zerbrich dir nicht den Kopf darüber. Es ist keine Liebe, es ist nur Edinburgh. Ich werde dafür sorgen, daß Daniel davon erfährt. Das wird ihm eine Lehre sein.«

Montag, 28. August

60 kg (vollgestopft mit Bier und Folienkartoffeln), Alkoholeinheiten 6, Zigaretten 20, Kalorien 2846.

Als ich nach Hause kam, war eine Nachricht von Mum auf meinem Band. Sie fragte mich, was ich von einem elektrischen Handmixer zu Weihnachten hielte, und erinnerte mich daran, daß Weihnachten dieses Jahr auf einen Montag fiel und ich mir überlegen solle, ob ich am Freitag abend oder am Samstag nach Hause käme.

Weitaus erfreulicher war schon, daß ein Brief von Richard Finch dalag, dem Chefredakteur von *Good Afternoon!*, in dem er mir, wenn ich ihn recht verstehe, einen Job anbot.

Denn in dem Brief stand – ich zitiere:

Okay, Schätzchen. Du bist auf Sendung.

Dienstag, 29. August

58 kg, Alkoholeinheiten 0 (s. g.), Zigaretten 3, (g.), Kalorien 1456 (gesunde Ernährung zur Vorbereitung auf neuen Job).

10.30 Uhr. Büro. Habe gerade Richard Finchs Assistentin Patchouli angerufen, und sie bieten mir tatsächlich einen Job an, allerdings muß ich bereits nächste Woche anfangen. Ich habe keine Ahnung vom Fernsehen, aber egal. Außerdem – schlimmer kann es nicht werden. Mein augenblicklicher Job ist ein totes Gleis. Und es ist einfach zu demütigend, jetzt noch mit Daniel zusammenzuarbeiten. Ich gehe lieber zu ihm und sage ihm, was los ist.

11.15 Uhr. Ich fasse es nicht. Daniel hat mich mit leichenblasser Miene angestarrt. »Das kannst du nicht machen«, sagte er. »Hast du überhaupt eine Ahnung davon, wie schwierig die letzten paar Wochen für mich waren?« Dann platzte Perpetua herein – sie muß an der Tür gelauscht haben.

»Daniel«, fuhr sie ihn an. »Du egoistischer, hemmungsloser, intriganter Gefühlserpresser. Es warst verflucht noch mal du, der *sie* sitzenlassen hat. Also sei wenigstens ein Mann und finde dich damit ab, daß sie hier den Kram hinschmeißt.«

Manchmal könnte ich Perpetua regelrecht küssen. Nur so als gute Freundin natürlich. Nichts Erotisches dabei.

SEPTEMBER

Auf der
Feuerwehrstange

Montag, 4. September

57 kg, Alkoholeinheiten 0, Zigaretten 27, Kalorien 15, imaginäre Gespräche mit Daniel, in denen ich ihm sage, was ich von ihm halte, 145 Minuten (gut, jedenfalls schon besser)

8 Uhr. Erster Tag im neuen Job. Ich sollte so anfangen, wie ich weitermachen will, mit einem neuen, coolen, professionellen Auftreten. Und als Nichtraucherin. Rauchen ist ein Zeichen von Schwäche und untergräbt die persönliche Autorität.

8.30 Uhr. Mum hat gerade angerufen, aber nicht,wie ich zuerst annahm, um mir viel Glück für den neuen Job zu wünschen.

»Es gibt Neuigkeiten, Liebes«, fing sie an.

»Welche?«

»Elaine hat dich zu ihrer Rubinhochzeit eingeladen!« sagte sie und hielt atemlos und erwartungsvoll inne.

Mein Kopf war wie leergefegt. Elaine? Brian und Elaine? Colin und Elaine? Elaine, die mit Gordon verheiratet ist, der früher mal Chef von Kettering-Asphalt war?

»Sie hat sich gedacht, daß es nett wäre, ein oder zwei junge Gesichter dabei zu haben, die Mark Gesellschaft leisten können.«

Ah. *Malcolm* und Elaine. Die Erzeuger des überperfekten Mark Darcy.

»Anscheinend hat er Elaine erzählt, er fände dich sehr attraktiv.«

»Ach was? Red keinen Blödsinn«, murmelte ich. Und freute mich trotzdem.

»Also, ich bin ganz sicher, daß er das gemeint hat, Liebes.«

»Was hat er gesagt?« zischte ich, plötzlich mißtrauisch geworden.

»Er hat gesagt, du seist sehr . . .«

»Mutter . . .«

»Tja, das Wort, das er gebraucht hat, war ›bizarr‹. Aber das ist doch reizend, oder nicht – ›bizarr‹? Und überhaupt kannst du ihn das alles auf der Rubinhochzeit fragen.«

»Ich fahre doch nicht den ganzen Weg nach Huntingdon hinaus, um die Rubinhochzeit von zwei Leuten zu feiern, mit denen ich, seit ich drei war, kein Wort mehr gesprochen habe. Und das alles nur, um mich einem reichen, geschiedenen Mann vor die Füße zu werfen, der mich allenfalls bizarr findet.«

»Jetzt sei doch nicht albern, Liebes.«

»Ich muß jetzt sowieso Schluß machen«, sagte ich unüberlegterweise, weil sie daraufhin wie immer zu quasseln anfing, als säße ich in der Todeszelle und dies wäre unser letztes Telefongespräch, bevor ich die tödliche Spritze bekam.

»Er hat Tausende von Pfund pro Stunde verdient. Hatte eine Uhr auf dem Tisch stehen, tick-tack, tick-tack. Habe ich dir schon erzählt, daß ich auf der Post Mavis Enderby getroffen habe?«

»Mum. Heute ist mein erster Arbeitstag. Ich bin wirklich etwas durchgedreht. Ich will nicht über Mavis Enderby sprechen.«

»Ach du lieber Gott, Herzchen! Was ziehst du denn nur an?«

»Meinen kurzen schwarzen Rock und ein T-Shirt.«

»Oh, du solltest nicht in düsteren Farben rumlaufen wie Aschenputtel nach dem Glockenschlag. Zieh etwas Schickes, Freundliches an. Wie wär's mit diesem reizenden kirschroten

Zweiteiler, den du früher immer getragen hast? Ach, übrigens, habe ich dir schon erzählt, daß Una eine Kreuzfahrt auf dem Nil gemacht hat?«

Grrr. Fühlte mich so schlecht, nachdem sie aufgelegt hatte, daß ich fünf Silk Cut hintereinander geraucht habe. Kein s. g. Anfang heute.

21 Uhr. Liege völlig erschöpft im Bett. Hatte vergessen, wie gräßlich es ist, einen neuen Job anzutreten, wo dich niemand kennt und wo daher dein ganzer Charakter durch jede zufällige Bemerkung oder jede kleine Merkwürdigkeit, die du von dir gibst, definiert wird. Außerdem kann man sich nicht einmal nachschminken, ohne zu fragen, wo die Damentoilette ist.

Ohne eigenes Verschulden kam ich zu spät. Es war unmöglich, in die Fernsehstudios zu gelangen, da ich keinen Hausausweis hatte und die Tür von Wachleuten gesichert wurde, die es für ihre Aufgabe hielten, die Angestellten am Betreten des Gebäudes zu hindern. Als ich endlich am Empfang ankam, ließ man mich nicht nach oben, bis mich jemand abholen kam. Zu diesem Zeitpunkt war es 9.25 Uhr, und die Besprechung sollte um halb zehn anfangen. Schließlich tauchte Patchouli mit zwei riesigen, bellenden Hunden auf, von denen mich einer ansprang und mir das Gesicht abzuschlecken begann, während mir der andere seinen Kopf unter den Rock steckte.

»Sie gehören Richard. Sind sie nicht irre?« sagte sie. »Ich bringe sie kurz zum Auto.«

»Komme ich dann nicht zu spät zu der Besprechung?« fragte ich verzweifelt, während ich den Hundekopf zwischen meinen Knien festhielt und versuchte, ihn wegzuschieben. Sie musterte mich von oben bis unten, als wollte sie sagen »Na und?« und verschwand, die Hunde hinter sich her zerrend.

Als ich endlich im Büro ankam, hatte die Besprechung schon

begonnen, und alle starrten mich an – außer Richard, dessen beleibte Gestalt in einem seltsamen grünwollenen Overall steckte.

»Los, los«, drängte er und zog dabei den Tisch mit beiden Händen an sich heran. »Ich denke an den Neun-Uhr-Gottesdienst. Ich denke an geile Pfarrer. Ich denke an sexuelle Handlungen in der Kirche. Ich frage mich, warum sich Frauen in Pfarrer verlieben. Na los, für diesen Job mußt du ein bißchen Leistung bringen. Laß dir was einfallen.«

»Warum interviewen Sie nicht Joanna Trollope?« fragte ich.

»Trollope?« sagte er und sah mich verständnislos an. »Wer soll denn das sein?«

»Joanna Trollope. Die Autorin, die das Buch über die Pfarrersfrau geschrieben hat, das fürs Fernsehen verfilmt wurde. *The Rector's Wife*. Sie muß es doch wissen.«

Ein anzügliches Grinsen breitete sich auf seinem Gesicht aus. »Phantastisch«, sagte er zu meinen Brüsten. »Absolut komplett phantastisch. Hat irgend jemand die Nummer von Joanna Trollope?«

Langes Schweigen. »Äh, offen gestanden habe ich sie«, sagte ich schließlich und spürte zum erstenmal den Haß der supercoolen Leute im Raum.

Als die Sitzung vorüber war, eilte ich aufs Klo, um mich wieder zu fassen.

Dort schminkte sich Patchouli Seite an Seite mit ihrer Freundin, die ein direkt auf ihren Luxuskörper gepinseltes Kleid trug, das Höschen *und* Bauch sehen ließ.

»Das ist doch nicht zu aufreizend, oder?« sagte das Mädchen zu Patchouli. »Du hättest die Gesichter dieser fiesen Mittdreißigerinnen sehen sollen, als ich hereinkam . . . Oh!«

Beide Mädchen sahen mich entsetzt an und schlugen sich die Hand vor den Mund.

»Wir haben nicht Sie gemeint«, sagten sie.

Ich bin mir nicht sicher, ob ich das durchstehen werde.

Samstag, 9. September

56 kg (s. g., geht wohl zurück auf den Streß in meinem neuen Job), Alkoholeinheiten 4, Zigaretten 10, Kalorien 1876, imaginäre Gespräche mit Daniel 24 Minuten (hervorragend), Neufassungen meiner Gespräche mit Mutter, in denen ich die Oberhand behalte, 94 Minuten.

11.30 Uhr. Warum nur habe ich meiner Mutter einen Schlüssel zu meiner Wohnung gegeben? Ich stand zum erstenmal seit fünf Wochen vor einem Wochenende, ohne die ganze Zeit an die Wand starren und in Tränen ausbrechen zu wollen. Ich hatte die erste Woche in meinem neuen Job überstanden. Ich fing langsam an zu glauben, daß vielleicht alles gut werden und ich vielleicht doch nicht *zwangsläufig* von einem Schäferhund aufgefressen werden würde, als meine Mutter persönlich im Zimmer stand – mit einer Nähmaschine unterm Arm.

»Was, in aller Welt, machst du denn da, du Dummerchen?« zwitscherte sie. Ich wog gerade hundert Gramm Getreideflokken für mein Frühstück ab, indem ich eine Tafel Schokolade als Gewicht benutzte (die Gewichte für meine Waage sind in Unzen, was mir nichts nützt, da sich die Kalorientabelle auf Gramm bezieht).

»Rate mal, was passiert ist, Liebes«, sagte sie und begann, sämtliche Schranktüren auf- und wieder zuzumachen.

»Was?« fragte ich, während ich in Socken und Nachthemd dastand und versuchte, mir die Wimperntusche unter den Augen wegzureiben.

»Malcolm und Elaine feiern ihre Rubinhochzeit nun doch in London, und zwar am dreiundzwanzigsten, also wirst du ja kommen und Mark Gesellschaft leisten können.«

»Ich will Mark aber gar nicht Gesellschaft leisten«, sagte ich mit zusammengebissenen Zähnen.

»Oh, aber er ist sehr intelligent. Ist in Cambridge gewesen. Offenbar hat er in Amerika ein Vermögen gemacht...«

»Ich gehe nicht hin.«

»Nun komm schon, Liebes, fang mir nicht so an«, sagte sie, als wäre ich dreizehn. »Weißt du, Mark hat das Haus in Holland Park inzwischen fertig eingerichtet, und er veranstaltet die gesamte Party für seine Eltern, sechs Etagen, ein Partyservice und so weiter... Was ziehst du denn an?«

»Gehst du mit Julio oder mit Dad hin?« fragte ich, um sie zum Schweigen zu bringen.

»Ach, Liebes, das weiß ich nicht. Vermutlich mit allen beiden«, sagte sie mit dieser speziellen, rauchigen Stimme, die sie für die Momente reserviert, in denen sie sich für Diana Dors hält.

»Das kannst du nicht machen.«

»Aber Daddy und ich sind noch Freunde. Und mit Julio bin ich auch nur befreundet.«

Grr. Grrr. Grrrrrrr. Ich kann sie nicht ausstehen, wenn sie so ist.

»Auf jeden Fall sage ich Elaine, daß du kommst, ja?« sagte sie, nahm die unerklärliche Nähmaschine wieder unter den Arm und ging auf die Tür zu. »Ich muß los. Tschüs!«

Ich werde nicht noch einen Abend damit verbringen, vor Mark Darcy herumgeschwenkt zu werden wie ein Löffel Kohlrabipüree vor einem Säugling. Ich sollte das Land verlassen oder irgend etwas dergleichen.

20 Uhr. Auf Dinner-Party gegangen. Sämtliche selbstgefälligen Ehepaare laden mich jetzt andauernd samstags ein, seit ich wieder allein bin, und setzen mich mit ätzenden alleinstehenden Männern zusammen. Es ist sehr nett von ihnen, und ich bin ihnen ausgesprochen dankbar dafür, aber es scheint mein emotionales Versagen und meine Isolation nur noch zu betonen – obwohl Magda sagt, ich solle nicht vergessen, daß allein sein immer noch besser ist, als einen Kerl zu haben, der dauernd fremdgeht.

Mitternacht. Ach du liebe Zeit. Alle haben versucht, den Ersatzmann aufzuheitern. Der Typ ist siebenunddreißig, frisch geschieden und sagt Sachen wie: »Ich muß sagen, ich finde, daß Michael Howard in etwas unfairer Weise verleumdet wird.«

»Ich weiß nicht, worüber du dich beklagst«, warf Jeremy ihm vor. »Männer werden mit den Jahren immer attraktiver, Frauen immer unattraktiver, also hecheln dir jetzt all die Zweiundzwanzigjährigen hinterher, die dich keines Blicks gewürdigt haben, als du fünfundzwanzig warst.«

Ich saß mit gesenktem Kopf da und bebte vor Wut über ihre Anspielungen auf weibliche Verfallsdaten und das Leben als eine ewige Reise nach Jerusalem, wo weibliche Wesen, die ohne Stuhl/Mann dastehen, ausscheiden müssen, wenn die Musik aufhört, was mit Punkt dreißig der Fall ist. Das fehlte noch.

»O ja, da bin ich ganz deiner Meinung, es ist wirklich das beste, sich nach einem jüngeren Partner umzusehen«, warf ich unbekümmert ein. »Männer in den Dreißigern sind totale Langweiler mit ihren Komplexen und ihren zwanghaften Wahnideen, daß alle Frauen sie nur an die Kette legen wollen. Momentan interessiere ich mich eigentlich nur noch für Männer Anfang Zwanzig. Sie sind auch soviel ausdauernder beim ... na, ihr wißt schon ...«

»*Ehrlich?*« sagte Magda neugierig. »Inwiefern . . .?«

»Ja, *du* bist schon interessiert«, wandte Jeremy ein und funkelte Magda an. »Der Punkt ist nur, daß *sie* nicht an *dir* interessiert sind.«

»Ähm. Entschuldige bitte. Mein derzeitiger Freund ist dreiundzwanzig«, sagte ich zuckersüß.

Sprachloses Schweigen war die Folge.

»Tja, wenn das so ist«, sagte Alex feixend, »dann kannst du ihn doch nächsten Samstag mitbringen, wenn du zu uns zum Essen kommst, oder?«

Mist. Wo soll ich einen Dreiundzwanzigjährigen hernehmen, der an einem Samstagabend zum Essen zu selbstgefälligen Ehepaaren mitgeht, statt auf einem geilen Rave hochtoxische Ecstasy-Tabletten einzuwerfen?

Freitag, 15. September

57 kg, Alkoholeinheiten 0, Zigaretten 4 (s. g.), Kalorien 3222 (Sandwiches von British Rail haben es in sich), Nachdenken über Kündigungsgründe, wenn ich meinen neuen Job an den Nagel hänge, 210 Minuten.

Uäh. Schreckliche Besprechung mit meinem tyrannischen Chef Richard Finch, der tönt: Okay, die Nachricht des Tages: Einmal Pinkeln bei Harrods kostet jetzt ein Pfund. Ich denke an das ultimative Luxusklo. Ich denke ans Studio: Frank Skinner und Sir Richard Rogers auf pelzbezogenen Sitzen, dazu Armlehnen mit Fernsehern und gestepptes Klopapier. Bridget, du stürzt dich auf die arbeitslosen Jugendlichen. Ich denke an den Norden. Ich denke an arbeitslose Jugendliche, die herumhängen und Gott weiß wo hausen und Hunger schieben.«

»Aber . . . aber . . .«, stammelte ich.

»Patchouli!« rief er, woraufhin die Hunde unter seinem Tisch aufwachten und anfingen zu bellen und herumzutollen.

»Was?« brüllte Patchouli über das Getöse hinweg. Sie trug ein gehäkeltes Midikleid, darüber eine orangefarbene Bluse mit Sattelnähten aus Bri-Nylon und dazu einen Schlapphut aus Stroh. Als wären die Sachen, die ich in meiner Jugend getragen habe, ein urkomischer Witz.

»Wo findet die Reportage über arbeitslose Jugendliche statt?«

»Liverpool.«

»Liverpool. Okay, Bridget. Die Übertragungscrew steht vor Boots im Einkaufszentrum, es läuft live um halb sechs. Besorg mir sechs arbeitslose Jugendliche.«

Später, als ich mich auf den Weg zum Bahnhof machte, rief er mir beiläufig hinterher: »Ach, und Bridget, es ist übrigens nicht mehr Liverpool, sondern Manchester, klar?«

16.15 Uhr, Manchester.

Anzahl der angesprochenen arbeitslosen Jugendlichen 44, Anzahl der arbeitslosen Jugendlichen, die einwilligten, sich interviewen zu lassen 0.

Im Zug Manchester–London, 19 Uhr. Uäh. Als es auf Viertel vor fünf zuging, lief ich hysterisch zwischen den Blumentrögen aus Beton hin und her und quatschte Leute an.

»'tschuldigung, sind Sie arbeitslos? Nix für ungut. Danke.«

»Was machen wir denn jetzt?« fragte der Kameramann, der sich nicht die Mühe machte, Interesse zu heucheln. »Arbeitslose Jugendliche«, sagte ich fröhlich. »Bin gleich wieder da!« Dann sauste ich um die Ecke und schlug mir selbst gegen den

Kopf. Uber meinen Knopf im Ohr konnte ich Richard hören, der tobte: »Bridget . . . wo zum Teufel . . .? Arbeitslose Jugendliche.« Und dann entdeckte ich einen Geldautomaten an der Wand.

Um 17.20 Uhr standen sechs Jugendliche, die behaupteten, arbeitslos zu sein, in Reih und Glied vor der Kamera, jeder hielt einen frischen, neuen Zwanzig-Pfund-Schein in der Tasche, während ich herumflatterte und unaufrichtig Schadenersatz dafür zu leisten versuchte, daß ich zur Mittelschicht gehörte. Um halb sechs hörte ich die Titelmelodie und dann Richard, der schrie: »Tut mir leid, Manchester, wir schmeißen euch raus.«

»Ähm . . .«, wandte ich mich an die erwartungsvollen Gesichter. Die Jugendlichen dachten wahrscheinlich, ich sei eine notorische Hochstaplerin, die sich am liebsten mit dem Glanz der Medien umgab. Bitter für mich, besonders, da ich eine ganze Woche wie eine Verrückte geschuftet hatte und dann nach Manchester gefahren war, wodurch ich es nicht geschafft hatte, mir fürs Wochenende einen vorzeigbaren Freund zu organisieren. Die Sache wird allmählich zum Trauma. Doch als ich über die hinreißenden Youngsters hinwegblickte, den Geldautomaten im Hintergrund, begann mit einemmal eine moralisch höchst fragwürdige Idee in mir zu keimen.

Hmm. Glaube, es war die richtige Entscheidung, nicht zu versuchen, einen der arbeitslosen Jugendlichen zu Alex' Dinner-Party mitzuschleppen. Nichts als neue Ausbeutung. Beantwortet allerdings nicht die Frage, was ich gegen die Freudlosigkeit der Welt tun soll. Glaube, ich werde im Raucherwagen eine qualmen.

19.30 Uhr. Uäh. »Raucherwagen« entpuppte sich als gigantischer Schweinestall, in dem sich unglückliche, trotzige Raucher aneinanderdrängten. Stelle fest, daß es Rauchern nicht mehr vergönnt ist, in Würde zu leben, und sie statt dessen gezwungen werden, im Kellergeschoß des Daseins dahinzuvegetieren. Wäre nicht im geringsten erstaunt gewesen, wenn der Wagen auf unerklärliche Weise abgekoppelt, auf ein Nebengleis geschoben worden und im ewigen Eis verschwunden wäre. Vielleicht fangen die privaten Eisenbahngesellschaften bald an, richtige Raucherzüge fahren zu lassen, und die Dorfbewohner recken die Fäuste und werfen Steine auf sie, wenn sie vorüberfahren, und jagen ihren Kindern mit Geschichten von den feuerspeienden Monstern darin Angst ein. Auf jeden Fall habe ich Tom von dem wundersamen Zugtelefon aus angerufen (Wie funktioniert es? Wie nur? Ohne Leitungen. Unbegreiflich. Vielleicht ist es durch den elektrischen Kontakt zwischen Rädern und Gleisen irgendwo angeschlossen), um ihm von der Krise wegen des fehlenden dreiundzwanzigjährigen Freundes vorzujammern.

»Was ist mit Gav?« fragte er.

»Gav?«

»Du weißt schon. Der Typ, den du in der Saatchi Gallery kennengelernt hast.«

»Glaubst du, er macht das?«

»Klar. Er ist echt auf dich abgefahren.«

»Ach Blödsinn. Der doch nicht.«

»Aber klar! Immer nur cool bleiben. Überlaß es mir. Ich mache das schon.«

Manchmal habe ich das Gefühl, als wäre ich ohne Tom schon längst nicht mehr auf der Welt.

Dienstag, 19. September

56 kg (s. g.), Alkoholeinheiten 3 (s. g.), Zigaretten 0 (war mir einfach zu peinlich, in Gegenwart des jungen Gemüses zu rauchen).

Herrje, ich muß mich beeilen. Habe ein Date mit meinem jungen Gemüse (light!). Gav war absolut göttlich; er hat sich auf Alex' Dinner-Party am Samstag vorbildlich benommen und mit allen Gattinen geflirtet, ist um mich herumgeschwänzelt und hat sämtliche Fangfragen über unsere »Beziehung« mit der intellektuellen Gewandtheit eines Elite-Professors pariert. Leider war ich auf dem Rückweg im Taxi so von Dankbarkeit* überwältigt, daß ich seinen Avancen** wehrlos ausgeliefert war. Jedoch konnte ich mich*** so weit beherrschen, daß ich seine Einladung, auf eine Tasse Kaffee mit zu ihm zu gehen, nicht annahm. Hinterher bekam ich allerdings Schuldgefühle, da ich ihn angemacht und mich dann entzogen hatte****, deshalb nahm ich huldvoll***** an, als Gav anrief und mich für heute abend zu sich zum Essen einlud.

Mitternacht. Fühle mich wie die Alte vom Berge. Hatte schon so lange kein Rendezvous mehr, daß ich vollkommen von mir eingenommen war und der Versuchung nicht widerstehen konnte, dem Taxifahrer gegenüber von meinem »Freund« zu prahlen und davon, daß ich jetzt zu meinem »Freund« führe, der mir ein Abendessen kochen werde.

---

   * Lust
  ** legte meine Hand auf sein Knie
 *** meine Panik
**** mußte immer wieder denken: »Verdammt, verdammt, verdammt!«
***** konnte meine Begeisterung kaum zügeln

Leider stellte sich bei unserer Ankunft heraus, daß Malden Road Nummer 4 ein Obst- und Gemüseladen war.

»Möchten Sie mein Telefon benutzen?« fragte der Taxifahrer gelangweilt.

Natürlich wußte ich Gavs Nummer nicht, daher mußte ich so tun, als riefe ich Gav an und bei ihm sei belegt. Dann rief ich Tom an und versuchte, ihn unauffällig nach Gavs Adresse zu fragen, damit der Taxifahrer mich nicht durchschaute. Es stellte sich heraus, daß Gav in Malden Villas 44 wohnte und ich bloß nicht aufgepaßt hatte, als ich mir die Adresse notierte. Das Gespräch zwischen dem Taxifahrer und mir war weitgehend eingeschlafen, als wir zu der neuen Adresse fuhren. Ich bin sicher, er hielt mich jetzt für eine Prostituierte oder so.

Als wir ankamen, war ich ziemlich verunsichert. Und zu Beginn war auch alles eher harmlos und sogar etwas verklemmt, etwa wie in der Unterstufe, wenn man zum erstenmal bei der potentiell besten Freundin zum Tee eingeladen ist. Gav hatte Spaghetti Bolognese gekocht. Das Problem kam, als das Essen vor uns stand und wir uns unterhalten sollten. Irgendwie kamen wir schließlich auf Prinzessin Diana.

»Ach Gott, es war wie im Märchen. Ich weiß noch, wie ich bei der Hochzeit vor St. Paul's auf einer Mauer gesessen bin«, sagte ich. »Warst du auch da?«

Gav sah verlegen drein. »Ehrlich gesagt, war ich damals erst sechs.«

Schließlich ließen wir unsere Konversationsversuche sein, und Gav begann mit ungeheurer Begeisterung (ich weiß es noch, genau das ist das Faszinierende an Dreiundzwanzigjährigen) mich zu küssen und gleichzeitig Schlupflöcher durch meine Kleidung zu suchen. Schließlich schaffte er es, eine Hand über meinen Bauch gleiten zu lassen, woraufhin er – es war ja so demütigend – sagte: »Mmm. Du bist ja total wabbelig.«

Danach konnte ich nicht weitermachen. O Gott. Es hat keinen Zweck. Ich bin zu alt für so was. Warum gebe ich nicht einfach Religion an einer Mädchenschule und ziehe mit der Hockeylehrerin zusammen?

Samstag, 23. September

57 kg, Alkoholeinheiten 0, Zigaretten 0 (s. s. g.), Entwürfe für Antwortschreiben auf Mark Darcys Einladung 14 (dafür aber keine imaginären Gespräche mit Daniel mehr).

10 Uhr. Gut. Ich werde auf Mark Darcys Einladung antworten und ganz klar und deutlich sagen, daß ich nicht kommen kann. Es gibt keinen Grund, warum ich hingehen sollte. Ich bin weder eine enge Freundin noch eine Verwandte und würde sowohl *Herzblatt* als auch *Casualty* verpassen.

Trotzdem, o Gott. Es ist eine dieser irrsinnigen Einladungen, die in der dritten Person verfaßt sind – als wären sie alle viel zu vornehm, um einfach zuzugeben, daß sie eine Party veranstalten und dich gerne dabei hätten, weil ihnen das so vorkäme, als würden sie die Damentoilette Klo nennen. Irgendwie erinnere ich mich aus meiner Kindheit daran, daß ich im gleichen verquasten Stil antworten muß, als wäre ich eine imaginäre Person, die in meinem Auftrag auf imaginäre Einladungen von imaginären Leuten antworten müsse, welche eben diese imaginäre Einladung wiederum nur in fremdem Auftrag verfaßt haben. Was soll ich schreiben?

Bridget Jones bedauert, daß es ihr leider nicht möglich sein wird...

Miss Bridget Jones ist zutiefst betrübt, daß es ihr leider nicht möglich sein wird...

Am Boden zerstört reicht nicht aus, um den Gefühlen von Miss Bridget Jones gerecht zu werden...

Zu unserem tiefsten Bedauern müssen wir bekanntgeben, daß Miss Bridget Jones von so großer Betrübnis ergriffen wurde, weil sie die freundliche Einladung von Mr. Mark Darcy nicht annehmen kann, daß sie zusammengebrochen ist und sich daher nun mit um so größerer Gewißheit außerstande sieht, Mr. Mark Darcys freundlicher Einladung Folge zu...

Ooh: Telefon.

Es war Dad: »Bridget, mein Schatz, du kommst doch nächsten Samstag zu dem Horrorereignis, oder?«

»Zur Rubinhochzeit der Darcys meinst du?«

»Was sonst? Es ist das einzige, was deine Mutter von der Frage ablenkt, wer das Schränkchen mit den Mahagoniornamenten und die ineinanderschiebbaren Beistelltischchen haben darf, seit sie Anfang August das Interview mit Lisa Leeson bekommen hat.«

»Ich hatte eigentlich gehofft, mich davor drücken zu können.«

Vom anderen Ende kam nur Schweigen.

»Dad?«

Ein ersticktes Schluchzen ertönte. Dad weinte. Ich glaube, Dad hatte einen Nervenzusammenbruch. Wohlgemerkt, wenn ich neununddreißig Jahre mit Mum verheiratet gewesen wäre, hätte ich auch einen Nervenzusammenbruch bekommen, selbst wenn sie nicht mit einem protugiesischen Reiseleiter durchgebrannt wäre.

»Was ist denn los, Dad?«

»Ach, es ist nur . . . Tut mir leid. Es ist nur . . . ich hatte auch gehofft, mich davor drücken zu können.«

»Tja, warum tust du's nicht? Gehen wir ins Kino!«

»Es ist . . .« Er brach erneut in Tränen aus. »Es ist die Vorstellung, daß sie mit diesem schmierigen, parfümierten und toupierten Don Juan dort hingeht und alle meine Freunde und Kollegen aus den vergangenen vierzig Jahren den beiden zuprosten und mich als passé abschreiben.«

»Das werden sie nicht.«

»O doch, das werden sie. Ich bin fest entschlossen, hinzugehen, Bridget. Ich werfe mich in Schale und laß mich von diesen Hyänen nicht unterkriegen und . . . aber . . .« Erneutes Schluchzen.

»Was?«

»Ich brauche moralische Unterstützung.«

11.30 Uhr.

Miss Bridget Jones ist hocherfreut . . .

Ms. Bridget Jones dankt Mr. Mark Darcy für seine . . .

Mit großer Freude nimmt Miss Bridget Jones die Einladung . . .

Okay, dann eben nicht.

Lieber Mark,
vielen Dank für Ihre Einladung zu der Party anläßlich der Rubinhochzeit von Malcolm und Elaine. Ich komme sehr gerne.

Herzlichst,
Bridget Jones

Hmmm.

Herzlichst,
Bridget

oder nur

Bridget
Bridget (Jones)

Gut. Werde es einfach ordentlich abschreiben, die Rechtschreibung überprüfen und es dann abschicken.

Dienstag, 26. September

56 kg, Alkoholeinheiten 0, Zigaretten 0, Kalorien 1256, Lose 0, Zwangsgedanken über Daniel 0, negative Gedanken 0. Bin eine moderne Heilige.

Es ist toll, wenn man anfängt, über seinen Beruf nachzudenken, anstatt sich über Banalitäten (Männer und Beziehungen) den Kopf zu zerbrechen. Vielleicht habe ich wirklich Talent für Boulevard-TV. Die absolut aufregende Neuigkeit ist, daß ich mich demnächst einmal vor der Kamera versuchen darf.

Richard Finch hat sich Ende letzter Woche in den Kopf gesetzt, daß er eine Live-Sondersendung machen will, in der Reporter von sämtlichen Notdiensten Londons berichten. Allerdings hatte er von Anfang an nicht viel Glück. Inzwischen hat sich sogar herumgesprochen, daß weder Feuerwehr noch Rettungsdienst noch Polizei etwas mit ihm zu tun haben wollen. Doch als ich heute morgen zur Arbeit kam, packte er mich an den Schultern und brüllte: »Bridget! Wir sind dabei! Feuer. Ich will dich vor der Kamera haben. Ich denke an einen Minirock. Ich denke an einen Feuerwehrhelm. Ich denke an dich, wie du den Schlauch in die Hand nimmst.«

Seitdem ist alles nur noch ein einziges Durcheinander, das Alltagsgeschäft mit den Neuigkeiten vom Tage ist vollkommen vergessen, und jeder quasselt am Telefon von Leitungen, Türmen und Übertragungswagen. Auf jeden Fall soll es morgen über die Bühne gehen, und ich soll mich um elf Uhr in der Feuerwache von Lewisham melden. Heute abend rufe ich alle Leute an, die ich kenne, und sage, sie sollen zuschauen. Mum wird vielleicht Augen machen.

Mittwoch, 27. September

55,5 kg (vor Verlegenheit geschrumpft), Alkoholeinheiten 3, Zigaretten 0 (Rauchverbot auf der Feuerwache), dann 12 in einer Stunde, Kalorien 1584 (s. g.).

21 Uhr. Bin in meinem ganzen Leben noch nicht so gedemütigt worden. Habe den ganzen Tag damit verbracht, zu proben und alles zu organisieren. Sobald sie nach Lewisham schalteten sollte ich (laut Plan jedenfalls) von oben via Feuerwehrstange direkt ins Bild rutschen. Dort gab's dann ein Interview mit einem Feuerwehrmann. Als wir um siebzehn Uhr auf Sendung gingen, hockte ich am oberen Ende der Stange, bereit, auf mein Stichwort hinunterzurutschen. Dann hörte ich plötzlich Richard in meinen Kopfhörer brüllen: »Los, los, los, los, los!«, also ließ ich die Stange los und fing an hinunterzurutschen. Dann fuhr er fort: »Los, los, los, Newcastle! Bridget, mach dich in Lewisham bereit. Wir kommen in dreißig Sekunden zu dir.«

Ich überlegte, ob ich mich ans untere Ende der Stange gleiten lassen und über die Treppe wieder nach oben eilen sollte, aber ich war erst ein kurzes Stück die Stange hinabgerutscht, und so fing ich statt dessen an, mich wieder hochzuziehen. Auf einmal ertönte wüstes Gebrüll in meinem Ohr.

»Bridget! Du bist auf Sendung. Was, zum Teufel, treibst du da? Du sollst die Stange hinunterrutschen, nicht hinaufklettern. Los, los, los.«

Hysterisch grinste ich in die Kamera und ließ mich fallen, bis ich wie geplant vor den Füßen des Feuerwehrmannes landete, den ich interviewen sollte.

»Lewisham, uns wird die Zeit knapp. Komm zum Ende, komm zum Ende, Bridget«, plärrte mir Richard ins Ohr.

»Und nun zurück ins Studio«, sagte ich, und das war's dann.

Donnerstag, 28. September

56 kg, Alkoholeinheiten 2 (s. g.), Zigaretten 11 (g.), Kalorien 1850, Jobangebote von der Feuerwehr oder konkurrierenden Fernsehsendern 0 (vielleicht nicht allzu erstaunlich).

11 Uhr. Bin in Ungnade gefallen und zum Gespött der Leute geworden. Richard Finch hat mich vor versammelter Mannschaft gedemütigt, indem er mir hemmungslos Wörter wie »Chaos«, »Schande« und »bescheuerte blöde Kuh« an den Kopf warf.

»Und nun zurück ins Studio« ist anscheinend zu einem neuen geflügelten Wort im Büro geworden. Jedesmal, wenn jemand etwas gefragt wird, worauf er keine Antwort weiß, heißt es: »Ähmmm... und nun zurück ins Studio«, und alle bepissen sich vor Lachen.

Das komische ist allerdings, daß die supercoolen Typen plötzlich wesentlich netter zu mir sind. Patchouli (sogar die!) kam her und sagte: »Ach, kümmer dich nicht um Richard. Er ist eben irgendwie ein echter Kontroll-Freak – verstehste? Diese Geschichte mit der Feuerwehrstange war echt total cool und abgefahren, irgendwie... nun zurück ins Studio, okay?«

Richard Finch ignoriert mich jetzt entweder oder schüttelt ungläubig den Kopf, wenn er in meine Nähe kommt. Außerdem habe ich den ganzen Tag nichts zu tun bekommen.

O Gott, ich bin so deprimiert. Da dachte ich, ich hätte einmal etwas gefunden, für das ich tauge, und jetzt ist alles im Eimer. Darüber hinaus findet am Samstag die grauenhafte Rubinhochzeit statt, und ich habe nichts anzuziehen. Ich bin in allem eine Niete. Männer. Soziale Kompetenz. Arbeit. Einfach in allem.

OKTOBER

Verabredung mit Darcy

Sonntag, 1. Oktober

55,5 kg, Zigaretten 17, Alkoholeinheiten 0 (s. g., vor allem für Party).

4 Uhr morgens. Einer der seltsamsten Abende meines Lebens. Nachdem ich noch am Freitag in schwere Depressionen verfallen war, kam Jude vorbei, meinte nur, ich sollte es doch mal positiv sehen und brachte mir ein phantastisches schwarzes Kleid mit, das ich mir für die Party ausleihen darf. Machte mir Sorgen, daß ich es ruinieren könnte, aber sie sagte, sie hätte einen Superjob und daher jede Menge Geld für Klamotten, und es käme nicht drauf an. Ich sollte mir also keine Sorgen machen. Ich liebe Jude. Frauen sind soviel netter als Männer (abgesehen von Tom, aber der ist schwul). Beschloß, phantastisches Kleid mit lycraverstärkten schwarzen Strümpfen (Glanzeffekt, 6,95 £) und halbhohen schwarzen Velourslederpumps von Pied à terre zu kombinieren (ohne den angetrockneten Kartoffelbrei, versteht sich!)

Erster Schock, als ich ankam, da Mark Darcys Haus kein schmales, weißes Reihenhaus in der Portland Road oder so etwas Ähnliches ist, wie ich angenommen hatte, sondern eine riesige, freistehende Villa im Zuckerbäckerstil auf der anderen Seite der Holland Park Avenue (wo angeblich Harold Pinter wohnen soll). Ringsum nichts als Grün.

Er hatte sich auf jeden Fall für seine Mum und seinen Dad schwer ins Zeug gelegt. Sämtliche Bäume waren in wirklich rührender Weise mit roten Lämpchen und glänzenden Herzchen-Girlanden dekoriert, außerdem war der ganze Weg bis zum Haus mit einem rot-weißen Baldachin überspannt.

An der Tür sah gleich alles noch vielversprechender aus, nachdem wir nämlich von Hausangestellten empfangen worden waren, die uns Champagner reichten und uns dafür die Geschenke abnahmen (ich hatte Malcolm und Elaine eine Platte mit Liebesliedern von Perry Como aus dem Jahr besorgt, in dem sie geheiratet hatten, und dazu eine Duftlampe aus Terrakotta vom Body Shop als Extrageschenk für Elaine, da sie mich beim Truthahncurry über natürliche Duftöle befragt hatte). Als nächstes führte man uns eine theatralisch geschwungene Treppe aus hellem Holz hinab, die auf jeder Stufe von roten, herzförmigen Kerzen effektvoll illuminiert wurde. Unten befand sich ein riesengroßer Raum mit einem dunklen Holzboden und einer verglasten Veranda, die auf den Garten hinausging. Der ganze Raum war von Kerzen erleuchtet. Dad und ich standen nur da und starrten – und waren sprachlos.

Anstelle der Appetithäppchen, die man normalerweise auf einer Feierlichkeit der Elterngeneration erwartet – unterteilte Kristallschalen voller Essiggurken und Teller mit putzigen Zierdeckchen und Grapefruithälften, in denen Cocktailspießchen mit Käse und Ananas steckten –, gab es große, silberne Platten mit Garnelen-Wan-Tans, Tomaten-Mozzarella-Törtchen und Hühnchen Saté. Die Gäste sahen aus, als könnten sie ihr Glück nicht fassen, warfen die Köpfe in den Nacken und lachten dröhnend. Nur Una Alconbury verzog die Miene, als hätte sie soeben in eine Zitrone gebissen.

»Ach du liebe Zeit«, sagte Dad und folgte meinem Blick, während Una auf uns zustürzte. »Ich weiß nicht, ob das Mummys und Unas Fall ist.«

»Ein bißchen protzig, oder?« sagte Una, sowie sie in Hörweite war, und zog sich verdrießlich ihre Stola um die Schultern. »Man kann auch alles übertreiben. Dann gleitet es schnell ins Ordinäre ab.«

»Ach, red keinen Blödsinn, Una. Es ist eine sensationelle Party«, widersprach mein Vater und nahm sich sein neunzehntes Kanapee.

»Mmm. Ganz deiner Meinung«, sagte ich mit einem Mund voller Törtchen, während wie aus dem Nichts mein Champagnerglas aufgefüllt wurde. »Supersache, das, ganz anders als sonst.« Nachdem ich mich so lange seelisch auf karierte Kostüme und den üblichen Spießrutenlauf eingestellt hatte, war ich auf einmal ganz euphorisch. Außerdem hatte mich bisher noch niemand gefragt, wieso ich noch nicht verheiratet sei.

»Humpf«, machte Una.

Nun stürzte auch Mum auf uns zu.

»Bridget!« brüllte sie. »Hast du Mark schon begrüßt?«

Auf einmal stellte ich mit Entsetzen fest, daß auch Una und Mum auf ihren vierzigsten Hochzeitstag zusteuerten. Wie ich Mum kenne, ist es höchst unwahrscheinlich, daß sie sich durch eine belanglose Kleinigkeit wie die Tatsache, daß sie ihren Mann verlassen hat und mit einem Reiseleiter durchgebrannt ist, die Festfreude verderben läßt. Außerdem darf sie sich nicht von Elaine Darcy übertrumpfen lassen, koste es, was es wolle. Notfalls würde sie sogar ihre eigene Tochter dafür opfern – in einer arrangierten Ehe.

»Achtung, jetzt wird's ernst«, sagte Dad und drückte meinen Arm.

»Was für ein schönes Haus. Hast du denn keine hübsche Stola, die du dir um die Schultern legen kannst, Bridget? Na so was, Schuppen!« zwitscherte Mum und klopfte Dads Rücken ab. »Also, Schätzchen. Warum, in aller Welt, unterhältst du dich nicht mit Mark?«

»Ahm, na ja . . .«, murmelte ich.

»Was sagst du dazu, Pam?« zischte Una verkrampft und nickte in den Raum.

»Protzig«, flüsterte Mum und übertrieb ihre Lippenbewegungen wie Les Dawson.

»Genau, was ich gesagt habe«, sagte Una. »Hab' ich's nicht gesagt, Colin? Protzig.«

Ich blickte mich nervös um und zuckte vor Schreck zusammen. Dort, keinen Meter weit weg, stand Mark Darcy und sah zu uns her. Er mußte alles mitgehört haben. Ich machte den Mund auf, um etwas zu sagen – ich weiß nicht genau, was – und um die Situation zu entschärfen, doch er ging davon.

Das Dinner wurde im »Salon« im Erdgeschoß serviert, und ich stellte fest, daß ich in der Schlange auf der Treppe direkt hinter Mark Darcy stand.

»Hi«, sagte ich, in der Hoffnung, die Rüpelhaftigkeit meiner Mutter wiedergutzumachen. Er sah sich um, ignorierte mich komplett und sah wieder nach vorn.

»Hi«, sagte ich noch einmal und stupste ihn.

»Oh, hi, tut mir leid. Ich habe Sie nicht gesehen«, sagte er.

»Es ist eine tolle Party«, sagte ich. »Danke für die Einladung.«

Er starrte mich einen Augenblick lang an. »Oh, das war ich gar nicht«, sagte er. »Meine Mutter hat Sie eingeladen. Egal. Ich muß jetzt nach der, äh, Tischordnung sehen. Ihre Reportage von der Feuerwehr in Lewisham hat mir übrigens sehr gefallen.« Dann drehte er sich um und schritt nach oben, wo er mit verbindlicher Noblesse in der Menge der Gäste verschwand, während sich in mir alles drehte. Humpf.

Als ich am oberen Ende der Treppe angekommen war, tauchte Natasha in einem umwerfenden Wickelkleid aus goldenem Satin auf, packte besitzergreifend seinen Arm und stolperte in ihrer Hast über eine der Kerzen, wobei rotes Wachs unten an ihr Kleid spritzte. »Sseiße«, sagte sie. »Sone Sseiße!«

Während sie davongingen, hörte ich, wie sie ihn zur Schnecke machte. »Ich habe dir doch gesagt, daß es lächerlich ist, den ganzen Nachmittag damit zu verbringen, an gefährlichen Stellen Kerzen aufzustellen, über die die Leute fallen können. Du hättest deine Zeit besser darauf verwendet, dafür zu sorgen, daß die Tischordnung...«

Witzigerweise entpuppte sich die Tischordnung als ziemlich genial. Mum saß weder neben Dad noch neben Julio, sondern neben Brian Enderby, mit dem sie schon immer gern geflirtet hatte. Julio wurde an die Seite von Mark Darcys eleganter fünfundfünfzigjähriger Tante plaziert, die außer sich war vor Entzücken. Dad lief vor Freude rosarot an, weil er neben einer umwerfenden Doppelgängerin von Shakira Caine sitzen durfte. Ich war ganz aufgeregt. Vielleicht kam ich zwischen zwei von Marks tollen Freunden zu sitzen, Spitzenanwälten oder Amerikanern aus Boston vielleicht. Doch als ich meinen Namen auf der Tafel suchte, meldete sich neben mir eine vertraute Stimme zu Wort.

»Wie geht's denn meiner kleinen Bridget? Bin ich nicht ein Glückspilz? Schau mal, du sitzt direkt neben mir. Una hat mir erzählt, daß du dich von deinem Kerl getrennt hast. Ich weiß ja nicht! Tsas! Wann bringen wir dich endlich unter die Haube?«

»Tja, wenn es einmal soweit ist, darf ich hoffentlich die Trauung übernehmen«, sagte eine Stimme auf meiner anderen Seite. »Ich könnte eine neue Stola gebrauchen. Mmm. Apricotfarbene Seide. Oder vielleicht eine schicke Soutane mit neununddreißig Knöpfen von Gamirellis.«

Mark hatte mich aufmerksamerweise zwischen Geoffrey Alconbury und den schwulen Pfarrer gesetzt.

Allerdings war das Gespräch, nachdem wir erst einmal alle

ein paar Drinks intus hatten, keineswegs steif. Ich fragte den Pfarrer, was er von dem Wunder mit den indischen Statuen vom Elefantengott Ganesh hielt, die angeblich Milch aufsogen. Der Pfarrer antwortete, daß man in Kirchenkreisen der Meinung war, die Milch sei in der Hitze schlicht verdampft oder in den Ritzen der Tonskulptur versickert – oder beides.

Als sich die Tischgesellschaft auflöste und die Leute langsam nach unten gingen, wo bereits getanzt wurde, dachte ich über das nach, was er gesagt hatte. Von Neugier überwältigt und außerdem darauf bedacht, nicht mit Geoffrey Alconbury twisten zu müssen, entschuldigte ich mich, nahm mir unbemerkt einen Teelöffel und ein Milchkännchen vom Tisch und schlich mich in den Raum, wo die Geschenke bereits ausgepackt zur Schau gestellt waren und damit die von Una behauptete Neigung zum Protzigen bewiesen.

Es dauerte eine Weile, bis ich die Duftlampe aus Terrakotta gefunden hatte, da sie ganz weit nach hinten geschoben worden war, doch dann goß ich einfach ein wenig Milch auf den Teelöffel, kippte ihn und hielt ihn gegen den Rand der Öffnung, in die man die Kerze stellt. Ich konnte es nicht fassen. Die Duftlampe saugte Milch auf. Man konnte richtig zusehen, wie die Milch vom Teelöffel verschwand.

»Oh, mein Gott, es ist ein Wunder!« rief ich aus. Woher sollte ich wissen, daß in diesem Moment ausgerechnet Mark Darcy vorbeikommen mußte?

»Was machen Sie denn da?« fragte er und blieb in der Tür stehen.

Ich wußte nicht, was ich sagen sollte. Er dachte offenbar, ich versuchte, die Geschenke zu stehlen.

»Hmm?« sagte er.

»Die Duftlampe, die ich Ihrer Mutter gekauft habe, saugt Milch auf«, murmelte ich mürrisch.

»Oh, seien Sie doch nicht albern!« rief er lachend.

»Sie saugt wirklich Milch auf«, sagte ich indigniert. »Sehen Sie.«

Ich schüttete noch ein wenig Milch auf den Teelöffel, neigte ihn über die Duftlampe, und die Duftlampe saugte.

»Sehen Sie?« sagte ich. »Es ist ein Wunder.«

Just in diesem Moment erschien Natasha in der Türöffnung. »Oh, hi«, sagte sie, als sie mich sah. »Heute also nicht als Playboy-Häschen unterwegs«, bemerkte sie und stieß ein kleines Lachen aus, um ihren gehässigen Kommentar als witzigen Scherz zu bemänteln.

»Ehrlich gesagt, tragen wir Bunnys dieses Kostüm nur im Winter zum Warmhalten«, sagte ich.

»John Rocha?« fragte sie, während sie auf Judes Kleid starrte. »Aus der Kollektion vom letzten Herbst, nicht wahr? Das sehe ich doch schon am Saum.«

Ich hielt inne, um etwas ungemein Geistreiches und Bissiges zu erwidern, aber leider fiel mir nichts ein. Und so sagte ich nach einer etwas dümmlichen Pause: »Na egal, Sie wollen sicher unbedingt weiter. War nett, Sie wiederzusehen. Tschüsiii!«

Ich beschloß, nach draußen zu gehen, um ein bißchen frische Luft zu schnappen und eine zu rauchen. Es war eine herrlich laue, sternenklare Nacht, und der Mond schien hell auf die Rhododendronbüsche. Ich persönlich habe mir nie viel aus Rhododendren gemacht. Sie erinnern mich an viktorianische Landhäuser aus den Romanen von D. H. Lawrence. Die Bewohner derselben ertrinken gerne in Seen oder kommen auf andere Weise tragisch zu Tode. Ich schritt in den tiefer gelegenen Garten hinab. Von ferne Walzerklänge à la Fin de siècle. Auf einmal hörte ich über mir ein Geräusch. Eine Gestalt zeichnete sich vor den Terrassentüren ab. Es war ein blonder

Teenager, ein attraktiver Junge, der aussah wie aus einem teuren Internat entsprungen.

»Hi«, sagte der Junge. Unsicher steckte er sich eine Zigarette an und musterte mich, während er die Treppe herab auf mich zukam. »Sie hätten nicht vielleicht Lust zu tanzen? Oh. Ah. Tut mir leid«, sagte er und streckte die Hand aus, als wären wir beim Tag der offenen Tür in Eton und er ein ehemaliger Innenminister, der seine Manieren vergessen hatte: »Simon Dalrymple.«

»Bridget Jones«, sagte ich und streckte ihm steif die Hand entgegen, wobei ich mich fühlte wie ein Mitglied des Kriegskabinetts.

»Hi. Ja. Sehr erfreut, Sie kennenzulernen. Sollen wir? Tanzen meine ich«, sagte er und wurde wieder zum Eliteschüler.

»Tja, ich weiß nicht genau«, sagte ich und wurde wieder zum betrunkenen Flittchen, indem ich unwillkürlich ein heiseres Lachen ausstieß wie eine Prostituierte in Yates Wine Lodge.

»Ich meine hier draußen. Nur eine Minute.«

Ich zögerte. Offen gestanden fühlte ich mich geschmeichelt. Die ganze Situation, auch daß ich vor Mark Darcy ein Wunder hatte geschehen lassen, stieg mir langsam zu Kopf.

»Bitte«, bedrängte mich Simon. »Ich habe noch nie mit einer älteren Frau getanzt. Oje, tut mir leid, ich wollte nicht . . .«, fuhr er fort, als er mein Gesicht sah. »Ich meine, mit einer, die schon mit der Schule fertig ist«, sagte er und ergriff voller Leidenschaft meine Hand. »Hätten Sie etwas dagegen? Ich wäre Ihnen ganz überaus dankbar.«

Simon Dalrymple hatte anscheinend von Geburt an Unterricht in Gesellschaftstanz erhalten. Es war einfach schön, von ihm sanft geführt über den Rasen zu schweben. Das Problem war nur, daß er offensichtlich – nun ja, was soll ich sagen? –

die gewaltigste Erektion hatte, der zu begegnen ich je das Glück hatte, und da wir so eng miteinander tanzten, konnte ich sie auch nicht als Federmäppchen abtun.

»Ich übernehme jetzt, Simon«, sagte eine Stimme.

Es war Mark Darcy.

»Komm jetzt. Geh wieder rein. Du gehörst eigentlich schon längst ins Bett.«

Simon fiel irgendwie aus allen Wolken. Er lief feuerrot an und ging eilig zurück auf die Party.

»Darf ich?« fragte Mark und hielt mir die Hand hin.

»Nein«, sagte ich wütend.

»Was ist denn?«

»Ähm«, sagte ich und rang um eine Erklärung dafür, warum ich so wütend war. »Es war gemein, so mit dem Jungen umzuspringen. Warum mußten Sie sich so aufspielen und ihn derart demütigen? In diesem Alter sind sie so empfindlich!« Als ich seine verblüffte Miene sah, redete ich einfach weiter. »Obwohl ich wirklich froh bin, daß Sie mich auf Ihre Party eingeladen haben. Herrlich. Vielen herzlichen Dank. Ein phantastisches Fest.«

»Ja. Ich glaube, das haben Sie schon gesagt«, sagte er und wußte kaum, wo er hinsehen sollte. Ich hatte ihn ziemlich aus der Fassung gebracht, das stand mal fest.

»Ich . . .« Er hielt inne und begann, im Innenhof auf und ab zu gehen. Dabei seufzte er und fuhr mit der Hand durch die Haare. »Wie läuft's mit dem . . . Haben Sie in letzter Zeit irgendwelche guten Bücher gelesen?« Unglaublich.

»Mark«, sagte ich. »Wenn Sie mich noch einmal fragen, ob ich in letzter Zeit irgendwelche guten Bücher gelesen habe, reiße ich Ihnen den Kopf ab. Warum fragen Sie mich nicht etwas anderes? Variieren ein bißchen? Fragen Sie mich, ob ich Hobbys habe oder eine Meinung zur europäischen Währungsunion oder ob ich irgendwelche besonders verstörenden Erfahrungen mit Gummi gemacht habe.«

»Ich . . .«, begann er erneut.

»Oder wen ich wählen würde, wenn ich mit Douglas Hurd, Michael Howard oder Jim Davidson schlafen müßte. Ehrlich gesagt, konkurrenzlos Douglas Hurd.«

»Douglas Hurd?« wiederholte Mark.

»Mmm. Ja. Er ist so herrlich streng. Streng, aber fair.«

»Hmmm«, sagte Mark nachdenklich. »Das sagen Sie, aber Michael Howard hat eine überaus attraktive und intelligente Frau. Er muß irgendwelche verborgenen Reize besitzen.«

»Was denn wohl zum Beispiel?« fragte ich kindisch, in der Hoffnung, er würde etwas über Sex sagen.

»Tja . . .«

»Vielleicht ist er gut im Bett«, ergänzte ich.

»Oder ein phänomenal begabter Töpfer.«

»Oder ein diplomierter Aromatherapeut.«

»Möchten Sie mit mir essen gehen, Bridget?« fragte er unvermittelt und ziemlich barsch, als wolle er mich irgendwo an einen Tisch setzen, um mir endlich die Meinung sagen zu können.

Ich hielt inne und starrte ihn an. »Hat meine Mutter Sie dazu angestiftet?« fragte ich mißtrauisch.

»Nein . . . ich . . .«

»Una Alconbury?«

»Nein, nein . . .«

Plötzlich wurde mir klar, was los war. »Es war *Ihre* Mutter, stimmt's?«

»Na ja, meine Mutter hat . . .«

»Ich will nicht zum Essen ausgeführt werden, nur weil Ihre Mutter möchte, daß Sie das tun. Und überhaupt, worüber würden wir uns denn unterhalten? Sie würden mich doch bloß fragen, ob ich in letzter Zeit irgendwelche guten Bücher gelesen habe, und dann müßte ich wieder so tun als ob, und überhaupt...«

Er starrte mich bestürzt an. »Aber Una Alconbury hat mir erzählt, Sie seien eine Art literarisches Genie und völlig besessen von Büchern.«

»Tatsächlich?« sagte ich, mit einemmal recht angetan von dieser Vorstellung. »Was hat sie Ihnen denn sonst noch von mir erzählt?«

»Na ja, daß Sie eine radikale Feministin sind und ein unglaublich aufregendes Leben führen...«

»Oooh«, schnurrte ich.

»...und von Millionen von Männern ausgeführt werden.«

»Wie bitte?«

»Ich habe das mit Daniel gehört. Tut mir leid.«

»Immerhin haben Sie mich vor ihm gewarnt«, murmelte ich düster. »Was haben Sie denn eigentlich gegen ihn?«

»Er hat mit meiner Frau geschlafen«, erklärte er. »Zwei Wochen nach unserer Hochzeit.«

Ich starrte ihn entsetzt an. Über uns rief eine Stimme: »Markie!« Es war Natasha, eine schwarze Silhouette vor dem Licht. Angestrengt blickte sie in den dunklen Garten hinaus, um zu sehen, was dort vor sich ging.

»Markie!« rief sie noch einmal. »Was machst du denn da unten?«

»Letztes Jahr zu Weihnachten«, fuhr Mark eilig fort, »dachte ich, wenn meine Mutter noch ein einziges Mal den Namen ›Bridget Jones‹ in den Mund nimmt, gehe ich zu *Sunday People* und beschuldige sie, mich als Kind mit einer Fahrradpumpe mißbraucht zu haben. Und dann, als ich dich kennengelernt habe... und ich diesen lächerlichen Pullover mit dem Rautenmuster trug, den mir Una zu Weihnachten geschenkt hatte... Bridget, all die anderen Frauen, die ich kenne, sind so entsetzlich überkandidelt. Ich kenne sonst keine, die sich ein Bunny-Schwänzchen ans Höschen heften würde oder . . .«

»Mark!« schrie Natasha und kam die Treppe herunter auf uns zu.

»Aber du gehst doch mit jemandem«, sagte ich, womit ich nur auf einen unübersehbaren Tatbestand hinwies. Der Tatbestand kam übrigens schnell näher.

»Eigentlich nicht mehr«, sagte er. »Nur zum Essen? Irgendwann?«

»Okay«, flüsterte ich. »Okay.«

Dann dachte ich, es wäre wohl besser, allmählich nach Hause zu gehen, zumal mich Natasha so mißtrauisch beobachtete wie ein Krokodilweibchen, das seine Eier in Gefahr wähnt. Dann gab ich Mark Darcy noch meine Adresse mitsamt der Telefonnummer und verabredete mich mit ihm für nächsten Dienstag. Auf dem Weg durch den Tanzsaal sah ich Mum, Una und Elaine Darcy angeregt mit Mark plaudern – ich konnte nicht umhin, mir ihre Gesichter auszumalen, wenn sie wüßten, was sich gerade abgespielt hatte. Plötzlich hatte ich eine Vision vom Truthahnessen im nächsten Jahr, bei dem sich Brian Enderby die Hose am Bund hochzieht und tönt: »Harumpf. Schön zu sehen, wie sich die jungen Leute amüsieren, nicht wahr?« während Mark Darcy und ich gezwungen wären, für die versammelten Anwesenden allerlei Kunststückchen vorzuführen, oder vor aller Augen miteinander zu schlafen, ähnlich wie zwei dressierte Seehunde.

Dienstag, 3. Oktober

56 kg, Alkoholeinheiten 3 (s. g.), Zigaretten 21 (schlecht), Artikulation des Worts »Mistkerl« in den letzten vierundzwanzig Stunden ca. 369mal.

19.30 Uhr. Totale Panik. In einer halben Stunde kommt Mark Darcy und holt mich ab. Bin gerade mit zerzaustem Haar und in unvorteilhafter Wäschekrise-Kluft von der Arbeit nach Hause gekommen. Himmel hilf! Wollte eigentlich weiße 501 anziehen, aber plötzlich fällt mir ein, daß er der Typ sein könnte, der mich in ein beängstigend nobles Restaurant ausführt. O Gott, ich besitze überhaupt nichts, was irgendwie was hermacht. Ob er womöglich erwartet, daß ich mir das Bunny-Schwänzchen anstecke? Nicht daß ich an ihm interessiert wäre oder so.

19.50 Uhr. Ogottogott! Habe mir immer noch nicht die Haare gewaschen. Nur schnell ins Bad.

20 Uhr. Föne mir jetzt die Haare. Hoffe s., daß Mark Darcy zu spät kommt, da ich nicht möchte, daß er mich mit nassen Haaren und im Bademantel antrifft.

20.05 Uhr. Haar ist jetzt mehr oder weniger trocken. Muß dann nur noch Make-up auflegen, mich anziehen und das Chaos hinters Sofa stopfen. Muß Prioritäten setzen. Betrachte Make-up als am wichtigsten, dann Chaosbeseitigung.

20.15 Uhr. Immer noch nicht da. S. g. Stehe auf Männer, die zu spät kommen, in massivem Gegensatz zu Männern, die zu früh auftauchen, einen womöglich sogar überraschen und meine Wohnung als Müllhaufen vorfinden.

20.20 Uhr. Tja, bin jetzt so gut wie fertig. Aber vielleicht ziehe ich doch lieber etwas anderes an.

20.30 Uhr. Sehr seltsam. Sieht ihm gar nicht ähnlich, über eine halbe Stunde zu spät zu kommen.

21 Uhr. Kann es kaum fassen. Mark Darcy hat mich versetzt. Mistkerl!

Donnerstag, 5. Oktober

56,5 kg (schlecht), Schoko-Einheiten 4 (schlecht), außerdem 17mal das Video angesehen (schlecht).

11 Uhr. Auf dem Klo von *Good Afternoon!* Das darf doch nicht wahr sein. Nach dem erniedrigenden Debakel, versetzt worden zu sein, stand ich heute morgen bei der Besprechung auch noch völlig unfreiwillig im Mittelpunkt des Interesses.

»Okay, Bridget«, sagte Richard Finch. »Ich gebe dir noch eine Chance. Der Isabella-Rossellini-Prozeß. Das Urteil wird heute erwartet. Wir glauben, daß sie freigesprochen wird. Beweg deinen Hintern zum Gericht, und vergreif dich nicht an irgendwelchen Rutschstangen oder Laternenmasten, klar? Keine Kletternummern mehr! Ich will ein nüchternes Interview. Frag sie, ob jetzt jeder all die Leute abmurksen darf, mit denen er zufälligerweise nicht ins Bett will. Los, worauf wartest du noch, Bridget? Mach schon.«

Ich hatte keine Ahnung, ja nicht mal den Schimmer einer Vermutung, was er meinte.

»Du hast doch den Isabella-Rossellini-Prozeß verfolgt, oder nicht?« sagte Richard. »Du liest doch hin und wieder Zeitung?«

Das Problem in diesem Job ist, daß einem die Leute andauernd Namen und Geschichten um die Ohren hauen und einem nur der Bruchteil einer Sekunde bleibt, um zu entscheiden, ob man jetzt zugeben soll, daß man von alledem überhaupt keine Ahnung hat oder nicht. Wenn man diesen Moment verschläft, verbringt man die nächste halbe Stunde damit, herauszufinden, was es eigentlich ist, was man da so lang und breit und mit Kennermiene diskutiert. Genauso verhielt es sich mit Isabella Rossellini.

Und jetzt soll ich losziehen und mich in fünf Minuten mit einem angsteinflößenden Kamerateam vor dem Gericht treffen, um im Fernsehen über einen Fall zu berichten, von dem ich nicht das Geringste weiß.

11.05 Uhr. Gott sei Dank gibt es Patchouli. Kam gerade aus der Toilette, als sie von Richards Hunden vorbeigezogen wurde, die an ihren Leinen zerrten.

»Alles okay?« fragte sie. »Du siehst ein bißchen mitgenommen aus.«

»Nein, nein, alles bestens«, antwortete ich.

»Bist du sicher?« Sie musterte mich einen Augenblick lang. »Hör mal, dir ist schon klar, daß er bei der Besprechung nicht Isabella Rossellini gemeint hat, oder? Er meint nämlich Elena Rossini.«

Oh, Gott und all seinen Engeln im Himmel sei Dank. Elena Rossini ist die Kinderfrau, die angeklagt wurde, weil sie ihren Arbeitgeber umgebracht hat, nachdem er sie angeblich mehrmals vergewaltigt und achtzehn Monate lang praktisch unter Hausarrest gestellt hat. Ich schnappte mir ein paar Zeitungen, um mich zu informieren, und hüpfte in ein Taxi.

15 Uhr. Kann nicht glauben, was gerade passiert ist. Lungerte mit dem Kamerateam und einem ganzen Haufen von Reportern, die alle darauf warteten, daß der Prozeß zu Ende ging, eine Ewigkeit vor dem Gerichtsgebäude herum. War eigentlich ein Heidenspaß. Fing sogar an, die lustige Seite daran zu sehen, von Mr. Superslip Mark Darcy versetzt zu werden. Plötzlich merkte ich, daß mir die Zigaretten ausgegangen waren. Deshalb fragte ich diesen netten Kameramann, ob es seiner Meinung nach in Ordnung sei, wenn ich auf einen Sprung zum Laden hinübersauste, und er sagte, es sei okay, weil man immer vorgewarnt werde, wenn sie herauskämen, und sie mich holen würden, wenn es soweit war.

Als sie hörten, daß ich in den Laden ging, baten mich eine Menge Reporter, ihnen Zigaretten und Süßigkeiten mitzubringen, und so dauerte es eine Weile, bis alles erledigt war. Ich stand gerade im Laden und versuchte gemeinsam mit dem Ladenbesitzer, das viele Kleingeld auseinanderzuhalten, als ein Typ hereinkam, der es offenbar echt eilig hatte und sagte: »Könnten Sie mir bitte eine Schachtel Quality Street geben?«, als ob ich gar nicht da wäre. Der arme Ladenbesitzer sah mich hilflos an und wußte nicht, was er tun sollte.

»Entschuldigen Sie, aber von Anstellen halten Sie wohl nichts?« sagte ich so arrogant wie möglich und wandte mich um, um ihn anzusehen. Ich stieß ein sonderbares Geräusch aus. Es war Mark Darcy in seiner Anwaltsrobe. Er starrte mich nur auf seine merkwürdige Art an.

»Wo, zum Teufel, warst du gestern abend?« fragte ich.

»Dasselbe könnte ich dich fragen«, sagte er eisig.

In diesem Moment stürzte der Kameraassistent in den Laden. »Bridget!« brüllte er. »Wir haben das Interview verpaßt. Elena Rossini ist herausgekommen und gleich davongefahren. Hast du meine Minstrels bekommen?«

Sprachlos klammerte ich mich an der Ecke der Süßwarentheke fest.

»Verpaßt?« fragte ich, nachdem mir zunächst die Luft weggeblieben war. »Verpaßt? O Gott. Das war meine letzte Chance nach der Feuerwehrstange, und nun war ich Süßigkeiten kaufen. Jetzt werfen sie mich raus. Haben die anderen ein Interview bekommen?«

»Niemand hat ein Interview mit ihr bekommen«, sagte Mark Darcy.

»Nicht?« sagte ich und sah verzweifelt zu ihm auf. »Aber woher weißt du das?«

»Weil ich sie verteidigt habe und ihr gesagt habe, sie solle keine geben«, sagte er gelassen. »Schau, sie sitzt da draußen in meinem Wagen.«

Als ich hinausblickte, steckte Elena Rossini den Kopf aus dem Wagen und rief mit ausländischem Akzent: »Mark, entschuldigen Sie bitte. Bringen Sie mir bitte eine Dairy Box anstelle der Quality Street?« Genau in diesem Moment kam unser Kamerateam an.

»Derek!« plärrte der Kameramann aus dem Fenster. »Hol uns ein Twix und ein Lion, ja?«

»Wo warst du denn nun gestern abend?« fragte Mark Darcy.

»Ich hab' verdammt noch mal auf dich gewartet«, preßte ich zwischen den Zähnen hervor.

»Was, um fünf nach acht? Als ich zwölfmal an deiner Tür geläutet habe?«

»Ja, da habe ich . . .«, erwiderte ich, und langsam dämmerte mir etwas, »mir die Haare geföhnt.«

»Großer Fön?« fragte er.

»Ja, 1600 Volt, von Salon Selectives«, sagte ich stolz. »Warum?«

»Vielleicht solltest du dir einen leiseren Fön besorgen, oder ein bißchen früher mit deiner Toilette beginnen. Na, egal. Komm schon«, sagte er lachend, »und bring deinen Kameramann in Position, dann sehen wir mal, was ich für dich tun kann.«

O Gott. Wie peinlich. Bin absolute Vollidiotin.

21 Uhr. Kann nicht glauben, wie wunderbar sich alles entwikkelt hat. Habe gerade die Ankündigung für *Good Afternoon!* zum fünftenmal zurückgespult.

»Und jetzt exklusiv bei *Good Afternoon! –*«, heißt es da. »*Good Afternoon! –* die einzige Sendung, die Ihnen ein Exklusiv-Interview mit Elena Rossini zeigt, das wenige Minuten nach ihrem Freispruch aufgezeichnet wurde. Unsere Inlandskorrespondentin Bridget Jones bringt Ihnen diesen exklusiven Bericht.«

Ich *liebe* diese Stelle: »Unsere Inlandskorrespondentin Bridget Jones bringt Ihnen diesen exkusiven Bericht.«

Ich werde es nur noch einmal zurückspulen, dann lege ich es endgültig beiseite.

Freitag, 6. Oktober

57 kg (wg. Frust), Alkoholeinheiten 6 (wg. Problemen), Lose 6 (ebenfalls Frust), 1471-Anrufe, um festzustellen, ob Mark Darcy angerufen hat, 21 (natürlich nur aus Neugier), aber nur noch neunmal das Video angesehen (besser).

21 Uhr. Habe Mum gestern Nachricht hinterlassen, um ihr alles über meinen Superknüller zu erzählen, daher dachte ich, als sie heute abend anrief, sie wollte mir gratulieren, aber nein, sie faselte nur endlos von der Party. Una und Geoffrey dies, Brian und Mavis jenes, und wie wunderbar Mark sei, und warum ich nicht mit ihm geredet hätte etc. pp. Versuchung, ihr zu erzählen, was passiert ist, war beinahe übermächtig, doch ich schaffte es, mich zu beherrschen, indem ich mir die Folgen ausmalte: kreischende Ekstase über die Verabredung und brutaler Mord an der einzigen Tochter, wenn sie hört, wie es tatsächlich geendet hat.

Hoffe immer noch, er würde mich anrufen und nach dem Debakel mit dem Fön um ein zweites Rendezvous bitten. Vielleicht sollte ich ihm ein Briefchen schreiben, in dem ich ihm für das Interview danke und ihm sage, wie leid mir das mit dem Fön tut. Nicht, weil ich auf ihn stehe oder so. Ich bin einfach nur ein höflicher Mensch.

Donnerstag, 12. Oktober

57,5 kg (schlecht), Alkoholeinheiten 3 (voll im grünen Bereich), Zigaretten 13, Fetteinheiten 17 (frage mich, ob es möglich ist, den Fettgehalt des ganzen Körpers zu messen? Hoffe nicht), Lose 3 (geht so), 1471-Anrufe, um festzustellen, ob Mark Darcy bei mir angerufen hat, 12 (besser).

Humpf. Wutentbrannt infolge herablassenden Artikels von selbstgefälliger verheirateter Journalistin in der Zeitung. Schon die Schlagzeile war etwa so zartfühlend wie Frankie Howerds sexuelle Anspielungen: »Die Freuden des Singledaseins.«

»Sie sind jung, ehrgeizig und wohlhabend, aber ihr Leben verbirgt eine schmerzliche Einsamkeit... Wenn sie von der Arbeit nach Hause kommen, tut sich ein Abgrund, ein schwarzes Loch vor ihnen auf... Einsame, designbesessene Einzelgänger suchen Trost in kalorienreichen Fertiggerichten von der Sorte, wie ihre Mutter sie vielleicht gekocht haben mag.«

Huh! Die hat vielleicht Nerven. Woher weiß sie das eigentlich, diese selbstgefällige Ziege, die sich Gott weiß was darauf einbildet, daß sie mit zweiundzwanzig schon verheiratet war, vielen herzlichen Dank?

Ich werde einen Artikel schreiben, der auf »Dutzenden von Gesprächen« mit selbstgefälligen Ehefrauen basiert: »Wenn sie von der Arbeit kommen, brechen sie regelmäßig in Tränen aus, weil sie, obwohl sie völlig erschöpft sind, Kartoffeln schälen und die ganze Wäsche in die Maschine stopfen müssen, während ihre feisten, aufgeschwemmten Ehemänner rülpsend vor dem Fernseher hocken und gnadenlos nach ihrem Fressen schreien. An anderen Abenden fallen sie mit unmodernen Kittelschürzen in große schwarze Löcher, nachdem ihre Ehemänner angerufen und gesagt haben, daß sie wieder Überstunden machen müßten, obwohl Geräusche von quietschender Lederkleidung und sexy Singlefrauen, die im Hintergrund kichern, eine ganz andere Geschichte erzählen.«

Treffe mich nach der Arbeit mit Sharon, Jude und Tom. Auch Tom hat an einem wütenden imaginären Artikel über die Abgründe der schwarzen Löcher der selbstgefälligen Verheirateten gearbeitet.

»Ihr Einfluß wirkt sich auf alles aus, von der Art der Häuser, die gebaut werden, bis hin zu der Auswahl an Lebensmitteln, die man im Supermarkt bekommt«, so Toms wütender, wenn auch ungeschriebener Artikel. »Überall finden wir Anne-Summers-Läden für Hausfrauen, die in jämmerlicher Weise versuchen, das aufregende Sexualleben der Singles nachzuahmen, und immer noch ausgefallenere Lebensmittel bei Marks & Spencer für erschöpfte Paare, die versuchen, so zu tun, als säßen sie wie Singles in einem netten Restaurant und müßten nicht hinterher den Abwasch machen.«

»Ich habe die Schnauze voll von diesem bigotten Getue über das Leben der Singles!« tobte Sharon.

»Du hast die Flachswichserei vergessen«, rülpste Jude. »Andauernd diese Flachswichserei.«

»Auf jeden Fall sind wir nicht einsam. Wir leben praktisch in einer Großfamilie, haben einen Freundeskreis, der telefonisch immer erreichbar ist«, sagte Tom.

»Ja! Hurra! Singles sollten sich nicht permanent für ihre Existenz entschuldigen müssen. Sie verdienen gesellschaftliche Anerkennung – so ähnlich wie die Geishas in Japan«, rief ich fröhlich und schlürfte von meinem Glas chilenischen Chardonnay.

»Geishas?« sagte Sharon und musterte mich kalt.

»Halt die Klappe, Bridge«, lallte Tom. »Du bist betrunken. Du versuchst nur, aus deinem Abgrund von Einsamkeit in den Suff zu flüchten.«

»Okay, aber Shazzer macht verflucht noch mal das gleiche«, sagte ich beleidigt.

»Mach' ich nich«, widersprach Sharon.

»Machsu verdammpnochmal doch«, sagte ich.

»Hört mal. Seid doch mal still«, sagte Jude und rülpste erneut. »Solln wer noch 'ne Pulle Chardonnay kippen?«

Freitag, 13. Oktober

58,5 kg (bin aber vorübergehend zur Weinsäuferin geworden), Alkoholeinheiten 0 (Wein ist kein Alkohol, sondern ein Nahrungsmittel), Kalorien 0 (s. g.)★.

★Kann eigentlich genausogut ehrlich sein. Ist nicht wirklich s. g., weil nur 0, da ich 5876 Kalorien direkt nach dem Essen wieder ausgekotzt habe.

O Gott, ich bin ja so einsam. Ein ganzes Wochenende liegt vor mir, und ich habe niemanden zum Lieb- oder Spaßhaben. Na, egal, was soll's. Ich habe einen wunderbaren gedünsteten Ingwerpudding von M & S für die Mikrowelle.

Sonntag, 15. Oktober

57 kg (besser), Alkoholeinheiten 5 (aber spezieller Anlaß), Zigaretten 16, Kalorien 2456, mit Denken an Mr. Darcy verbrachte Minuten 245.

8.55 Uhr. Bin gerade noch mal kurz Zigaretten holen gegangen, bevor ich mich für *Stolz und Vorurteil* auf BBC umgezogen habe. Kaum zu glauben, daß so viele Autos unterwegs sind. Müßten nicht alle zu Hause sein und sich bereit machen? Finde es herrlich, daß das ganze Land so süchtig ist. Die Grundlage meiner eigenen Sucht, ich weiß es, ist mein schlichtes menschliches Bedürfnis danach, daß Darcy etwas mit Elizabeth anfängt. Tom sagt, der Fußballguru Nick Hornby behauptet in seinem Buch, daß die männliche Fußballbegeisterung keine Ersatzbefriedigung sei. Die vom Testosteron aufgepeitschten Fans wünschen sich nicht selbst aufs Spielfeld, meint Hornby, sondern sehen ihr Team als ihre auserwählten Repräsentanten, so ähnlich wie im Parlament. Genauso empfinde ich in bezug auf Darcy und Elizabeth. Sie sind meine auserwählten Repräsentanten auf dem Gebiet des Knutschens oder vielmehr der jungen Liebe. Allerding möchte ich keine wirklichen Tore sehen. Es wäre mir ein Greuel, Darcy und Elizabeth im Bett zu sehen oder wie sie danach eine Zigarette rauchen. Es wäre irgendwie fast pervers, und ich glaube nicht, daß mir die Geschichte dann noch gefiele.

10.30 Uhr. Gerade hat Jude angerufen, und wir haben zwanzig Minuten damit verbracht, »Hachach, dieser Mr. Darcy« zu hauchen. Ich liebe seine Art zu sprechen, so als sei ihm alles gleichgültig. *Allerliebst!* Dann hatten wir eine lange Diskussion über die jeweiligen Vorzüge von Mr. Darcy und Mark Darcy, wobei wir uns beide darin einig waren, daß Mr. Darcy attraktiver war, weil er ungehobelter war. Störend war nur, daß Mr. Darcy eine fiktive Figur ist. Aber man kann wohl nicht alles haben.

Montag, 23. Oktober

58 kg, Alkoholeinheiten 0, (s. g., habe leckeres, neues Alkoholersatzgetränk namens Smoothies entdeckt – s. angenehm und fruchtig), Zigaretten 0 (Smoothies beseitigt Bedürfnis nach Zigaretten), Smoothies 22, Kalorien 4265 (davon 4135 Smoothies).

Uäh. Wollte mir gerade *Panorama* ansehen. Thema: »Die neuen Yuppie-Frauen – sie schnappen sich die besten Stellen« (ich bete zum Herrn im Himmel und all seinen Seraphim, daß ich bald auch zu ihnen gehöre): »Besteht die Lösung darin, die Lehrpläne der Schulen zu ändern?« Dann stieß ich im *Standard* auf ein Foto von Darcy und Elizabeth – gräßlich, gekleidet wie ein modernes Pärchen und auf einer Wiese ineinander verschlungen: sie eine blonde Nobeltussi in einem Hosenanzug aus Leinen, er in gestreiftem Polohemd und Lederjacke und mit einem schmalen Menjoubärtchen.

Offensichtlich schlafen sie doch bereits miteinander. Es ist durch und durch abstoßend. Bin durcheinander und voller Sorge, denn bestimmt wäre der richtige Mr. Darcy niemals nur ein blöder, eitler Schauspieler. Und doch *ist* Darcy Schauspieler. Hmmm. Alles sehr verwirrend.

Dienstag, 24. Oktober

58,5 kg (diese dämlichen Smoothies), Alkoholeinheiten 0, Zigaretten 0, Smoothies 32.

In der Arbeit läuft's sagenhaft. Seit dem Interview mit Elena Wie-hieß-sie-noch-mal kann ich anscheinend nichts mehr falsch machen.

»Los! Los! Rosemary West!« drängte Richard Finch, als ich ins Büro kam (offen gestanden ein bißchen zu spät, aber das kann ja mal passieren), und hielt die Fäuste in die Höhe wie ein Boxer. »Ich denke an lesbische Vergewaltigungsopfer, ich denke an Jeanette Winterson, ich denke an einen Arzt in *Good Afternoon!*, ich frage mich, was Lesben tatsächlich machen. Das ist es! Was *machen* Lesben eigentlich im Bett?« Plötzlich sah er mich unverwandt an.

»Weißt *du* es?« Alle starrten mich an. »Los doch, Bridget, du verdammte Schlafmütze!« brüllte er ungeduldig. »Was machen Lesben im Bett?«

Ich holte tief Luft. »Offen gestanden finde ich, wir sollten über die Liebesgeschichte zwischen Darcy und Elizabeth berichten. Was alles so hinter den Kulissen abgeht, dachte ich.«

Er musterte mich langsam vom Scheitel bis zur Sohle. »Brillant«, sagte er ehrfürchtig. »Absolut verflucht brillant. Okay. Die Schauspieler, die Darcy und Elizabeth verkörpern? Los, los«, drängte er und boxte in Richtung auf die Versammelten.

»Colin Firth und Jennifer Ehle«, sagte ich.

»Du, mein Schatz«, sagte er zu einer meiner Brüste, »bist ein absolut verfluchtes Genie.«

Ich hatte schon immer gehofft, daß ich mich als Genie entpuppen würde, aber nie geglaubt, daß es mir tatsächlich vergönnt sein würde – oder meiner linken Brust.

NOVEMBER

Ein kriminelles Familienmitglied

Mittwoch, 1. November

56,75 kg (jaaa! jaaa!), Alkoholeinheiten 2 (s.g.), Zigaretten 4 (konnte allerdings bei Tom nicht rauchen, um nicht aus Versehen sein Kostüm für die Alternative Miss World in Brand zu stecken), Kalorien 1848 (g.), Smoothies 12 (na, wer sagt's denn?)

Bin nur kurz zu Tom hinübergegangen, um das Mark-Darcy-Szenario zu besprechen. Habe Tom allerdings wegen der bevorstehenden Wahl zur Alternativen Miss World in absoluter Auflösung angetroffen. Nachdem er schon vor Ewigkeiten beschlossen hatte, als »Miss Globale Erwärmung« zu gehen, war nun sein Selbstwertgefühl ins Wanken geraten.

»Ich habe nicht den Hauch einer Chance«, sagte er, blickte in den Spiegel und stolzierte dann zum Fenster. Er trug eine Polyesterkugel, die wie ein Globus bemalt war, auf der jedoch die Polkappen wegschmolzen und über Brasilien ein großer Brandfleck lag. In einer Hand hielt er ein Stück tropisches Hartholz und ein Deospray, in der anderen ein undefinierbares, pelziges Ding, von dem er behauptete, es sei ein toter Ozelot. »Findest du, daß ich ein Melanom bräuchte?« fragte er.

»Soll es ein Schönheits- oder ein Kostümwettbewerb sein?«

»Das ist es ja, ich weiß es nicht, niemand weiß das«, klagte Tom und warf seinen Kopfputz ab – einen Miniaturbaum, den er während des Wettbewerbs in Brand stecken wollte. »Es ist beides. Es ist alles. Schönheit. Originalität. Künstlerische Wirkung. Es ist alles lächerlich unklar.«

»Muß man schwul sein, um mitzumachen?« fragte ich und spielte mit einem Stückchen Polyester herum.

»Nein. Jeder kann mitmachen: Frauen, Tiere, alles. Das ist ja genau das Problem«, sagte er und stolzierte wieder zum Spiegel zurück. »Manchmal glaube ich, ich hätte mit einem richtig selbstbewußten Hund bessere Gewinnchancen.«

Schließlich einigten wir uns darauf, daß das Thema »Globale Erwärmung« zwar an sich unangreifbar war, die Polyesterkugel aber vielleicht nicht die schmeichelhafteste Form von Abendbekleidung abgab. Am Ende gelangten wir zu der Überzeugung, daß uns eher eine Art fließendes Gewand aus changierender Seide in Yves-Klein-Blau vorschwebte, das über Abgasgrau und Erdbraun wehte und so das Abschmelzen der Polkappen symbolisieren sollte.

Ich kam zu dem Schluß, daß ich im Moment von Tom keine umfassende Anteilnahme in Sachen Mark Darcy erwarten konnte, und so entschuldigte ich mich, bevor es zu spät wurde, und versprach, intensiv über Bade- und Alltagsmode nachzudenken.

Zu Hause angekommen, rief ich Jude an, aber sie fing sofort an, mir von einer wundervollen neuen fernöstlichen Technik namens Feng Shui aus der aktuellen *Cosmopolitan* vorzuschwärmen. Angeblich sorgt Feng Shui dafür, daß man im Leben alles bekommt, was man sich wünscht. Und offenbar braucht man dafür nur sämtliche Schränke in der Wohnung auszumisten (baut die psychischen Blockaden ab). Dann teilt man die Wohnung in neun Abschnitte auf (Kartographieren des Ba-gua genannt), von denen jeder einen anderen Lebensbereich symbolisiert: Beruf, Familie, Beziehungen, Reichtum oder Nachkommen zum Beispiel. Was man im jeweiligen Abschnitt seiner Wohnung aufbewahrt, bestimmt, was in diesem speziellen Lebensbereich vor sich geht. Wenn man zum Beispiel ständig feststellen muß, daß man kein Geld hat, könnte es daran liegen, daß man in seiner Reichtumsecke einen Papierkorb stehen hat.

S. angetan von der neuen Theorie, da sie vieles erklären könnte. Beschließe, bei nächster Gelegenheit die *Cosmopolitan* zu erstehen. Jude hat gesagt, ich solle Sharon nichts davon erzählen, da sie selbstverständlich der Meinung ist, Feng Shui sei Schwachsinn. Schließlich habe ich es geschafft, das Gespräch auf Mark Darcy zu bringen.

»Aber *natürlich* stehst du nicht auf ihn, Bridge. Wie auch?« sagte Jude. Sie meinte, die Lösung läge auf der Hand: Ich solle eine Dinner-Party veranstalten und ihn einladen.

»Das ist ideal«, sagte sie. »Es ist nicht das gleiche, wie ihn um eine Verabredung zu bitten, dadurch fällt der ganze Druck weg, du kannst dich hemmungslos in Szene setzen, und all deine Freunde werden so tun, als fänden sie dich umwerfend.«

»Jude«, sagte ich verletzt, »hast du gesagt, ›so tun‹?«

Freitag, 3. November

58 kg (humpf), Alkoholeinheiten 2, Zigaretten 8, Smoothies 13, Kalorien 5245.

11 Uhr. Ganz begeistert von Dinner-Party. Habe phänomenales neues Kochbuch von Marco Pierre White gekauft. Verstehe endlich den simplen Unterschied zwischen häuslicher Küche und Restaurantessen. Wie Marco sagt, hängt es alles mit der sogenannten Geschmacks*konzentration* zusammen. Das Geheimnis von Soßen liegt, abgesehen von der Geschmackskonzentration, in echter Brühe. Man muß lediglich riesige Töpfe Fischgräten, Hühnerskelette etc. kochen und sie dann in kleinen Portionen einfrieren. Dann wird das Kochen auf Michelinstern-Niveau so einfach wie die Zubereitung von Hackfleischauflauf: ja, sogar einfacher, da man keine Kartoffeln schälen muß, sondern sie nur in Gänseschmalz einzulegen braucht. Kann nicht fassen, daß ich da nicht schon längst draufgekommen bin.

Werde folgendes Menü zubereiten:

Velouté von Stangensellerie (ganz einfach und billig, wenn Brühe vorher gemacht).

Gegrillte Thunfischsteaks auf Velouté von Cocktailtomaten mit Confit von Knoblauch und zartschmelzenden Kartoffeln.

Orangenconfit. Crème Anglaise au Grand Marnier.

Wird traumhaft werden. Werde als brillante, aber offenbar völlig unangestrenge Köchin gerühmt werden.

Die Leute werden sich auf meinen Dinner-Partys drängen und begeistert schwärmen: »Es ist einfach toll, von Bridget eingeladen zu werden. Man ißt auf Michelinstern-Niveau und kann sich unterhalten wie in einer Künstlerkneipe.« Mark Darcy wird s. beeindruckt sein und erkennen, was alles in mir steckt. Blieb ihm bisher womöglich umständehalber verborgen.

Sonntag, 5. November

57 kg (Katastrophe), Zigaretten 32, Alkoholeinheiten 6 (im Laden sind die Smoothies ausgegangen – lausiger Service). Kalorien 2266, Lose 4.

19 Uhr. Humpf. Heute Funkenfeuernacht, und ich bin zu keinem einzigen Funkenfeuer eingeladen. Überall zischen jetzt die Raketen hoch, Gemeinheit. Schaue jetzt bei Tom vorbei.

23 Uhr. Sauguter Abend bei Tom, der sich bemüht hat, mit der Tatsache fertigzuwerden, daß der Titel der Alternativen Miss World an die blöde Jungfrau von Orleans verliehen wurde.

»Was mich wirklich auf die Palme bringt, ist, daß sie behaupten, es sei kein Schönheitswettbewerb, aber in Wirklichkeit ist es einer. Ich meine, ich bin mir sicher, wenn ich nicht diese Nase hätte . . .«, maulte Tom und betrachtete sich wütend im Spiegel.

»Was?«

»Meine Nase.«

»Was stimmt nicht mit ihr?«

»Was mit ihr nicht stimmt? Ich bitte dich! Schau sie dir doch mal an!«

Es stellte sich heraus, daß sie einen ganz, ganz winzigen Höcker an einer Stelle hatte, wo ihm jemand mal ein Glas ins Gesicht gestoßen hatte, als er siebzehn war. »Siehst du, was ich meine?«

Wie ich ihm erklärte, hatte ich das Gefühl, daß der Höcker an sich nicht daran schuld war, daß ihm die Jungfrau von Orleans den Titel buchstäblich vor der Nase weggeschnappt hatte, es sei denn, die Juroren hatten ein Hubble-Teleskop benutzt. Schließlich meinte Tom noch, er wäre zu dick und müsse unbedingt mit einer Diät anfangen.

»Wie viele Kalorien darf man denn zu sich nehmen, wenn man eine Diät macht?« wollte er wissen.

»Etwa tausend. Also, ich strebe immer tausend an und lande dann bei ungefähr fünfzehnhundert«, sagte ich, wobei mir noch im selben Moment klar wurde, daß auch letzteres nicht der Wahrheit entsprach.

»Tausend?« sagte Tom ungläubig. »Aber ich dachte immer, man bräuchte schon zweitausend, nur um zu überleben.«

Ich sah ihn fassunglos an. Offensichtlich war ich schon seit so vielen Jahren auf Diät, daß die Vorstellung, man bräuchte zum Überleben tatsächlich Kalorien, komplett aus meinem Bewußtsein gelöscht war. Ich habe den Punkt erreicht, an dem man glaubt, die ideale Ernährung bestünde darin, überhaupt nichts mehr zu sich zu nehmen, und der einzige Grund, warum die Menschen noch essen, sei der, daß sie zu gierig sind, um ihre Diät durchzuhalten.

»Wie viele Kalorien hat ein gekochtes Ei?« fragte Tom.

»Fünfundsiebzig.«

»Eine Banane?«

»Groß oder klein?«

»Klein.«

»Geschält?«

»Ja.«

»Achtzig«, sagte ich voller Überzeugung.

»Eine Olive?«

»Schwarz oder grün?«

»Schwarz.«

»Neun.«

»Hobnob?«

»Einundachtzig.«

»Eine Schachtel Milk Tray?«

»Zehntausendachthundertsechsundneunzig.«

»Woher weißt du denn das alles?«

Ich überlegte. »Ich weiß es einfach, so wie man das Alphabet auswendig weiß oder das kleine Einmaleins.«

»Okay. Neun mal acht«, sagte Tom.

»Vierundsechzig. Nein, sechsundfünfzig. Zweiundsiebzig.«

»Welcher Buchstabe kommt vor J? Schnell.«

»P. L, meine ich.«

Tom sagt, ich hätte sie nicht mehr alle, aber zufällig weiß ich sicher, daß ich normal bin und nicht anders als alle anderen,

d. h. Sharon und Jude. Offen gestanden mache ich mir ziemliche Sorgen um Tom. Ich glaube, seine Teilnahme an dem Schönheitswettbewerb läßt ihn langsam an dem Druck zerbrechen, dem wir Frauen schon seit ewigen Zeiten unterworfen sind. Er wird unsicher, ist nur noch auf sein Aussehen fixiert und kämpft mit der Magersucht.

Der Abend gipfelte darin, daß Tom sich selbst auf andere Gedanken brachte, indem er von der Dachterrasse in den Garten der Leute unter ihm Raketen abschoß. Angeblich wohnen da Schwulenhasser.

Donnerstag, 9. November

56,5 kg (besser ohne Smoothies), Alkoholeinheiten 5 (besser als Blähbauch wg. dem Fruchtzeugs), Zigaretten 12, Kalorien 1456 (hervorragend).

S. aufgeregt wegen der Dinner-Party. Für Dienstag nächste Woche ausgemacht. Das ist die Gästeliste:

Jude	Richard der Gemeine
Shazzer	
Tom	Jerome der Eingebildete
	(es sei denn, wir haben Glück und sie sind
	nächsten Dienstag wieder mal auseinander)
Magda	Jeremy
Ich	Mark Darcy

Mark Darcy schien sehr erfreut zu sein, als ich ihn anrief.

»Was willst du denn kochen?« fragte er. »Kannst du gut kochen?«

»Ach, weißt du . . .«, begann ich. »Offen gestanden koche ich meistens nach Marco Pierre White. Es ist verblüffend, wie einfach es sein kann, wenn man sich konsequent um Geschmackskonzentration bemüht.«

Er lachte und sagte: »Tja, mach bloß nichts allzu Kompliziertes. Vergiß nicht, daß alle kommen, um *dich* zu besuchen, nicht um Parfaits im Zuckernetz zu essen.«

Daniel hätte nie etwas so Nettes gesagt. Freue mich s. auf die Dinner-Party.

Samstag, 11. November

56 kg, Alkoholeinheiten 4, Zigaretten 35 (Krise), Kalorien 456 (Essen abgewöhnt).

Tom ist verschwunden. Habe heute morgen angefangen, mich um ihn zu ängstigen, als Sharon anrief und sagte, sie würde es zwar nicht auf das Leben ihrer Mutter schwören, aber sie hätte am Donnerstag abend aus dem Fenster eines Taxis gesehen, wie er mit einer Hand über dem Mund und – so schien es ihr – einem blauen Auge den Ladbroke Grove entlangging. Bis sie den Taxifahrer zum Umkehren bewogen hatte, war Tom verschwunden. Sie hatte ihm gestern zwei Nachrichten auf seinem Anrufbeantworter hinterlassen und gefragt, ob mit ihm alles in Ordnung sei, aber er hatte nicht zurückgerufen.

Während sie noch redete, wurde mir mit einemmal klar, daß ich selbst Tom am Mittwoch aufs Band gesprochen und ihn gefragt hatte, ob er am Wochenende da sei. Er hatte sich auch bei mir nicht gemeldet, was absolut untypisch für ihn ist. Hektisches Telefonieren war die Folge. Ich ließ es eine Ewigkeit klingeln: Kein Tom. Dann rief ich Jude an, die sagte, sie hätte auch nichts von ihm gehört. Schließlich versuchte ich es bei Toms eingebildetem Jerome: nichts. Jude sagte, sie werde Simon anrufen, der nur eine Straße von Tom entfernt wohnt, und ihn bitten, kurz hinüberzugehen. Zwanzig Minuten später rief sie wieder an und berichtete, daß Simon tausendmal bei Tom geklingelt und sogar gegen die Tür gehämmert hatte, aber es habe niemand aufgemacht. Dann rief Sharon wieder an. Sie hatte mit Rebecca gesprochen, die glaubte, Tom würde zum Mittagessen zu Michael gehen. Ich rief Michael an, der erzählte, Tom habe ihm mit verzerrter Stimme eine wirre Nachricht auf den Anrufbeantworter gesprochen, der nur zu entnehmen war, daß er nicht kommen könne. Warum, blieb unklar.

15 Uhr. Langsam packt mich wirklich die Panik, und zugleich genieße ich es, im Mittelpunkt des Dramas zu stehen. Bin praktisch Toms beste Freundin, also rufen alle bei mir an, und ich gebe mich zugleich gefaßt und doch tief betroffen. Plötzlich fällt mir ein, daß er vielleicht einfach nur jemanden kennengelernt hat und sich ein paar Tage lang in einem flitterwochenartigen Liebesnest vergnügt. Vielleicht war es gar nicht Tom, den Sharon gesehen hatte, oder das blaue Auge war nur das Produkt lebhafter, überschäumender, jugendlicher Sexspiele oder eine Art postmodernes, ironisch-retrospektives Rocky-Horror-Show-Make-up. Muß noch mehr Anrufe tätigen, um neue Theorie zu erhärten.

15.30 Uhr. Allgemeine Überzeugung macht neue Theorie zunichte, da man sich weitgehend darin einig ist, daß Tom unmöglich einen neuen Mann kennengelernt, geschweige denn eine Affäre angefangen haben kann, ohne bei allen anzurufen und damit zu prahlen. Weiß nichts dagegen einzuwenden. Abstruse Gedanken ziehen mir durch den Kopf. Es läßt sich nicht leugnen, daß Tom in letzter Zeit etwas daneben war. Ich frage mich allmählich, ob ich wirklich eine gute Freundin bin. Wir in London sind alle so egoistisch und dauernd mit etwas anderem beschäftigt. Wäre es möglich, daß einer meiner Freunde so unglücklich ist, daß er . . . ooh, *da* habe ich also die neue *Marie Claire* hingelegt: oben auf den Kühlschrank!

Beim Durchblättern der *Marie Claire* fing ich an, mir Toms Beerdigung auszumalen und darüber nachzudenken, was ich anziehen würde. Aargh, plötzlich fiel mir der Abgeordnete wieder ein, der mit Schläuchen um den Hals und einer Schokoorange im Mund oder so in einem Müllsack ums Leben gekommen war. Frage mich, ob Tom auch auf so perverse Sexspiele stand. Er hätte uns ruhig davon erzählen können.

17 Uhr. Habe gerade noch einmal Jude angerufen.

»Glaubst du, wir sollten die Polizei verständigen, damit sie die Tür aufbricht?« fragte ich.

»Ich habe sie bereits angerufen«, antwortete Jude.

»Was haben sie denn gesagt?« Ich war etwas sauer, daß Jude die Polizei angerufen hatte, ohne es vorher mit mir abzusprechen. Ich bin Toms beste Freundin, nicht Jude.

»Sie schienen nicht besonders beeindruckt zu sein. Sie sagten, wenn wir ihn bis Montag nicht gefunden hätten, solle ich wieder anrufen. Das ist ja verständlich. Es wirkt eben doch ein bißchen hysterisch, wenn man meldet, daß ein neunundzwanzigjähriger Single am Samstag morgen nicht zu Hause ist und außerdem nicht zu einem Mittagessen aufgetaucht ist, das er ohnehin zuvor abgesagt hat.«

»Trotzdem stimmt irgend etwas nicht, das weiß ich einfach«, sagte ich mit geheimnisvoller, unheilschwangerer Stimme und erkannte zum erstenmal, wie überaus hochentwickelt doch mein Instinkt und meine Intuition sind.

»Ich weiß, was du meinst«, sagte Jude düster. »Ich spüre es auch. Es ist eindeutig etwas faul.«

19 Uhr. S. ungewöhnlich. Nachdem ich mit Jude gesprochen hatte, war ich außerstande, einkaufen zu gehen oder mir mit vergleichbar banalen Sachen die Zeit zu vertreiben. Dachte, dies könnte der ideale Zeitpunkt für das Feng Shui sein, also ging ich los und kaufte mir die *Cosmopolitan*. Vorsichtig und mit Hilfe der Zeichnung aus dem Heft kartographierte ich das Ba-gua meiner Wohnung. Blitzartig überfiel mich eine schreckliche Erkenntnis. In meiner Hilfsbereite-Freunde-Ecke stand ein Papierkorb. Kein Wunder, daß der verdammte Tom verschwunden war.

Rasch rief ich Jude an, um ihr davon zu berichten. Jude sagte, ich solle den Papierkorb umstellen.

»Wohin denn?« wollte ich wissen. »Ich stelle ihn nicht in meine Beziehungs- oder Kinderecke.«

Jude sagte, ich solle dran bleiben, sie würde einen Blick in die *Cosmopolitan* werfen.

»Wie wär's mit Reichtum?« fragte sie, als sie zurückkam.

»Hmmm, ich weiß nicht, wo doch jetzt bald Weihnachten ist und so«, sagte ich und fühlte mich bereits im selben Moment richtig fies.

»Tja, wenn du so denkst. Ich meine, vermutlich mußt du sowieso ein Geschenk weniger kaufen...«, sagte Jude vorwurfsvoll.

Schließlich beschloß ich, den Papierkorb in meine Wissensecke zu stellen, und ging in den Gemüseladen, um ein paar Pflanzen mit runden Blättern zu erstehen, die ich in die Familie-und-hilfsbereite-Freunde-Ecke stellte (Pflanzen mit spitzen Blättern und vor allem Kakteen sind schädlich). Holte gerade einen Übertopf unter der Spüle hervor, als ich ein klirrendes

Geräusch vernahm. Plötzlich schlug ich mir selbst gegen die Stirn. Es waren Toms Ersatzschlüssel, die ich seit seiner Ibizareise hatte.

Einen Moment lang erwog ich, *ohne Jude* hinüberzugehen. Ich meine, sie hat ja auch die Polizei verständigt, ohne mir etwas zu sagen, oder? Aber dann kam es mir doch zu gemein vor, also rief ich sie an, und wir beschlossen, Shazzer zu fragen, ob sie auch mitkommen wolle, weil sie als erste Alarm geschlagen hatte.

Spätestens als wir in Toms Straße einbogen, konnte ich mir nicht mehr vorstellen, daß mir die tragische Rolle gefiel, wenn mich später die Zeitungen interviewten. Glücklicherweise erlöste mich der neue Realitätssinn auch von der parallel dazu aufkeimenden Angst, die Polizei könnte zu dem Schluß kommen, ich hätte Tom ermordet. Plötzlich war es kein Spiel mehr. Vielleicht war tatsächlich etwas Schreckliches passiert.

Wir sagten kein Wort und sahen einander nicht an, als wir die Treppe hinaufstiegen.

»Solltest du nicht vorher klingeln?« flüsterte Sharon, als ich den Schlüssel auf das Schloß zuführte.

»Ich mach's«, sagte Jude. Sie warf uns einen kurzen Blick zu und drückte auf die Klingel.

Schweigend standen wir da. Nichts. Sie drückte wieder. Ich wollte gerade den Schlüssel ins Schloß stecken, als sich jemand über die Sprechanlage meldete. »Hallo?«

»Wer ist da?« fragte ich mit zitternder Stimme.

»Was glaubst du wohl, wer da ist, du dußlige Kuh?«

»Tom!« rief ich hocherfreut. »Laß uns rein.«

»Wer ist uns?« fragte er mißtrauisch.

»Ich, Jude und Shazzer.«

»Es wäre mir lieber, ihr würdet nicht heraufkommen, Schätzchen, ehrlich.«

»Oh, zum Teufel noch mal«, sagte Sharon und drängte sich an mir vorbei. »Tom, du verfluchte, bescheuerte Schwuchtel, du hast ja nur halb London verrückt gemacht, einschließlich der Polizei, die nämlich bereits nach dir sucht, weil kein Mensch weiß, wo du bist. Jetzt laß uns verdammt noch mal rein.«

»Ich will niemanden sehen außer Bridget«, sagte Tom gereizt. Selig strahlte ich die anderen an.

»Sei nicht so eine blöde Primadonna!« fauchte Shazzer.

Schweigen.

»Komm schon, du doofer Heini. Laß uns rein.«

Kurzes Schweigen, dann machte der Türöffner »bsss«.

»Ihr müßt jetzt sehr stark sein«, ertönte Toms Stimme, als wir im obersten Stockwerk ankamen und er die Tür öffnete.

Wir stießen alle drei einen Schrei aus. Toms Gesicht war vollkommen verzerrt, scheußlich schwarz und gelb verfärbt und teilweise eingegipst.

»Tom, was ist denn mit dir passiert?« rief ich und versuchte ungeschickt, ihn zu umarmen, mit dem Erfolg, daß ich ihn aufs Ohr küßte. Jude brach in Tränen aus und Shazzer trat gegen die Wand.

»Keine Sorge, Tom«, knurrte sie. »Wir finden die Schweine, die dir das angetan haben.«

»Was ist denn passiert?« fragte ich noch einmal, und die Tränen begannen mir über die Wangen zu laufen.

»Ähm, na ja . . .«, begann Tom und löste sich verlegen aus meiner Umarmung, »offen gestanden habe ich mir die Nase korrigieren lassen.«

Es stellte sich heraus, daß Tom sich am Mittwoch heimlich hatte operieren lassen, daß es ihm aber irgendwie peinlich war, uns davon zu erzählen, weil wir alle seinen winzigen Nasenhökker abgetan hatten, als wäre es gar nichts. Eigentlich hätte sich Jerome um ihn kümmern sollen, von nun an Jerome der Fiese genannt (eigentlich hätte es Jerome der Herzlose heißen müssen, aber wir waren uns alle einig, daß das zu interessant klang). Als ihn Jerome der Fiese jedoch nach der Operation sah, fühlte er sich derart abgestoßen, daß er erklärte, er müsse für ein paar Tage verreisen. Tatsächlich hatte er sich aus dem Staub gemacht und seitdem nichts mehr von sich hören lassen. Der arme Tom war darüber so deprimiert und verletzt und dermaßen durcheinander von der Narkose, daß er einfach das Telefon aussteckte, sich unter der Decke verkroch und schlief.

»Warst das eigentlich du, den ich am Donnerstag abend im Ladbroke Grove gesehen habe?« fragte Shazzer.

Er war es. Offenbar hatte er bis zum Einbruch der Nacht gewartet, um das Haus zu verlassen und im Schutz der Dunkelheit Lebensmittel kaufen zu gehen. Trotz unserer überschäumenden Freude darüber, daß er noch lebte, war Tom dennoch sehr unglücklich wegen Jerome.

»Niemand liebt mich«, klagte er.

Ich empfahl ihm, meinen Anrufbeantworter abzuhören, auf dem zweiundzwanzig panische Mitteilungen von seinen Freunden aufgezeichnet waren, die allesamt besorgt waren, weil er vierundzwanzig Stunden lang verschwunden war. Was unser aller Angst, einmal eines einsamen Todes zu sterben und von einem Schäferhund aufgefressen zu werden, ein Ende machte.

»Oder drei Monate lang nicht gefunden zu werden . . . und über den ganzen Fußboden zu verlaufen«, sagte Tom.

Jedenfalls fragten wir ihn, wie ein launischer Blödmann mit einem bescheuerten Namen ihn zu der Überzeugung bringen konnte, daß ihn niemand liebte.

Zwei Bloody Marys später lachte er über Jeromes zwanghafte Verwendung des Begriffs »selbstbestimmt« und seine hautengen, oberschenkellangen Calvin-Klein-Unterhosen. In der Zwischenzeit hatten auch Simon, Michael, Rebecca, Magda,

Jeremy und ein Junge, der darauf bestand, daß er Elsie hieße, angerufen, um zu fragen, wie es ihm ginge.

»Okay, wir sind zwar nur ein Haufen total neurotischer Singles, soziale Blindgänger, und alles läuft übers Telefon«, lallte Tom sentimental, »aber es ist doch ein bißchen wie Familie, oder nicht?«

Ich hatte ja immer schon gewußt, daß Feng Shui funktionierte. Und jetzt, nachdem sie ihren Zweck erfüllt hat, werde ich die rundblättrige Pflanze rasch in meine Beziehungsecke schieben. Wünschte, es gäbe auch eine Kochecke. Nur noch neun Tage.

Montag, 20. November

56 kg (s. g.), Zigaretten 0 (Rauchen s. schlecht, wenn man kulinarische Wunder wirken soll), Alkoholeinheiten 3, Kalorien 200 (schon der Supermarkt war anstrengend, muß mehr Kalorien verbrannt haben, als ich eingekauft, geschweige denn verzehrt habe).

19 Uhr. An der Supermarktkasse überfiel mich wieder mal das schlechte Single-Gewissen. Eingekeilt zwischen lauter verantwortungsbewußten Erwachsenen (selbstverständlich mit Kindern), war für mich kaum zu übersehen, was die englische Durchschnittsfamilie so einkaufte. Es waren dies: Bohnen, Fischstäbchen, Buchstabennudeln etc., während ich das Folgende an die Kasse rollte:

20 Knoblauchknollen
einen Becher Gänseschmalz
eine Flasche Grand Marnier
8 Thunfischsteaks

36 Orangen
2 Liter Sahne
4 Vanilleschoten zu je 1,39 £

Muß noch heute abend mit den Vorbereitungen anfangen, da ich morgen arbeite.

20 Uhr. Uäh, habe eigentlich keine Lust zu kochen. Und schon gar nicht, mich mit der grotesken Tüte voller Hühnerknochen abzugeben: absolut widerlich.

22 Uhr. Habe jetzt Hühnerknochen im Topf. Das Problem ist nur, daß Marco sagt, man solle die Geschmacksverstärker Lauch und Sellerie mit einem Faden zusammenbinden, aber der einzige Faden, den ich besitze, ist blau. Was soll's, es wird schon okay sein.

23 Uhr. Mein Gott, es hat eine Ewigkeit gedauert, die dämliche Brühe zuzubereiten, aber das ist es wert, weil ich am Schluß mehr als neun Liter haben werde, zu Eiswürfeln gefroren und das alles für nur 1,70 £. Mmm, das Orangenconfit wird auch lecker werden. Jetzt muß ich nur noch sechsunddreißig Orangen ganz dünn schneiden und die Schalen reiben. Dürfte nicht allzulang dauern.

1 Uhr morgens. Bin jetzt zu müde, um noch aufzubleiben, aber Brühe soll noch zwei Stunden kochen und Orangen müssen noch eine Stunde im Ofen bleiben. Ich hab's: Werde die Brühe über Nacht bei schwacher Hitze köcheln und die Orangen auf kleinster Stufe im Ofen schmoren lassen, dann werden sie ganz zart. Bei Gulasch geht es ja ähnlich.

Dienstag, 21. November

55,5 kg (Nerven zehren Fett auf), Alkoholeinheiten 9 (wirklich s. schlecht), Zigaretten 37 (s. s. schlecht), Kalorien 3479 (noch dazu alle ekelhaft).

9.30 Uhr. Habe gerade Topf aufgemacht. Die erhoffte Ausbeute von neun Litern reinster und feinster Brühe kann ich wohl vergessen. Im Topf nichts als verkohlte Knochen mit einer Art Gelee, das Ganze leicht bläulich. Orangenconfit sieht allerdings phantastisch aus, genau wie auf dem Foto, nur dunkler. Muß jetzt zur Arbeit. Bin aber gegen halb fünf wieder da und kann mir dann immer noch eine Lösung für die Suppenkrise überlegen.

17 Uhr. O Gott. Der ganze Tag war ein einziger Alptraum. Richard Finch hat mich bei der morgendlichen Besprechung vor versammelter Mannschaft zur Schnecke gemacht. »Bridget, leg das Kochbuch weg, Herrgott noch mal. Feuerwerk versengt Kinder. Ich denke an Verstümmelung, ich denke an glückliche Familienfeiern, die zu einem einzigen Alptraum werden. Ich denke an zwanzig Jahre später. Was ist mit diesem Jungen, dem damals in den sechziger Jahren irgendwelche Knaller den Penis abgerissen haben? Wo ist er jetzt? Bridget, such mir den Feuerwerksjungen ohne Penis. Besorg mir den Silvesterbobbit aus den Sechzigern.«

Uäh. Ich mache mich gerade mißmutig an mein achtundvierzigstes Telefongespräch, um herauszufinden, ob es eine Selbsthilfegruppe für Männer gab, denen der Penis abgebrannt ist, als mein Telefon klingelte.

»Hallo, Liebes. Hier ist Mummy.« Sie klang ungewöhnlich schrill und hysterisch.

»Hi, Mum.«

»Hallo, Liebes, ich wollte nur tschüs sagen, bevor ich fahre, und hoffentlich geht alles gut.«

»Fahre? Wohin fährst du denn?«

»Oh. Ahahahaha. Ich habe dir doch erzählt, daß Julio und ich für zwei Wochen nach Portugal düsen, um seine Familie zu besuchen und so und uns vor Weihnachten noch ein bißchen zu bräunen.«

»Das hat du mir nicht erzählt.«

»Oh, sei doch kein Dummerchen, Liebes. Natürlich habe ich es dir erzählt. Du mußt lernen zuzuhören. Paß auf jeden Fall auf dich auf, ja?«

»Ja.«

»Oh, Liebes, noch etwas.«

»Was?«

»Irgendwie hatte ich so wahnsinnig viel um die Ohren, daß ich ganz vergessen habe, bei der Bank Reiseschecks zu bestellen.«

»Ach, keine Sorge, die bekommst du auch am Flughafen.«

»Aber das Dumme ist, Liebes, daß ich schon auf dem Weg zum Flughafen bin und meine Scheckkarte vergessen habe.«

Ich sah verständnislos den Hörer an.

»So was Ärgerliches. Ich habe mir überlegt . . . Du könntest mir nicht vielleicht ein bißchen Bargeld leihen? Ich meine, nicht viel, nur zweihundert Pfund oder so, damit ich mir ein paar Reiseschecks besorgen kann.«

So wie sie es sagte, erinnerte es mich an die Art, wie Säufer einen um Geld für eine Tasse Tee anhauen.

»Ich bin mitten in der Arbeit, Mum. Kann dir Julio kein Geld leihen?«

Sie war gleich ganz beleidigt. »Ich kann es nicht fassen, daß du so schäbig bist. Nach allem, was ich für dich getan habe. Ich

300

habe dir das *Leben* geschenkt, und du kannst deiner Mutter nicht einmal ein paar Pfund für Reiseschecks leihen.«

»Aber wie soll ich es dir denn geben? Ich müßte hinaus zum Geldautomaten und es dir mit einem Motorradkurier schicken. Dann wird es gestohlen, und es ist alles für die Katz. Wo bist du denn?«

»Oooh. Also, ehrlich gesagt, bin ich zufälligerweise ganz in der Nähe. Und gegenüber von euch ist doch eine Bank. Wenn wir uns in fünf Minuten da treffen könnten . . .«

Und dann: »Super, Liebes, Tschüssi!«

»Bridget, wo, zum Teufel, rennst du hin?« brüllte Richard Finch, als ich versuchte, mich hinauszuschleichen. »Hast du den Sechziger-Silvesterbobbit schon gefunden?«

»Ich habe eine heiße Spur«, sagte ich, tippte mir an die Nase und sauste davon.

Dann stand ich vor dem Automaten und wartete darauf, daß er das Geld ausspuckte, frischgebacken und ofenheiß. Ich fragte mich, wie meine Mutter zwei Wochen Portugal mit zweihundert Pfund überstehen wollte, als ich sie auf mich zuhuschen sah. Sie hatte eine Sonnenbrille auf, obwohl es in Strömen regnete, und blickte sich immer wieder gehetzt um.

»Ach, da bist du ja, Herzchen. Du bist lieb. Vielen herzlichen Dank. Ich muß sausen, sonst verpasse ich den Flieger. Tschüssi!« sagte sie und riß mir die Geldscheine aus der Hand.

»Was ist eigentlich los?« fragte ich. »Was machst du hier – das liegt doch nicht auf dem Weg zum Flughafen? Wie willst du ohne deine Scheckkarte zurechtkommen? Warum kann dir Julio kein Geld leihen? Warum? Was hast du denn vor? Was?«

Eine Sekunde lang sah sie so verängstigt aus, als würde sie gleich zu weinen anfangen, doch dann stellten sich ihre Augen auf mittlere Distanz ein, und sie setzte ihren Prinzessin-Diana-Blick auf.

»Es ist alles in Ordnung, Liebes.« Sprach's und trug ihr spezielles tapferes Lächeln zur Schau. »Paß auf dich auf«, stammelte sie noch, umarmte mich rasch und eilte davon, indem sie den Verkehr durch ein Winken zum Stillstand brachte und die Straße überquerte.

19 Uhr. Bin gerade nach Hause gekommen. Gut. Nur die Ruhe. Innere Ausgeglichenheit. Die Suppe wird ganz wunderbar werden. Werde das Gemüse einfach wie vorgeschrieben kochen und pürieren und dann – um die Geschmackskonzentration zu erzielen – das blaue Gelee von den Hühnerskeletten waschen und sie mit Sahne in der Suppe aufkochen.

20.30 Uhr. Alles läuft wie am Schnürchen. Gäste sind alle im Wohnzimmer. Mark Darcy ist total lieb und hat Champagner und eine Schachtel belgische Pralinen mitgebracht. Habe Hauptgang noch nicht gemacht, das heißt, die zartschmelzenden Kartoffeln sind schon fertig. Bin außerdem sicher, daß der Rest auch ganz schnell geht.

Zuerst kommt sowieso die Suppe.

20.35 Uhr. Oh, mein Gott. Habe gerade den Deckel vom Topf genommen, um die Knochen herauszunehmen. Die Suppe ist leuchtend blau.

21 Uhr. Ich liebe meine lieben Freunde. Haben weit mehr als nur gute Miene zur blauen Suppe gemacht, Mark Darcy und Tom hielten sogar ein langes Plädoyer für den Abbau von farblichen Vorurteilen in der Welt des Essens. Warum sollte man schließlich, wie Mark anführte – nur weil einem nicht so ohne weiteres ein blaues Gemüse einfällt –, etwas gegen blaue Suppe einzuwenden haben? Fischstäbchen sind auch nicht von

Natur aus orangefarben. (In Wirklichkeit hat die Suppe, gewaltigen Aufwand, zum Trotz, nur nach gekochter Sahne geschmeckt, worauf Richard der Gemeine natürlich hinweisen mußte. Daraufhin fragte ihn Mark Darcy, was er beruflich mache, was so komisch war, da Richard der Gemeine letzte Woche gefeuert worden ist, weil er seine Spesenabrechnungen frisiert hat.) Na, auch egal. Der Hauptgang wird s. lecker werden. Gut, fange jetzt mit der Velouté von Cocktailtomaten an.

21.15 Uhr. Ach du liebe Zeit. Ich schätze, es muß etwas in der Küchenmaschine gewesen sein, z. B. Spülmittel, da das Cocktailtomatenpüree irgendwie schäumt und das Dreifache seines ursprünglichen Volumens erreicht hat. Außerdem sind die zartschmelzenden Kartoffeln, die schon vor zehn Minuten hätten fertig sein sollen, immer noch steinhart. Vielleicht sollte ich sie in die Mikrowelle geben. Aargh. Aargh. Habe gerade in den Kühlschrank geschaut, und der Thunfisch ist nicht da. Was ist mit dem Thunfisch passiert? Was nur? Was?

21.30 Uhr. Gott sei Dank. Jude und Mark Darcy kamen in die Küche, halfen mir, ein großes Omelett zu machen, pürierten die halbgaren zartschmelzenden Kartoffeln und brieten sie in der Pfanne zu einer Art Reibekuchen und legten das Kochbuch auf den Tisch, damit wir alle auf den Bildern betrachten konnten, wie der gegrillte Thunfisch ausgesehen hätte. Wenigstens wird das Orangenconfit gut. Sieht phantastisch aus. Tom hat gesagt, ich solle mir nicht die Mühe mit der Crème Anglaise au Grand Marnier machen, sondern den Grand Marnier einfach so trinken.

22 Uhr. S. traurig. Blickte erwartungsvoll in die Runde, als alle den ersten Löffel Confit nahmen. Peinliches Schweigen.

»Was ist denn das, Schätzchen?« sagte Tom schließlich. »Ist das Orangenmarmelade?«

Völlig entsetzt probierte ich selbst einen Löffel. Es war, wie er schon gesagt hatte, Orangenmarmelade. Stelle fest, daß ich nach all meinen Kosten und Mühen meinen Gästen folgendes serviert habe:

Blaue Suppe
Omelett
Orangenmarmelade

Bin echt der totale Versager. Kochen auf Michelinstern-Niveau? Wohl eher wie an der Imbißbude.

Hätte nicht gedacht, daß es nach der Marmelade noch schlimmer kommen könnte. Doch kaum war das grauenhafte Essen abgeräumt, als das Telefon klingelte. Zum Glück nahm ich den Hörer erst im Schlafzimmer ab. Es war Dad.

»Bist du allein?« wollte er wissen.

»Nein. Es sind jede Menge Leute da. Jude und so. Weshalb?«

»Ich wollte, daß jemand bei dir ist, wenn . . . Es tut mir leid, Bridget. Ich fürchte, es gibt ziemlich schlechte Neuigkeiten.«

»Was denn? Was?«

»Deine Mutter und Julio werden von der Polizei gesucht.«

2 Uhr morgens. Northamptonshire. Einzelbett im Gästezimmer der Alconburys. Uäh. Mußte mich setzen und nach Luft ringen, während Dad wie ein Papagei immer wieder »Bridget? Bridget? Bridget?« sagte.

»Was ist denn passiert?« brachte ich schließlich heraus.

»Ich fürchte, sie haben möglicherweise – aber ich bete darum, daß es nicht stimmt – eine große Anzahl von Leuten um hohe Geldsummen betrogen, mich und einige unserer engsten

Freunde eingeschlossen. Wir kennen das Ausmaß des Schwindels derzeit noch nicht, aber nach Angaben der Polizei steht zu befürchten, daß deine Mutter länger hinter Gitter muß.«

»Oh, mein Gott. Deshalb ist sie also mit meinen zweihundert Pfund nach Portugal abgehauen.«

»Womöglich ist sie inzwischen noch viel weiter weg.«

Ich sah die Zukunft vor mir abrollen wie einen Horrorfilm. Richard Finch wird sagen: »Ich sehe eine Tochter, ich sehe eine Tochter am Scheideweg, zwischen *Good Afternoon!* und *Plötzlich allein.*« Dann zwingt er mich noch, ein Live-Interview aus dem Besucherraum im Gefängnis Holloway zu moderieren, bevor er mich vor laufender Kamera feuert.

»Was haben sie denn gemacht?«

»Offensichtlich hat Julio deine Mutter gewissermaßen als Lockvogel benutzt und Una und Geoffrey, Nigel und Elizabeth und Malcolm und Elaine (oh, mein Gott, Mark Darcys Eltern) um zum Teil beträchtliche Geldsummen erleichtert, Tausende und Abertausende von Pfund, und zwar als Anzahlungen auf Ferienwohnungen im Timesharing-System.«

»Wußtest du nichts davon?«

»Nein. Offenbar war ihnen die Sache selber peinlich. Ich meine, sie haben mit demselben schmierigen Typ Geschäfte gemacht, der einem ihrer ältesten und besten Freunde Hörner aufgesetzt hat. Das konnten sie mir natürlich nicht sagen.«

»Und was ist passiert?«

»Die betreffenden Ferienwohnungen gibt es gar nicht. Kein Penny von den Ersparnissen oder der Rentenversicherung deiner Mutter und mir ist mehr übrig. Außerdem war ich so unklug, das Haus auf ihren Namen eintragen zu lassen, und sie hat es verpfändet. Wir sind ruiniert, völlig verarmt und obdachlos, Bridget, und deine Mutter wird für alle Zeiten als Kriminelle gebrandmarkt sein.«

Danach brach er zusammen. Una kam an den Apparat und sagte, sie werde Dad eine Ovomaltine machen. Ich sagte ihr, ich sei in zwei Stunden da, doch sie meinte, ich solle nicht fahren, bis ich über den Schock hinweggekommen sei, man könne ohnehin nichts machen, und ich solle bis zum nächsten Morgen warten.

Ich legte den Hörer auf, sank gegen die Wand und verfluchte mich dafür, daß ich meine Zigaretten im Wohnzimmer gelassen hatte. Allerdings tauchte dann Jude mit einem Glas Grand Marnier auf.

»Was ist denn passiert?« fragte sie.

Ich erzählte ihr die ganze Geschichte und kippte zwischendrin den Grand Marnier. Jude sagte kein Wort, sondern ging unverzüglich hinaus und holte Mark Darcy.

»Ich mache mir Vorwürfe«, sagte er und fuhr sich mit den Fingern durchs Haar. »Ich hätte mich auf der Flittchen-und-Pfarrer-Party deutlicher ausdrücken sollen. Ich wußte, daß mit Julio etwas faul ist.«

»Was meinst du damit?«

»Ich habe ihn hinter der Staudenrabatte in sein Handy sprechen hören. Er wußte nicht, daß jemand lauschte. Wenn ich nur die geringste Ahnung gehabt hätte, daß meine Eltern auch darin verwickelt sind, hätte ich...« Er schüttelte den Kopf. »Jetzt, wo ich darüber nachdenke, fällt mir wieder ein, daß meine Mutter irgend etwas davon erwähnt hat, aber ich habe mich schon bei dem Wort ›Timesharing‹ derart aufgeregt, daß sie kein weiteres Wort mehr gesagt hat. Wo ist denn deine Mutter jetzt?«

»Ich weiß es nicht. Portugal? Rio de Janeiro? Beim Friseur? Keine Ahnung.«

Er begann im Raum auf und ab zu gehen und mich à la Staranwalt mit Fragen zu bombardieren.

»Was wird alles unternommen, um sie zu finden?« »Wie hoch sind die Summen, um die es geht?« »Wie ist die Geschichte ans Tageslicht gekommen?« »Was unternimmt die Polizei?« »Wer weiß alles darüber Bescheid?« »Wo ist dein Vater jetzt?« »Möchtest du zu ihm fahren?« »Darf ich dich hinbringen?« Es war verflucht sexy, das kann ich euch sagen.

Jude kam und brachte Kaffee. Mark fand, es sei das beste, wenn er seinen Fahrer bat, ihn und mich nach Grafton Underwood zu bringen, und eine flüchtige Sekunde lang erlebte ich das vollkommen neue Gefühl, daß ich meiner Mutter dankbar war.

Es war alles sehr dramatisch, als wir zu Una und Geoffrey kamen, da überall Enderbys und Alconburys herumschwirrten und alles in Tränen aufgelöst war, während Mark Darcy zur Tat schritt und Anrufe erledigte. Ich merkte, daß ich Schuldgefühle bekam, da ich es trotz des Schreckens teilweise regelrecht genoß, daß der graue Alltag in der Versenkung verschwunden war und sämtliche Anwesenden jede Menge Sherry kippten und sich mit Lachscreme-Sandwiches vollstopften wie sonst nur zu Weihnachten. War genau dieselbe Stimmung wie damals, als Granny schizophren wurde, sich sämtliche Kleider vom Leib riß und splitternackt in Penny Husbands-Bosworths Garten herumsprang, bis die Polizei sie stellen konnte und abtransportierte.

Mittwoch, 22. November

55 kg (hurra!), Alkoholeinheiten 3, Zigaretten 27 (vollkommen verständlich – mit einer kriminellen Mutter), Kalorien 5671 (ach du liebe Zeit, ich scheine meinen Appetit wiedergefunden zu haben), Lose 7 (die reine Selbstlosigkeit, denn ein Millionengewinn käme

allen zugute; okay, ein bißchen soll auch für mich übrigbleiben),
Gewinnsumme 10 £, Nettogewinn 3 £ (immerhin ein Anfang).

10 Uhr. Wieder in meiner Wohnung, völlig erschöpft, nachdem ich kein Auge zugetan habe. Zu allem Überfluß muß ich auch noch arbeiten gehen und mich dafür anmeckern lassen, daß ich zu spät komme. Dad schien sich wieder ein bißchen gefangen zu haben, als ich wegfuhr. Er schwankte zwischen überschäumender Heiterkeit darüber, daß sich Julio als Lump erwiesen hatte und Mum vielleicht zurückkommen und ein neues Leben mit ihm anfangen würde, und tiefer Depression angesichts dessen, daß das in Frage kommende neue Leben von Gefängnisbesuchen mit Hilfe öffentlicher Verkehrsmittel geprägt sein wird.

Mark Darcy fuhr in den frühen Morgenstunden nach London zurück. Ich hinterließ ihm eine Nachricht auf seinem Anrufbeantworter, in der ich ihm für alles dankte und so weiter, aber er hat nicht zurückgerufen. Kann ihm keinen Vorwurf machen. Natasha und ihresgleichen würden ihm weder blaue Suppe vorsetzen, noch hätten sie eine kriminelle Verwandtschaft.

Una und Geoffrey meinten, ich solle mir um Dad keine Sorgen machen, da Brian und Mavis dableiben und sich um ihn kümmern würden. Frage mich langsam, wieso es immer »Una und Geoffrey« heißt und nicht »Geoffrey und Una«, andererseits aber »Malcolm und Elaine« und »Brian und Mavis«. Mit »Nigel und Audrey« Coles ist es dasselbe. Genau wie man niemals »Geoffrey und Una« sagen würde, würde man auch umgekehrt niemals »Elaine und Malcolm« sagen. Warum nur? Warum? Ertappe mich dabei, wie ich trotz allem meinen eigenen Namen ausprobiere und mir ausmale, wie Sharon oder Jude in späteren Jahren ihre Töchter zu Tode langweilen werden, indem sie ihnen in den Ohren liegen: »Aber du kennst doch Bridget und *Mark*, Schätzchen, die in dem großen Haus am

Holland Park wohnen und andauernd in der Karibik Urlaub machen.« Genau. Es würde Bridget und Mark heißen. Bridget und Mark Darcy. Die Darcys. Nicht Mark und Bridget Darcy. Gott bewahre. Ganz falsch. Plötzlich fühle ich mich schrecklich, weil ich in diesen Begriffen an Mark Darcy denke, ähnlich wie Maria an Baron von Trapp in *Die Trapp-Familie*, und daß ich jetzt eigentlich mit der Mutter Oberin sprechen müßte, die mir zur Strafe »Climb Ev'ry Mountain« vorsingt.

Freitag, 24. November

56,5 kg, Alkoholeinheiten 4 (aber in Gegenwart der Polizei getrunken, also eindeutig in Ordnung), Zigaretten 0, Kalorien 1760, 1471-Anrufe, um festzustellen, ob Mark Darcy angerufen hat, 11.

22.30 Uhr. Alles wurde nur noch schlimmer. Hatte gedacht, der einzige Sonnenstrahl in der dunklen Wolke der Kriminalität meiner Mutter wäre, daß diese Geschichte mich und Mark Darcy enger zusammenbrächte, aber ich habe nichts mehr von ihm gehört, seit er von den Alconburys weggefahren ist. Wurde gerade in meiner Wohnung von zwei Polizisten verhört. Fing an, mich zu verhalten wie die Leute, die nach einem Flugzeugabsturz in ihren Vorgärten vom Fernsehen interviewt werden, und äußerte mich entsprechend nur in vorgefertigten Phrasen, die ich mir aus Nachrichtensendungen, Gerichtsdramen und dergleichen gemerkt hatte. Ertappte mich dabei, wie ich meine Mutter als »weiß« und »von mittlerer Statur« beschrieb.

Die Polizisten waren allerdings unglaublich charmant und wirkten sehr beruhigend auf mich. Sie blieben sogar ziemlich lange, und einer von ihnen meinte, er würde noch mal vorbeischauen, wenn er in der Gegend wäre, um mich über den neuesten Stand der Ermittlungen zu unterrichten. Er war wirklich ziemlich nett.

Samstag, 25. November

57 kg, Alkoholeinheiten 2 (Sherry, uäh), Zigaretten 3 (bei den Alconburys am offenen Fenster), Kalorien 4567 (ausschließlich Kekse mit Cremefüllung und Sandwiches mit Lachscreme), 1471-Anrufe, um festzustellen, ob Mark Darcy angerufen hat, 9 (g.).

Gott sei Dank. Dad hat einen Anruf von Mum bekommen. Anscheinend hat sie gesagt, er solle sich keine Sorgen machen, sie sei in Sicherheit, und alles würde wieder gut. Dann hat sie aufgelegt. Die Polizei war bei Una und Geoffrey und hat eine Fangschaltung gelegt wie in *Thelma und Louise*. Angeblich hat Mum aus Portugal angerufen, aber sie konnten nicht genau feststellen, von wo. Wünsche mir so sehr, daß Mark Darcy anruft. Offenbar hat ihn die kulinarische Katastrophe und das kriminelle Element in der Familie endgültig abgeschreckt, und er war nur zu höflich, um es offen zu zeigen. Unsere gemeinsame Vergangenheit im Planschbecken versinkt nach Diebstahl der elterlichen Ersparnisse durch Bridgets böse Mutter offenbar in der Bedeutungslosigkeit. Werde heute nachmittag Dad besuchen, im Stil einer tragischen alten Jungfer, die von allen Männern verschmäht wird, statt so, wie ich es gewohnt bin: in einem Wagen mit Chauffeur neben einem Staranwalt.

13 Uhr. Hurra! Hurra! Als ich gerade gehen wollte, bekam ich einen Anruf, konnte aber nichts als ein Piepen am anderen Ende hören. Dann klingelte es erneut. Es war Mark aus Portugal. Ich fasse es nicht. Anscheinend hat er neben seiner Tätigkeit als

Staranwalt die ganze Woche mit der Polizei verhandelt und ist gestern nach Albufeira geflogen. Die dortige Polizei hat Mum gefunden, und Mark glaubt, daß sie freikommt, da sie offensichtlich keine Ahnung von Julios Machenschaften hatte. Es ist ihnen sogar gelungen, einen Teil des Geldes wiederzufinden, nur von Julio fehlt jede Spur. Mum kommt heute abend zurück, muß aber zunächst bei der Polizei ihre Aussage machen. Mark sagte, ich solle mir keine Sorgen machen, es werde vermutlich alles in Ordnung kommen, aber er hat schon Vorsorge für eine Kaution getroffen – für alle Fälle. Dann wurden wir unterbrochen, noch bevor ich dazu kam, mich zu bedanken. Sehnte mich danach, Tom anzurufen, um ihm die großartigen Neuigkeiten mitzuteilen, doch dann fiel mir wieder ein, daß ja niemand von Mum wissen soll. Außerdem habe ich wohl beim letztenmal angedeutet, ich hielte Mark für ein absolut ätzendes Muttersöhnchen. Das würde mich jetzt in Erklärungsnotstand bringen.

Sonntag, 26. November

57,5 kg, Alkoholeinheiten 0, Zigaretten ½(schlechte Aussichten auf mehr), die Kalorien weiß nur Gott allein, Minuten, in denen ich meine Mutter umbringen wollte, 188 (vorsichtig geschätzt).

Alptraumhafter Tag. Nachdem wir Mum zuerst gestern abend, dann heute morgen, dann heute nachmittag erwartet hatten und insgesamt dreimal nach Gatwick hinausgefahren waren, stellte sich heraus, daß sie heute abend in Polizeibegleitung in Luton ankommt. Dad und ich stellten uns schon mal darauf ein, eine Frau zu trösten, die ganz anders war als die, von der wir zuletzt zur Schnecke gemacht worden waren, da wir naiverweise annahmen, daß die schlechte Erfahrung sie irgendwie geläutert hätte. Aber Fehlanzeige.

»Lassen Sie mich los, Sie Trottel«, dröhnte eine Stimme durch die Ankunftshalle. »Auf britischem Boden erkennt man mich sofort, und ich will nicht, daß alle sehen, wie ich von einem Polizisten *mißhandelt* werde. Ooh, wissen Sie was? Ich glaube, ich habe meinen Sonnenhut im Flugzeug vergessen.«

Die beiden Polizisten rollten mit den Augen, als Mum mit Kopftuch und Sonnenbrille, dazu einen schwarz-weiß-karierten Mantel im Stil der sechziger Jahre (und passend zur Polizei) zurück zur Gepäckhalle sauste, während die geschlauchten Gesetzeshüter hinter ihr hertrotteten. Nach fünfundvierzig Minuten kamen sie zurück. Einer der Polizisten trug den Sonnenhut.

Es kam beinahe zu einer Schlägerei, als sie versuchten, sie in das Polizeiauto zu verfrachten. Dad saß in Tränen aufgelöst in seinem Sierra, und ich versuchte ihr zu erklären, daß sie die Beamten aufs Revier begleiten müsse, schon um zu erfahren, ob man sie wegen irgend etwas belangen werde, doch sie tönte nur in einem fort: »Ach, sei doch nicht albern, Liebes. Komm her. was hast du denn da im Gesicht? Hast du kein Kleenex?«

»Mum«, wehrte ich ab, als sie ein Kleenex aus der Tasche zog und darauf spuckte. »Du mußt möglicherweise mit einer Anklage rechnen«, protestierte ich, während sie anfing, in meinem Gesicht herumzutupfen. »Ich finde, du solltest jetzt wirklich mit den Polizisten aufs Revier gehen.«

»Wir werden sehen. Vielleicht morgen, wenn ich den Gemüsekorb ausgeputzt habe. Ich habe ein Kilo King Edwards darin liegenlassen, und ich wette, sie haben gekeimt. Bestimmt hat sich kein Mensch um die Pflanzen gekümmert, solange ich weg war. Wahrscheinlich hat Una sogar die Heizung angelassen.«

Erst als Dad herüberkam und ihr mit knappen Worten mitteilte, daß man ihnen demnächst das Haus wegnehmen würde, den Gemüsekorb eingeschlossen, hielt sie den Mund und ließ sich beleidigt auf den Rücksitz des Autos führen, neben einen der Polizisten.

Montag, 27. November

57,5 kg, Alkoholeinheiten 0, Zigaretten 50 (jaaa! jaaa!), 1471-Anrufe, um festzustellen, ob Mark Darcy angerufen hat, 12, Stunden Schlaf 0.

9 Uhr. Rauche gerade die letzte Zigarette, bevor ich zur Arbeit gehe. Bin am Boden zerstört. Dad und ich mußten gestern abend im Polizeirevier zwei Stunden lang auf einer Bank warten. Schließlich hörten wir, wie sich auf dem Flur eine Stimme näherte. »Ja, genau, das bin ich! ›Plötzlich allein‹ jeden Morgen. Aber sicher. Haben Sie einen Stift? Hier drauf? Wem soll ich es widmen? Oh, Sie Schlimmer. Wissen Sie, daß ich mich schon immer danach gesehnt habe, so einen anzuprobieren...«

»Ach, da bist du ja, Daddy«, sagte Mum und kam mit einem Polizeihelm auf dem Kopf um die Ecke. »Steht das Auto draußen? Uff, wißt ihr – ich will jetzt unbedingt nach Hause und Wasser aufsetzen. Hat Una daran gedacht, die Zeitschaltuhr anzustellen?«

Dad wirkte auf einmal erschüttert und fassungslos zugleich. Mir ging es nicht anders.

»Haben Sie dich auf freien Fuß gesetzt?«

»Oh, sei doch nicht albern, Liebes. Auf freien Fuß gesetzt! Weiß ich doch nicht!« sagte Mum, rollte die Augen gegenüber dem älteren Polizisten und schob mich zur Tür hinaus. So wie der Polizist errötete und um sie herumscharwenzelte, wäre ich nicht im geringsten erstaunt gewesen, wenn sie sich ihre Freiheit dadurch erkauft hätte, daß sie ihm im Verhörzimmer sexuell zu Diensten war.

»Was ist denn nun passiert?« fragte ich, nachdem Dad es geschafft hatte, sämtliche Koffer, Hüte, den Strohesel (»ist er nicht super?«) und die Kastagnetten im Kofferraum des Sierra zu verstauen. Ich war fest entschlossen, sie diesmal nicht mit ihrer Unverfrorenheit davonkommen zu lassen, um dann aufs neue von ihr herumkommandiert zu werden.

»Jetzt ist alles geklärt, Liebes, nur ein dummes Mißverständnis. Hat in diesem Auto jemand geraucht?«

»Was ist passiert, Mutter?« fragte ich drohend. »Was ist mit dem Geld der ganzen Leute und den Ferienwohnungen? Wo sind meine zweihundert Pfund?«

»Tsas! Das war nur ein albernes Problem mit der Baugenehmigung. Sie können ganz schön korrupt sein, weißt du, diese portugiesischen Behörden. Alle verlangen Schmiergelder und Bakschisch wie Winnie Mandela. Also hat Julio einfach die ganzen Anzahlungen zurückgezahlt. Wir hatten wirklich einen Superurlaub! Das Wetter war zwar eher durchwachsen, aber . . .«

»Wo ist Julio?« fragte ich mißtrauisch.

»Oh, er ist in Portugal geblieben, um dieses ganze Theater mit der Baubehörde zu klären.«

»Was ist mit meinem Haus?« fragte Dad. »Und den Ersparnissen?«

»Ich weiß gar nicht, wovon du redest, Daddy. Mit dem Haus ist doch alles in Ordnung.«

Leider stellte sich wenig später heraus, daß bereits die Schlösser ausgetauscht waren. Demnach mußten wir wieder zu Una und Geoffrey.

»Uff, weißt du, Una, ich bin dermaßen erschlagen, ich glaube, ich muß auf der Stelle ins Bett«, sagte Mum nach einem

Blick auf die ärgerlichen Mienen, den zusammengefallenen kalten Imbiß und die schlaffen Rote-Bete-Scheiben.

Dad wurde am Telefon verlangt.

»Das war Mark Darcy«, sagte er, als er zurückkam. Mein Herz machte einen riesigen Satz, und ich versuchte, meine Gesichtszüge unter Kontrolle zu halten. »Er ist in Albufeira. Offenbar macht er irgendeinen Deal mit . . . mit diesem schmierigen Don Juan . . . einen Teil des Geldes konnten sie jedenfalls retten. Vielleicht können wir ja The Gables behalten . . .«

Daraufhin ertönten laute Freudenschreie von uns allen, und Geoffrey sang »For He's a Jolly Good Fellow«. Ich wartete darauf, daß Una irgendeine Bemerkung über mich machte, aber es kam nichts. Typisch. Sobald ich mich auf Mark Darcy einlasse, will mich plötzlich niemand mehr mit ihm verkuppeln.

»Ist das zuviel Milch für dich, Colin?« fragte Una, als sie Dad einen Teebecher mit aprikosenfarbenem Blütendekor reichte.

»Ich weiß nicht . . . ich begreife nicht, wie . . . ich weiß nicht, was ich denken soll«, sagte Dad besorgt.

»Paß mal auf, es gibt absolut keinen Grund zur Besorgnis«, sagte Una mit bewundernswerter Gelassenheit, was mich plötzlich dazu veranlaßte, in ihr die Mummy zu sehen, die ich im Grunde nie gehabt hatte. »Es ist nur, weil ich ein bißchen zuviel Milch hineingekippt habe. Ich schütte einfach ein wenig davon ab und gieße es mit heißem Wasser auf.«

Als ich mich schließlich vom Schauplatz des Unheils entfernte, fuhr ich auf dem Rückweg nach London viel zu schnell und rauchte wie ein Schlot. Wohl weil ich gegen meine richtige Mum ohnehin chancenlos war.

DEZEMBER

Ach du lieber Weihnachtsmann!

Montag 4. Dezember

58 kg (hmm, muß vor der weihnachtlichen Völlerei abnehmen), Alkoholeinheiten bescheidene 3, Zigaretten heiligenmäßige 7, Kalorien 3876 (nicht schon wieder), 1471-Anrufe, um festzustellen, ob Mark Darcy angerufen hat, 6 (g.).

Bin gerade zum Supermarkt gegangen und habe mich zu meinem Erstaunen dabei ertappt, wie ich an Christbäume, Kaminfeuer, Weihnachtslieder, Plätzchen etc. dachte. Dann wurde mir klar, warum. Die Belüftungsdüsen am Eingang, die sonst immer den Geruch von frischgebackenem Brot in den Laden pumpen, sonderten nun den Duft von frischgebackenen Plätzchen ab. Das zynische Kalkül hinter einer solchen Technik ist nur zu offensichtlich. Fühle mich an mein Lieblingsgedicht von Wendy Cope erinnert, das lautet:

Zur Weihnachtszeit jubeln die Kinder und die Glocken klingen
Die kalte Winterluft will durch die Mäntel dringen
Frohe Familien gehen zur Messe, wo sie heiter singen
Doch einen Single kann das zur Verzweiflung bringen.

Immer noch nichts von Mark Darcy.

Dienstag, 5. Dezember

57 kg (gut, heute fange ich wirklich mit der Diät an), Alkoholeinheiten 4 (Beginn der Festtagszeit), Zigaretten 10, Kalorien 3245 (besser, 1471-Anrufe 6 (ich mache mich).

Werde immer wieder von Katalogen mit »Geschenktips« abgelenkt, Werbebeilagen, die jetzt unentwegt aus den Zeitungen purzeln. Bin besonders scharf auf den webpelzgefütterten Brillenhalter in Schildform aus poliertem Metall: »Allzuoft werden Brillen einfach achtlos auf den Tisch gelegt, vielfache Beschädigungen sind die Folge.« Wie mir das aus der Seele spricht! Das schnittig entworfene Schlüsselanhängerlämpchen »Schwarze Katze« hat tatsächlich einen einfachen Kippmechanismus, und es »wirft ein kräftiges, rotes Licht auf das Schlüsselloch jedes Katzenliebhabers«. Bonsai-Sets! Hurra. »Pflegen Sie die alte Kunst der Bonsaizucht mit diesem Töpfchen vorgepflanzter Schößlinge des rosaroten persischen Seidenbaums.« Hübsch, sehr hübsch.

Dennoch tiefe Trauer bei dem Gedanken, wie brutal Marco Pierre White und meine Mutter auf den rosaroten Seidenschößlingen der zwischen mir und Mark Darcy sprießenden romantischen Gefühle herumgetrampelt sind. Versuche aber, philosophisch damit umzugehen. Vielleicht ist Mark Darcy mit seinen Fähigkeiten, seiner Intelligenz und der Nobelkarosse mit Chauffeur einfach nicht der Richtige für mich. Rauchen und Trinken tut er selbstverständlich auch nicht. Der reinste Heilige. Vielleicht steht irgendwo geschrieben, daß die gröbere Sorte Mann eher zu mir paßt. Jemand wie Marco Pierre White zum Beispiel oder, um einfach aufs Geratewohl einen Namen zu nennen, Daniel. Hmmm. Was soll's. Das Leben geht weiter. Darf nicht in Selbstmitleid verfallen.

Habe gerade Shazzer angerufen, die meinte, daß nirgendwo geschrieben steht, ich müsse mit Marco Pierre White ausgehen, geschweige denn mit Daniel. Das einzige, was eine Frau in unserer heutigen Zeit braucht, ist sie selbst. Hurra!

2 Uhr morgens. Warum hat mich Mark Darcy nicht angerufen? Warum? Ich sehe einen Schäferhund, ich sehe eine angefressene Leiche, ich sehe *mich*! Lieber Gott, warum gerade ich?

Freitag, 8. Dezember

59,5 kg (Katastrophe), Alkoholeinheiten 4 (g.), Zigaretten 12 (hervorragend), eingekaufte Weihnachtsgeschenke 0 (schlecht), Weinachtskarten (verschickt) 0, 1471-Anrufe 7.

16 Uhr. Humpf. Gerade hat Jude angerufen, und kurz bevor wir uns verabschiedeten, sagte sie: »Wir sehen uns dann am Sonntag bei Rebecca.«

»Bei Rebecca? Am Sonntag? Welche Rebecca? Was denn?«

»Oh, hat sie nicht . . .? Sie hat nur ein paar . . . Ich glaube, es ist nur eine Art vorweihnachtliche Dinner-Party.«

»Ich habe am Sonntag sowieso zu tun«, log ich. Endlich eine Gelegenheit, auch mal in den Ecken Staub zu wischen! Ich hatte eigentlich gedacht, daß Jude und ich gleich gut mit Rebecca befreundet seien, also warum hat sie Jude eingeladen und mich nicht?

21 Uhr. Bin kurz auf eine kleine Flasche Wein mit Sharon ins 192 gegangen, und sie fragte mich doch glatt: »Was ziehst du denn auf Rebeccas Party an?«

Party? Es ist also eine richtige Party.

Mitternacht. Was soll's. Darf mich nicht darüber aufregen. Das gehört zu den Dingen, die im Leben nicht mehr zählen. Jeder sollte zu seiner Party einladen dürfen, wen er will, ohne daß andere gleich beleidigt sind.

5.30 Uhr. Warum hat mich Rebecca nicht auf ihre Party eingeladen? Warum nur? Warum? Wie viele Partys finden außer dieser noch statt, zu denen jeder eingeladen ist, nur ich nicht? Ich wette, sogar in diesem Moment geht irgendwo eine Party ab, wo sie alle lachen und teuren Champagner trinken. Alle außer mir. Niemand mag mich. Weihnachten wird eine totale Party-Wüste werden, abgesehen von dem Drei-Party-Stau am 20. Dezember, wo ich den ganzen Abend im Schneideraum sitzen muß.

Samstag, 9. Dezember

Weihnachtspartys, auf die ich mich freuen kann, 0.

7.45 Uhr. Werde von Mum geweckt.

»Hallo, Liebes. Ich rufe nur kurz an, weil Una und Geoffrey wissen wollten, was du dir zu Weihnachten wünschst. Ich dachte da an eine Gesichtssauna.«

Wie kann meine Mutter, nachdem sie völlig bloßgestellt wurde und gerade mit knapper Not einer mehrjährigen Haftstrafe entgangen ist, quasi auf Knopfdruck wieder genauso sein wie zuvor? Jemand der hemmungslos mit Polizisten flirtet und die eigene Tochter quält.

»Übrigens, kommst du zu . . .« Einen Moment lang wurde mir ganz flatterig zumute, weil ich dachte, sie würde jetzt sagen »zum Truthahncurry« was das alte Thema Mark Darcy gleich mit eingeschlossen hätte, aber nein.».. . zur Party von Vibrant TV am Dienstag?« fuhr sie fröhlich fort.

Ich schauderte vor Erniedrigung. Ich *arbeite* für Vibrant TV, Herrgott noch mal.

»Ich bin nicht eingeladen«, murmelte ich. Es gibt nichts Schlimmeres, als der eigenen Mutter gegenüber eingestehen zu müssen, daß man nicht besonders beliebt ist.

»Ach, Liebes, aber natürlich bist du eingeladen. *Alle* gehen hin.«

»Ich nicht.«

»Tja, vielleicht arbeitest du noch nicht lange genug dort. Auf jeden Fall.. .«

»Aber Mum«, fiel ich ihr ins Wort, »du arbeitest überhaupt nicht dort.«

»Tja, aber das ist etwas anderes. Na egal, ich muß jetzt Schluß machen. Tschüssi!«

9 Uhr. Kurzer Moment von Party-Oase, als mit der Post eine Einladung kam, aber sie entpuppte sich als Party-Fata-Morgana: Einladung zu einer Verkaufsveranstaltung.

11.30 Uhr. Auf dem Tiefpunkt der Verzweiflung rief ich Tom an, um zu fragen, ob er Lust hätte, heute abend auszugehen.

»Tut mir leid.« Er lachte. »Ich gehe mit Jerome zu der PACT-Party im Groucho Club.«

O Gott, ich hasse es, wenn Tom glücklich und selbstsicher ist und gut mit Jerome auskommt; es ist mir wesentlich lieber, wenn er unglücklich, verunsichert und etwas daneben ist. Denn wie sagt Tom selbst immer so richtig: »Es ist doch immer sehr tröstlich, wenn es anderen Leuten beschissen geht.«

»Wir sehen uns ja dann sowieso morgen«, meinte er locker, »bei Rebecca.«

Tom hat Rebecca insgesamt nur zweimal gesehen, beide Male bei mir, und ich kenne sie seit neun Jahren. Habe beschlossen, einkaufen zu gehen und nicht durchzudrehen.

14 Uhr. Lief bei Graham and Greene Rebecca über den Weg, wo sie einen Schal für 169 £ kaufte. Was ist nur mit den Schals los? In einer Minute sind sie Verlegenheitsgeschenke, die 9,99 £ kosten; und in der nächsten Minute müssen sie aus edelstem Samt sein und soviel kosten wie ein Fernseher. Nächstes Jahr wird wahrscheinlich das gleiche mit Socken oder Unterhosen passieren, und wer dann immer noch keine English-Eccentrics-Höschen hat (strukturierter Samt, deshalb auch nur schlappe 145 £), ist selber schuld.

»Hi«, sagte ich begeistert, da ich annahm, daß der Party-Alptraum nun endlich vorüber wäre und sie auch sagen würde: »Wir sehen uns dann am Sonntag.«

»Oh, hallo«, sagte sie kalt und wich meinem Blick aus. »Keine Zeit. Ich bin echt in Eile.«

Als sie das Geschäft verließ, spielten sie gerade »Chestnuts roasting on an open fire«, und ich starrte angestrengt ein Phillipe-Starck-Sieb für 185 £ an und drängte die Tränen zurück. Ich hasse Weihnachten. Alles ist auf Familie, Romantik, Wärme, Gefühle und Geschenke ausgerichtet, und wenn du keinen Freund und kein Geld hast, deine Mutter mit einem polizeilich gesuchten portugiesischen Kriminellen geht und deine Freunde nicht mehr mit dir befreundet sein wollen, dann möchtest du am liebsten in ein Land mit einem gräßlichen islamischen Regime auswandern, wo wenigstens *alle* Frauen wie Ausgestoßene behandelt werden. Was soll's: Ist mir egal. Ich werde am Wochenende in aller Ruhe ein Buch lesen und mir klassische Musik anhören. Vielleicht lese ich *Die hungrige Straße*.

20.30 Uhr. *Herzblatt* war s.g. Hole mir schnell noch eine Flasche Wein.

Montag, 11. Dezember

Kam von der Arbeit nach Hause und hatte eisige Nachricht auf Band.

»Bridget. Hier ist Rebecca. Ich weiß, daß du jetzt beim Fernsehen arbeitest. Ich weiß, daß du jeden Abend Gelegenheit hast, auf viel angesagtere Partys zu gehen, aber ich hätte gedacht, daß du wenigstens so höflich wärst, auf die Einladung von einer alten Freundin zu antworten, auch wenn du zu vornehm bist, um auf ihre Party zu kommen.«

Rief hektisch bei Rebecca an, erwischte aber nur ihren Anrufbeantworter. Beschloß, bei ihr vorbeizugehen und ihr eine Nachricht zu hinterlassen. Im Treppenhaus laufe ich Dan über den Weg. Dan ist der Australier, der unter mir wohnt und mit dem ich im April geknutscht habe.

»Hi. Fröhliche Weihnachten«, sagte er lüstern und stand viel zu dicht neben mir. »Hast du deine Post bekommen?« Ich sah ihn verständnislos an. »Ich habe sie unter deine Fußmatte geschoben, damit du morgens im Nachthemd nicht frieren mußt.«

Ich schoß wieder nach oben, riß die Fußmatte beiseite, und da, gleich einem Weihnachtswunder, lag ein kleiner Stapel Karten und Briefe. Und Einladungen, allesamt an mich adressiert. An mich. Mich. Mich.

Donnerstag, 14. Dezember

58,5 kg, Alkoholeinheiten 2 (schlecht, da ich gestern überhaupt keine Einheiten zu mir genommen habe – muß es morgen nachholen, um Herzinfarkt vorzubeugen), Zigaretten 14 (schlecht? oder vielleicht gut? Ja: Ein vernünftiges Maß an Nikotineinheiten ist wahrscheinlich gesund, solange man es nicht übertreibt), Kalorien 1500 (hervorragend), Lose 4 (schlecht, wäre aber gut gewesen, wenn Richard Branson die Ausschreibung für eine Non-profit-Lotterie gewonnen hätte), Weihnachtskarten (verschickt) 0, eingekaufte Geschenke 0, 1471-Anrufe 5 (hervorragend).

Partys, Partys, Partys! Außerdem hat Matt aus dem Büro gerade angerufen und mich gefragt, ob ich am Dienstag mittag zu dem Weihnachtsessen gehe. Er *kann* nicht auf mich stehen – ich bin alt genug, um seine Großtante zu sein –, aber warum hat er mich dann am Abend angerufen? Und warum hat er mich gefragt, was ich anziehe? Darf nicht zu euphorisch werden und zulassen, daß Party-Getümmel und Anruf von jungem Typ mir zu Kopf steigen. Sollte an altes Sprichwort denken, nämlich »Gebranntes Kind scheut das Feuer«, was amouröse Abenteuer im Büro angeht. Darf außerdem nicht vergessen, was passiert ist, als ich das letzte Mal mit so einem jungen Typ geknutscht habe. Wie war das noch? Was hat Gav gesagt? »Du bist aber wabbelig.« Sehr demütigend, das. Hmmm. Sexuell aufreizendes Weihnachtsessen geht bizarrerweise schon am Nachmittag in eine Disco über (das stellt sich der Chefredakteur wohl unter Amüsement vor). Entsprechende Schwierigkeiten bei der Auswahl der Klamotten. Sollte vielleicht erst mal Jude anrufen.

Dienstag, 19. Dezember

60,5 (aber immer noch fast eine Woche, um vor Weihnachten 3 Kilo abzunehmen), Alkoholeinheiten 9 (schwach), Zigaretten 30, Kalorien 4240, Lose 1 (hervorragend), Weihnachtskarten (verschickt) 0, erhaltene Karten 11, aber darunter 2 vom Zeitungsausträger, 1 von der Müllabfuhr, 1 von der Peugeot-Werkstatt und 1 von dem Hotel, in dem ich vor vier Jahren einmal auf Geschäftsreise übernachtet habe. Bin doch unbeliebt. Oder vielleicht kommen die Karten dieses Jahr alle etwas später.

9 Uhr. Uäh. O Gott, ich fühle mich erbärmlich: schrecklicher Kater mit Übelkeit und übersäuertem Magen, wo doch heute das Disco-Mittagessen im Büro stattfindet. Kann nicht so weitermachen. Werde unter dem Druck unerledigter Weihnachtspflichten zusammenbrechen, genau wie beim Lernen vor dem Abschlußexamen. Habe es weder geschafft, Karten zu schreiben, noch Weihnachtseinkäufe zu machen, abgesehen von hoffnungslosem Panikkauf gestern in der Mittagspause, als mir klar wurde, daß ich die Mädels gestern abend bei Magda und Jeremy zum letztenmal vor Weihnachten sehen würde.

Mir graut vor der Bescherung unter Freunden, da man – im Gegensatz zur Familie – nie weiß, wer einem etwas schenken wird und wer nicht und ob Geschenke kleine Liebesbeweise oder richtige Gaben sein sollen, und so endet das Ganze wie ein scheußlicher Austausch versiegelter Gebote. Vor zwei Jahren habe ich Magda sehr hübsche Ohrringe von Dinny Hall geschenkt, was sie ganz verlegen und unglücklich machte, da sie mir nichts gekauft hatte. Daher habe ich letztes Jahr nichts für sie besorgt, und dann hat sie mir eine teure Flasche Coco Chanel geschenkt. In diesem Jahr habe ich für sie eine große Flasche Distelöl mit Champagner und eine Seifenschale gekauft, und sie wurde ganz mißmutig und murmelte nur so vor sich hin, von wegen, daß sie ihre Weihnachtseinkäufe noch nicht erledigt hätte. Letztes Jahr hat mich Sharon mit einem Schaumbad in einer Weihnachtsmann-Flasche bedacht, also habe ich ihr gestern abend nur das Algae-and-Polyp-Oil-Duschgel vom Body Shop geschenkt, woraufhin sie mir eine Handtasche überreichte. Ich hatte für den Notfall noch eine Flasche edles Olivenöl mitgebracht, die mir aber aus dem Mantel gefallen und auf Magdas Conran-Shop-Teppich zerbrach.

Uäh. Warum geht es zu Weihnachten eigentlich nie ohne Geschenke? Es ist dermaßen dämlich, alle übernehmen sich und werfen wider Willen viel Geld aus dem Fenster, meistens für sinnloses Zeug, das kein Mensch will. Von wegen kleine Liebesbeweise, hinter allem steht der reine Zwang. (Hmmm. Muß allerdings zugeben, daß ich mich über die neue Handtasche schweinemäßig gefreut habe.) Was soll es denn für einen Sinn haben, daß die ganze Nation sechs Wochen lang mißgelaunt herumrast und sich auf den Geschmack anderer Leute einstellen muß, wo doch dieses Unterfangen nachweislich noch nie gelungen ist. Am Ende sitzt die ganze Nation vor einem Haufen dämlicher Sachen und weiß nicht, was sie sagen soll. Würde man Karten und Geschenke komplett abschaffen, dann wäre Weihnachten eine Art heidnisches Lichterfest, das einen von der langen winterlichen Finsternis ablenkt. Perfekt! Aber selbst wenn Regierung, die Kirchen, Eltern, Tradition etc. weiterhin auf der ruinösen Geschenkorgie bestehen, warum hält man es dann wenigstens nicht so, daß jeder etwa 500 £ für sich selbst ausgibt und die Einkäufe unter seinen Freunden und Verwandten verteilt. Die bräuchten das Zeug nur noch hübsch zu verpacken und hätten die wundervollsten Geschenke – statt dieser Orgie gegenseitiger Erpressung.

9.45 Uhr. Habe gerade mit Mum telefoniert. »Liebes, ich rufe nur an, um dir zu sagen, daß ich dieses Jahr keine Weihnachtsgeschenke mache. Du und Jamie wißt ja jetzt, daß es keinen Weihnachtsmann gibt, und wir haben alle viel zuviel zu tun. Wir sollten uns zur Abwechslung einfach mal an der Gesellschaft der anderen erfreuen.«

Aber sonst haben wir doch auch immer Geschenke bekommen. Sie steckten in kleinen Säckchen am Fußende des Bettes. Die Welt sieht auf einmal so grau und trostlos aus. Weihnachten ohne Geschenke ist kein Weihnachten.

O Gott, ich gehe wohl besser zur Arbeit – werde aber beim Disco-Mittagessen nichts trinken, sondern mich Matt gegenüber einfach nett und professionell geben und um etwa 15.30 Uhr nach Hause gehen und meine Weihnachtskarten schreiben.

2 Uhr morgens. Okay, okay – auf Weihnaxfeiern im Büro sind alle besoffen. Macht ja auch Spaß. Muß jetzt schlafn – ausziehn is nich mehr.

Mittwoch, 20. Dezember

5.30 Uhr. O mein Gott. *O mein Gott.* Wo bin ich?

Donnerstag, 21. Dezember

58,5 kg (witzigerweise gibt es eigentlich keinen Grund dafür, warum ich nicht sogar über Weihnachten abnehmen sollte, da ich so vollgefressen bin – bestimmt ist es nach dem Weihnachtsessen vollkommen akzeptabel, jede Nahrung zu verweigern, und zwar mit der Begrün-

dung, daß ich schon zuviel gefuttert hätte. Ja, vermutlich ist es sogar die einzige Zeit im Jahr, wo man wirklich nichts essen muß).

Lebe nun seit zehn Tagen in einem Zustand permanenter Verkaterung und treibe ohne richtige Mahlzeiten oder etwas Warmes im Bauch Raubbau an meinen Reserven.

Weihnachten ist wie Krieg. Der Gang in die Oxford Street scheint mir mittlerweile so bedrohlich wie ein Sturmangriff. Wenn doch das Rote Kreuz oder die Deutschen kämen und mich fänden. Aaargh. Es ist zehn Uhr vormittags. Habe noch keine Weihnachtseinkäufe gemacht. Habe noch keine Weihnachtskarten verschickt. Muß dringend zur Arbeit. Gut, werde nie, nie wieder in meinem ganzen Leben etwas trinken. Aaargh – das Feldtelefon meldet sich.

Humpf. Es war Mum, hätte aber ebensogut Goebbels sein können, der mir den Befehl zum Einmarsch in Polen gibt.

»Liebes, ich rufe nur an, weil ich wissen möchte, wann du am Freitag abend ankommst.«

Mum hat mit verblüffender Unverfrorenheit schmalzige Weihnachten im Kreise der Familie geplant, wobei sie und Dad »den Kindern zuliebe« (d. h. mir und Jamie, der siebenundreißig ist) so tun wollen, als hätte das vergangene Jahr nie stattgefunden.

»Mum, ich glaube, wir waren so verblieben, daß ich nicht am Freitag komme, sondern erst am Heiligabend. Erinnerst du dich nicht an die vielen Gespräche, die wir über dieses Thema geführt haben? Das erste... damals im August...«

»Oh, sei doch nicht albern, Liebes. Du kannst zu Weihnachten nicht das ganze Wochenende allein in deiner Wohnung sitzen. Was willst du denn essen?«

Grrr. Ich hasse das. Als hätte man, nur weil man Single ist, weder ein Zuhause noch Freunde noch irgendwelche Verpflichtungen, und als wäre purer Egoismus der einzig mögliche Grund, warum man nicht die gesamte Weihnachtszeit nach irgend jemandes Pfeife tanzen will. Denn es ist ja das reine Vergnügen, im Schlafsack auf dem Boden des Kinderzimmers zu nächtigen, den lieben langen Tag für fünfzig Personen Rosenkohl zu putzen und mit Perversen zu plaudern, die das Wort »Onkel« vor ihrem Namen stehen haben und einem nichtsdesto weniger und ungeniert auf den Busen glotzen.

Mein Bruder dagegen kann mit allgemeiner Zustimmung und jedermanns Segen kommen und gehen, wann er will, nur weil er zufällig in der Lage ist, das Zusammenleben mit einer Tai-Chi-begeisterten Veganerin auszuhalten. Offen gestanden würde ich lieber meine Wohnung in Brand stecken, als mit dieser Becca darin herumzusitzen.

Kann immer noch nicht fassen, daß meine Mutter Mark Darcy nicht dankbarer dafür ist, daß er alles für sie geregelt hat. Statt dessen ist er zu einem Teil jenes großen Tabuthemas geworden (das da heißt der große Ferienwohnungsschwindel), und Mum tut geradeso, als hätte es Mark nie gegeben. Bin überzeugt davon, daß er ein hübsches Sümmchen dafür ausgespuckt haben muß, allen ihr Geld wiederzubeschaffen. S. netter, guter Mensch. Offensichtlich zu gut für mich.

O Gott. Muß mein Bett frisch beziehen. Ich bin zwar nicht unbedingt die Prinzessin auf der Erbse, aber auf den Knöpfen der blanken Matratze schläft es sich gar nicht gut. Aber wo sind die Bettlaken? Wünschte, ich hätte etwas zu essen im Haus.

Freitag, 22. Dezember

Nun ist es fast Weihnachten, und mich überfallen ganz sentimentale Gedanken über Daniel. Kann nicht fassen, daß ich keine Weihnachtskarte von ihm bekommen habe (obwohl – wenn ich es recht bedenke, hat von mir bisher auch noch niemand eine Karte gekriegt). Mir erscheint es merkwürdig, daß zwei Leute, die sich fast ein ganzes Jahr lang sehr nahestanden, plötzlich gar keinen Kontakt mehr haben. S. traurig. Vielleicht ist Daniel unerwarteterweise orthodoxer Jude. Vielleicht ruft morgen Mark Darcy an und wünscht mir frohe Weihnachten.

Samstag, 23. Dezember

59 kg, Alkoholeinheiten 12, Zigaretten 38, Kalorien 2976, Freunde und liebe Bekannte, die in dieser festlichen Zeit an mich denken, 0.

18 Uhr. Bin ja so froh, daß ich mich dafür entschieden habe, als überzeugter, festtäglicher Single allein zu Hause zu bleiben wie Prinzessin Diana.

18.05 Uhr. Frage mich, wo alle sind. Sind vermutlich mit ihren Freunden zusammen oder nach Hause zu ihren Eltern gefahren. Na, egal, gute Gelegenheit, ein paar Dinge zu erledigen . . . wenn sie nicht sogar ihre eigene Familie haben. Babys. Winzige, flaumige Kinder mit rosaroten Bäckchen und in Schlafanzügen, die mit leuchtenden Augen vor dem Weihnachtsbaum stehen. Oder vielleicht sind alle auf einer großen Party, alle außer mir wieder mal. Was soll's. Jede Menge zu tun.

18.15 Uhr. Schwamm drüber. Nur noch eine Stunde, bis *Herzblatt* kommt.

18.45 Uhr. *O Gott, ich bin ja so einsam.* Sogar Jude hat mich vergessen. Letzte Woche hat sie ständig angerufen, weil sie absolut nicht wußte, was sie Richard dem Gemeinen kaufen soll. Es durfte nicht zu teuer sein: Das könnte ja heißen, daß es ernst wird. Außerdem werden tolle, sprich teure Geschenke leicht als Kastrationsversuch aufgefaßt (s. g. Idee, wenn ich's mir recht überlege). Es darf auch nichts zum Anziehen sein – ein Minenfeld der Geschmacksverirrung, das Richard an seine letzte Freundin Jilly die Gemeine erinnert (zu der er nicht zurückwill, von der er aber behauptet, sie immer noch zu lieben, um Jude nicht lieben zu müssen – dieser Fiesling). Die letzte Idee war Whisky, aber kombiniert mit einem anderen kleinen Geschenk, um nicht knickrig oder einfallslos zu erscheinen – eventuell in Verbindung mit Mandarinen und Schokolademünzen, je nachdem, ob Jude den klassischen Weihnachtsstrumpf zum Gotterbarmen kitschig oder wahnsinnig witzig findet, gewissermaßen als postmodernes Geschenkkonzept.

19 Uhr. Notfall: Jude in Tränen aufgelöst am Telefon. Kommt vorbei. Richard der Gemeine ist zu Jilly der Gemeinen zurückgekehrt. Jude gibt dem Geschenk die Schuld. Gott sei Dank bin ich zu Hause geblieben. Bin eindeutig Abgesandte des Jesuskindes hier auf Erden, um all jenen zu helfen, die an Weihnachten von modernen Reinkarnationen des guten alten Herodes wie z. B. Richard dem Gemeinen verfolgt werden. Jude kommt um halb acht.

19.15 Uhr. Verdammt. Habe den Anfang von *Herzblatt* verpaßt, als Tom anrief. Er kommt auch vorbei. Jerome, der sich wieder mit ihm zusammengetan hatte, hat ihn erneut sitzenlassen und ist zu seinem früheren Freund zurückgekehrt, der im Chor von *Cats* mitsingt.

19.17 Uhr. Simon kommt ebenfalls. Seine Freundin ist zu ihrem Mann zurückgekehrt. Gott sei Dank bin ich zu Hause geblieben, um die sitzengelassenen Freunde nach Art einer Herzdame oder einer Suppenküche zu empfangen. Aber so bin ich eben: Es ist mir eine Freude, anderen Gutes zu tun.

20 Uhr. Hurra! Das ist ja besser als in der Weihnachtsgeschichte. Gerade hat Daniel angerufen. »Jonsch«, lallte er. »Isch liebe disch, Jonsch. Hab 'nen schregglischen Fehler gemacht. Die blöde Suki is' aus Plastik. Busen zeigt andauernd nach Norden. Isch liebe disch, Jonsch. Isch komm mal rüber und schau, wie's deim Rock geht.« Daniel. Der herrlich chaotische, sexy, aufregende, lustige Daniel.

Mitternacht. Humpf. Kein einziger von ihnen ist aufgetaucht. Richard der Gemeine hat es sich wieder anders überlegt und ist zu Jude zurückgekehrt, genau wie Jerome und Simons Freundin. Es war nur diese hypergefühlige Weihnachtsnostalgie, die sie alle in Versuchung geführt hat. Obwohl, Ex-Partner sind nie die Lösung. Und dann Daniel! Er rief um zehn noch mal an.

»Hör mal, Bridge. Du weißt doch, daß ich mir am Samstag abend immer das Spiel anschaue. Soll ich morgen vor dem Fußball vorbeikommen?« Tja, so ist er, so ist er wirklich, unser herrlich chaotischer, sexy, aufregender, lustiger Daniel.

1 Uhr. Vollkommen allein. Das ganze Jahr war ein Fehlschlag.

5 Uhr. Oh, verdammt noch mal, vergiß es. Vielleicht wird Weihnachten selbst ja nicht so schlimm. Vielleicht kommen Mum und Dad morgens strahlend und noch ganz sextrunken aus dem Bett, halten schüchtern Händchen und verkünden:

»Kinder, wir müssen euch etwas sagen«, und ich wäre Brautjungfer bei der Erneuerung ihres Treueschwurs.

Sonntag, 24. Dezember: Heiligabend

59 kg, Alkoholeinheiten 1 mickriges Glas Sherry, Zigaretten 2, aber kein Vergnügen, da nur am offenen Fenster geraucht, Kalorien wahrscheinlich 1 Million, Anzahl warmer festtäglicher Gedanken 0.

Mitternacht. Sehr durcheinander in bezug auf die mich umgebende Wirklichkeit. Worin oder woraus besteht eigentlich Realität? Am Fußende meines Betts liegt ein Kopfkissenbezug, den Mum zur Schlafenszeit dort hingelegt hat. Begleitender Kommentar: »Schauen wir mal, ob der Weihnachtsmann kommt.« Jedenfalls ist der Bezug jetzt voller Geschenke. Mum und Dad, die getrennt leben und sich scheiden lassen wollen, schlafen im selben Bett. In scharfem Gegensatz dazu schlafen mein Bruder und seine Freundin, die seit vier Jahren zusammenleben, in verschiedenen Zimmern. Der Grund für all das ist unklar, es sei denn, es geschieht alles nur Granny zuliebe, die aber a) verrückt und b) noch gar nicht da ist. Das einzige, was mich mit der realen Welt verbindet, ist die Tatsache, daß ich demütigenderweise wieder einmal den Heiligen Abend allein im Haus meiner Eltern und in einem Einzelbett verbringe. Vielleicht versucht Dad in diesem Moment, Mum zu besteigen. Uäh, uäh. Nein, nein, was denkt mein armes Hirn da für Gedanken?

Montag, 25. Dezember

59,5 kg (o Gott, ich habe mich in einen Weihnachtsmann oder einen Plumpudding oder dergleichen verwandelt), Alkoholeinheiten 2 (absoluter Triumph), Zigaretten 3 (dito), Kalorien 2657 (fast ausschließlich Bratensoße), völlig abartige Weihnachtsgeschenke 12, Anzahl der Weihnachtsgeschenke, die irgendeinen Sinn haben, 0, philosophische Überlegungen über die Bedeutung der unbefleckten Empfängnis 0, Jahre, seitdem ich keine Jungfrau mehr bin, hmmm.

Bin die Treppe hinuntergestolpert, wobei ich hoffte, daß der Zigarettenrauch nicht noch in meinen Haaren hing, und traf unten auf Mum und Una, die soeben ihre politischen Ansichten austauschten und dabei Kreuze in die Enden der Kohlröschen ritzten.

»O ja, ich finde, Wie-heißt-er-doch-gleich ist *sehr* gut.«

»Tja, das ist er, ich meine, er hat seinen Was-war-das-noch-für-ein-Antrag durchgebracht, obwohl das niemand mehr für möglich gehalten hat, oder nicht?«

»Ah, aber andererseits, weißt du, muß man aufpassen, weil wir sonst plötzlich mit diesem verrückten Wie-hieß-er-doch-gleich dastehen, der von diesem Bergarbeiterstreik, weißt du? Das Problem bei Räucherlachs ist, daß er mir immer wieder aufstößt, vor allem, wenn ich viele Schokonüsse gegessen habe. Oh, hallo, Liebes«, sagte Mum, als sie mich bemerkte. »Na, was willst du denn zu Weihnachten anziehen?«

»Das hier«, murmelte ich mißmutig.

»Oh, sei doch nicht albern, Bridget, du kannst doch das nicht zu *Weihnachten* anziehen. Also, kommst du jetzt ins Wohnzimmer und sagst Tantchen Una und Onkel Geoffrey guten Tag, bevor du dich umziehst?« fragte sie mit dieser fröhlich-rauchigen Ist-denn-nicht-alles-super-Stimme, was nur heißen konnte:

»Tu, was ich dir sage, oder ich bearbeite dein Gesicht mit dem Mixer.«

»So, dann komm mal her, Bridget! Was macht dein Liebesleben?« witzelte Onkel Geoffrey und gönnte mir eine seiner Spezialumarmungen. Dann lief er rosarot an und zog seine Hose zurecht.

»Alles bestens.«

»Du hast also immer noch keinen Kerl. Tsas! Was machen wir bloß mit dir?«

»Ist das ein Schokoladenplätzchen?« fragte Granny und sah mich unverwandt an.

»Stell dich gerade hin, Schätzchen«, zischte Mum.

Lieber Gott, bitte steh mir bei. Ich will nach Hause. Ich will mein eigenes Leben wiederhaben. Ich fühle mich nicht wie eine erwachsene Frau, sondern wie ein Junge im Teenageralter, der es keinem recht machen kann.

»Willst du denn eigentlich keine Kinder bekommen, Bridget?« sagte Una.

»Oh, schaut mal, ein Penis«, sagte Granny und hielt eine Riesenpackung Smarties in die Höhe.

»Ich zieh' mich nur schnell um«, sagte ich, lächelte Mum unterwürfig an, sauste nach oben in mein Zimmer, riß das Fenster auf und zündete mir eine Silk Cut an. Da bemerkte ich Jamie, dessen Kopf ein Stockwerk tiefer aus dem Fenster ragte und der ebenfalls rauchte. Zwei Minuten später ging das Badezimmerfenster auf, und ein kastanienroter Schopf kam zum Vorschein und steckte sich eine Zigarette an. Es war meine unsägliche Mum.

12.30 Uhr. Die Bescherung war ein Alptraum. Das liegt teilweise daran, daß ich sogar bei den ätzenden Geschenken in Entzücken ausbreche, was dann zur Folge hat, daß ich Jahr für

Jahr schrecklichere Sachen bekomme. Becca, die mir, als ich noch im Verlag gearbeitet habe, nach und nach ein äußerst häßliches Sortiment von Kleiderbürsten, Schuhlöffeln und Haarspangen in Buchform geschenkt hat, überreichte mir dieses Jahr eine Filmklappe als Kühlschrankmagnet. Una, für die kein Bereich im Haushalt ohne passendes Gerät bleiben darf, schenkte mir ein Set Öffnungshilfen für diverse Dosen- oder Flaschenverschlüsse. Meine Mutter, die mir immer Dinge schenkt, die mein Leben dem ihren angleichen sollen, schenkte mir einen Simmertopf für eine Person: »Du brauchst nur das Fleisch anzubraten, bevor du zur Arbeit gehst, und ein Stück Gemüse dazugeben.« (Hat sie denn keine Ahnung davon, wie schwer es an manchen Morgen schon ist, sich ein Glas Wasser einzuschenken, ohne sich zu übergeben?)

»Oh, seht mal. Es ist doch kein Penis, es ist ein Plätzchen«, sagte Granny.

»Ich glaube, diese Bratensoße muß durchpassiert werden, Pam!« rief Una, die mit einem Tiegel in der Hand aus der Küche kam.

O nein. Nicht das. Bitte nicht das.

»Das glaube ich nicht, meine Liebe«, erwiderte Mum mordlustig und geifernd. »Hast du mal versucht, sie umzurühren?«

»Kommandier mich nicht herum, Pam«, sagte Una mit einem gefährlichen Lächeln. Sie umkreisten einander wie zwei Boxer. Das passiert jedes Jahr mit der Bratensoße. Glücklicherweise wurden sie abgelenkt: Mit lautem Krachen und einem Schrei brach eine Gestalt durch die Terrassentür. Julio.

Er war unrasiert und hielt eine Flasche Sherry in der Hand. Er stolperte zu Dad hinüber und richtete sich zu voller Größe auf.

»Du schläfst mit meinem Weib.«

»Ah«, erwiderte Dad. »Fröhliche Weihnachten, äh... Kann

ich Ihnen einen Sherry holen – ah, ich sehe, Sie haben schon einen. Wunderbar. Ein Stück Kuchen?«

»Du schläfst«, wiederholte Julio drohend, »mit meinem Weib.«

»Ach ja, so sind sie, die Südländer, hahaha«, sagte Mum kokett, während alle anderen entsetzt aus der Wäsche guckten. Soweit ich das beurteilen konnte, war Julio bisher immer eine fast übertrieben gepflegte Erscheinung gewesen und ging auch nie ohne Herrentäschchen aus dem Haus. Jetzt sah er aus wie ein Penner – also genau der Typ, auf den ich stehe. Kein Wunder, daß Mum eher erregt als peinlich berührt wirkte.

»Julio, du Schlimmer«, gurrte sie. O Gott. Sie war immer noch in ihn verliebt.

»Du schläfst«, sagte Julio, »mit ihm.« Er spuckte auf den chinesischen Teppich und raste nach oben, gefolgt von Mum, die uns über die Schulter den Satz zuwarf: »Daddy, könntest du bitte den Braten aufschneiden und alle zu Tisch bitten?«

Niemand regte sich.

»Okay, Leute«, sagte Dad mit angespannter, ernster, männlicher Stimme. »Da oben ist ein gefährlicher Krimineller, der Pam als Geisel genommen hat.«

»Ach, sie schien aber nichts dagegen zu haben, wenn du mich fragst«, meinte Granny in einem ihrer seltenen und diesmal absolut deplazierten klaren Momente. »Oh, schaut mal, da liegt ein Plätzchen in den Dahlien.«

Ich sah zum Fenster hinaus und hätte beinahe einen Satz gemacht. Da war Mark Darcy und huschte, geschmeidig wie ein junger Spund, über den Rasen und durch die Terrassentür ins Zimmer. Er schwitzte und war schmutzig, sein Haar war ungekämmt und sein Hemd stand offen. *Allerliebst!*

»Verhaltet euch vollkommen ruhig, als wäre die Situation ganz normal«, sagte er leise. Wir waren alle dermaßen perplex und er so faszinierend autoritär, daß wir ihm aufs Wort folgten, wie hypnotisierte Zombies.

»Mark«, flüsterte ich, als ich mit der Bratensoße an ihm vorbeiging. »Was sagst du denn da? Es gibt kein ›normal‹.«

»Ich weiß nicht, ob dieser Julio zur Gewalttätigkeit neigt. Die Polizei steht draußen. Wenn wir deine Mutter dazu bewegen können, herunterzukommen und ihn da oben zu lassen, können sie das Haus stürmen und ihn festnehmen.«

»Okay. Überlaß das mir«, sagte ich und ging zur Treppe.

»Mum!« schrie ich. »Ich kann die Zierdeckchen nicht finden.«

Alles hielt den Atem an. Es kam keine Antwort.

»Versuch's noch mal«, flüsterte Mark und sah mich bewundernd an.

»Sag Una, sie soll die Bratensoße wieder in die Küche bringen«, zischte ich. Er tat wie geheißen und machte mit dem Daumen das Okay-Zeichen. Ich signalisierte ebenfalls okay und räusperte mich.

»Mum?« schrie ich erneut die Treppe hinauf. »Weißt du, wo das Sieb ist? Una kommt mit der Soße nicht klar.«

Zehn Sekunden später ertönte ein Stampfen auf der Treppe, und Mum kam mit gerötetem Teint hereingerauscht.

»Die Zierdeckchen sind im Zierdeckchenhalter an der Wand, du dummes Ding. Also. Was hat Una denn mit dieser Bratensoße angestellt? Tsas! Da werden wir den Mixer brauchen!«

Noch während sie sprach, hörten wir Schritte, die auf der Treppe nach oben polterten. Über uns plötzlich heftiges Getöse.

»Julio!« kreischte Mum und rannte auf die Tür zu.

Der Polizist, den ich schon vom Revier her kannte, stand in der Wohnzimmertür. »Okay, nur die Ruhe. Wir haben alles unter Kontrolle«, sagte er.

Mum stieß einen Schrei aus, als Julio, mit Handschellen an

einen jungen Polizisten gefesselt, im Flur erschien und hinter dem älteren Beamten zur Haustür bugsiert wurde.

Ich beobachtete sie, während sie sich sammelte, sich im Zimmer umsah und die Situation neu bedachte.

»Tja, Gott sei Dank ist es mir gelungen, Julio zu beruhigen«, sagte sie nach einer Pause heiter. »Was für ein Wirbel! Alles in Ordnung, Daddy?«

»Du hast dein Oberteil verkehrt herum an, Mummy«, sagte Dad.

Ich starrte auf die häßliche Szene und hatte das Gefühl, als bräche in mir eine Welt zusammen. Dann spürte ich eine starke Hand auf meinem Arm.

»Komm mit«, sagte Mark Darcy.

»Was?« sagte ich.

»Sag nicht ›was‹, Bridget, sag ›wie bitte‹«, zischte Mum.

»Mrs. Jones«, sagte Mark fest, »ich bringe Bridget jetzt weg, um zu feiern, was vom Geburtstag des Jesuskindleins noch übrig ist.«

Ich holte tief Luft und ergriff Mark Darcys ausgestreckte Hand.

»Fröhliche Weihnachten allerseits«, sagte ich mit huldvollem Lächeln. »Ich nehme an, wir sehen uns alle beim Truthahncurry.«

Dann passierte folgendes:

Mark Darcy fuhr mit mir nach Hintlesham Hall, wo wir Champagner tranken und ein spätes Weihnachtsmittagessen zu uns nahmen, das s. g. war. Besonders genoß ich die Freiheit, zum erstenmal in meinem Leben Bratensoße auf den Truthahn gießen zu können, ohne dabei Partei ergreifen zu müssen. Weihnachten ohne Mum und Una war seltsam und wundervoll. Es war überraschend einfach, mit Mark Darcy zu reden, vor allem, da man die schönsten Szenen des Nachmittag noch einmal durchhecheln konnte.

Dabei kam heraus, daß Mark sich im Laufe des letzten Monats wie ein cooler Privatdetektiv in Portugal umgetan hatte. Er erzählte mir, daß er Julio bis nach Funchal gefolgt war und mittlerweile ziemlich genau wußte, wo das Geld geblieben war. Allerdings konnte er Julio weder durch gutes Zureden noch durch Drohungen dazu bewegen, etwas zurückzugeben.

»Aber so, wie die Dinge stehen, bleibt ihm wohl keine Wahl«, sagte er grinsend. Er ist wirklich s. nett, dieser Mark Darcy, und außerdem sagenhaft schlau.

»Warum ist er denn überhaupt nach England zurückgekehrt?«

»Tja, tut mir leid, wenn ich ein Klischee bemühen muß, aber ich habe seine Achillesferse entdeckt.«

»Was?«

»Sag nicht ›was‹, Bridget, sag ›wie bitte‹«, rügte er mich, und ich kicherte. »Ich habe erkannt, daß Julio deine Mutter liebt, obwohl sie die unmöglichste Frau der Welt ist. Er liebt sie wirklich.«

Diese verdammte Mum, dachte ich. Wie kommt es, daß sie zur unwiderstehlichen Sexgöttin geworden ist? Vielleicht sollte ich doch zur Farbberatung gehen.

»Und was hast du dann gemacht?« fragte ich, wobei ich mich auf meine Hände setzte, um nicht laut herauszuschreien: »*Und was ist mit mir? Mir? Warum liebt mich niemand?*«

»Ich habe ihm einfach erzählt, daß sie Weihnachten mit deinem Dad verbringen würde und die beiden wohl leider zusammen in einem Bett schlafen würden. Ich hatte einfach das Gefühl, daß er verrückt und dumm genug war, um zu versuchen, diese Pläne zu, äh, zu *durchkreuzen*.«

»Woher hast du das gewußt?«

»Ich hatte so eine Ahnung. Das bringt der Beruf irgendwie mit sich.« Mann, ist der cool.

»Aber es war wahnsinnig nett von dir, deine Arbeit dafür liegenzulassen und alles. Warum hast du dir die ganze Mühe gemacht?«

»Bridget«, antwortete er. »Ist das nicht ziemlich offensichtlich?«

O mein Gott.

Als wir nach oben kamen, stellte sich heraus, daß er eine Suite genommen hatte. Es war phantastisch, s. nobel und dabei wahnsinnig lustig. Wir spielten mit den ganzen Kinkerlitzchen herum, tranken noch mehr Champagner, und er machte mir alle möglichen Liebeserklärungen: ehrlich gesagt, lauter so Zeug, wie es auch Daniel ständig verzapft hat.

»Warum hast du mich dann vor Weihnachten nicht angerufen?« fragte ich mißtrauisch. »Ich habe dir *zweimal* auf den Anrufbeantworter gesprochen.«

»Ich wollte erst mit dir reden, wenn ich die Sache erledigt hatte. Und außerdem glaubte ich nicht, daß du mich besonders gut leiden könntest.«

»*Was?*«

»Na ja, du weißt schon. Du läßt mich sitzen, weil du dir die *Haare* fönst? Und das erste Mal, als ich dir begegnet bin, hatte ich diesen dämlichen Pullover und die Hummelsocken von meiner Tante an und habe mich wie ein absoluter Trottel benommen. Ich dachte, in deinen Augen wäre ich der letzte Blödmann.«

»Na ja, ein bißchen dachte ich das auch«, sagte ich.

»Aber . . .«

»Aber was . . . ?«

»Meinst du nicht aber wie bitte?«

Dann nahm er mir das Champagnerglas aus der Hand, küßte mich und sagte: »Na gut, Bridget Jones, ich werde dich bitten«, nahm mich auf die Arme, trug mich ins Schlafzimmer (wo ein Himmelbett stand!) und machte alles mögliche mit mir, was bedeutet, daß ich in Zukunft jedesmal, wenn ich einen Pullover mit Rautenmuster und V-Ausschnitt sehe, auf der Stelle vor Scham vergehen werde.

Dienstag, 26. Dezember

4 Uhr morgens. Habe endlich das Geheimnis entdeckt, wie man mit Männern glücklich wird, und ich muß es mit tiefem Bedauern, Zorn und einem überwältigenden Gefühl der Niederlage in die Worte einer Ehebrecherin, Gangsterbraut und siebtklassigen Berühmtheit fassen:

»Sag nicht ›was‹, sag ›wie bitte‹, Schätzchen, und tu, was deine Mutter sagt.«

JANUAR–DEZEMBER:

Eine Bestandsaufnahme

- Alkoholeinheiten 3836 (schwach)
- Zigaretten 5277
- Kalorien 11.090.265 (widerlich)
- Fetteinheiten 3457 (ca.) (in jeder Hinsicht gräßliche Vorstellung)
- Gewichtszunahme 32,5 kg
- Gewichtsabnahme 33 kg (hervorragend)
- Richtige Lottozahlen 42 (s. g.)
- Falsche Lottozahlen 387
- Lose gekauft insgesamt 98
- Losgewinne insgesamt £ 110
- Losgewinn netto £ 12 (Jaaaa! Jaaaa! Habe das System überlistet und war doch eine Wohltäterin im Sinne des Gemeinsinns – oder so.
- 1471-Anrufe (eine ganze Menge)
- Karten zum Valentinstag 1 (s. g.)
- Weihnachtskarten 33 (s. g.)
- katerfreie Tage 114 (s. g.)
- Freunde 2 (aber den einen bis jetzt erst sechs Tage)
- nette Freunde 1
- Anzahl gehaltener Neujahrsvorsätze 1 (s. g.)

Klingt gar nicht so schlecht, finde ich.

Danksagung

Besonderer Dank gebührt Charlie Leadbeater, der mir als erster die Kolumne für den *Independent* vorgeschlagen hat. Dank auch an Gillon Aitken, Richard Coles, Scarlett Curtis, die Fielding Familie, Piers, Paula und Sam Fletcher, Emma Freud, Georgia Garrett, Sharon Maguire, Jon Turner und Daniel Woods, die mich inspiriert haben und stets für mich da waren. Und, wie immer, mein ganz herzlicher und spezieller Dank an Richard Curtis.

JUNGE AUTORINNEN
BEI GOLDMANN

Freche, turbulente und umwerfend komische Einblicke in
die Macken der Männer und die Tricks der Frauen.

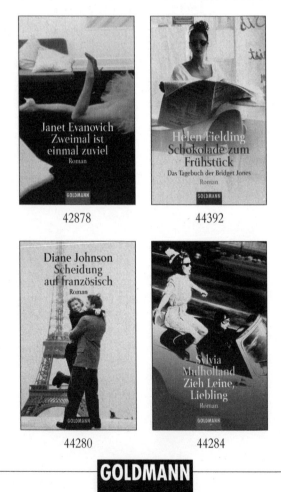

42878

44392

44280

44284

JUNGE AUTORINNEN
BEI GOLDMANN

Freche, turbulente und umwerfend komische Einblicke in
die Macken der Männer und die Tricks der Frauen.

43865

44248

43595

44148

JUNGE AUTORINNEN
BEI GOLDMANN

Freche, turbulente und umwerfend komische Einblicke in
die Macken der Männer und die Tricks der Frauen.

Jane Gordon
Ganz ohne Männer
geht es nicht
Roman
GOLDMANN
43569

Maeve Haran
Liebling, vergiß die
Socken nicht!
Roman
GOLDMANN
42964

Jane Heller
Trau niemals
einem Mann
Roman
GOLDMANN
43763

Hanne-Vibeke
Holst
Meerjungfrau sucht
Mann fürs Leben
Roman
GOLDMANN
43899

GOLDMANN

SCHMÖKERSTUNDEN
BEI GOLDMANN

9286

43772

43414

43137

GOLDMANN